명랑한 이방인

명랑한 이방인

독한 여자의 리얼 독일 생활기

강가희 지음

마요사

Dilige et fac quod vis.

사랑하라, 그리고 네가 하고 싶은 것을 하라.

—아우구스티누스, 『페르시아 사람들을 위한 요한 서간 강해』

모든 밤에는
달과 별이 존재한다

우리 부부는 지방에서 상경해 서울에서 십 년 넘게 살았다. 나는 방송작가로 남편은 언론사 기자로 치열하게 도시에서 몸부림치던 때, 그는 더 이상 이렇게 살 수는 없다고 선언했다.

당시 한국 사회에서는 '번아웃^{burnout} 증후군'이라는 단어가 유행했다. 많은 직장인이 일벌레로 살며 과도한 노동 후유증에 시달렸다. 그런데 정작 가장 가까이 있는 사람이 그중 한 명일 줄은 몰랐다.

남편은 이미 다른 삶을 준비하고 있었다. 그가 제시한 새로운 시작점인 '독일'은 내겐 여행지로도 떠올려본 적이 없는 낯선 나라였다. 여행이 아닌 '삶'이라는 단어에 방점을 찍고 보니 외국은 더 이상 설렘 가득한 장소가 아니었다. 엄청난 변화가 두려웠던 나는 왜 지금 이곳에서 문제를 해결할 수 없냐며 반기를 들었다. 휴직을 하면 안 되겠냐고 회유도 해봤고, 갈 거면 혼자 가라고 억지도 부려봤다. 하지만 그는 단호했다. 돌아올 곳이 있다면 절박할 수 없다는 것이 이유였다.

때로는 모든 것을 제로로 만든 뒤 다시 시작하는 것만이 유일한 방법일 때가 있다. 독단적인 결정이 괘씸했지만 우리 사회의 고질적인 문제에 대해서는 공감했다. 성과주의, 잦은 야근, 언제 내쳐질지 모른다는 불안함…….

삶이란 안정과 변화의 줄다리기 혹은 시소 타기였고, 어느 시점에 이르러서는 전혀 다른 선택을 할 필요가 있었다. 우리는 인쇄된 지도가 정확한지를 대조하기 위해 인생이라는 길에 오른 것이 아니다. 남들이 정해놓은 똑같은 목적지를 향해 누가 빨리 뛰어가나 경주만 하다 삶이 끝나버린다면 그것이야말로 슬픈 일이 아닐까.

정해진 길은 없다. 누구도 같은 길을 가라고 하지도 않았다. 오래된 사회적 관습과 제도권 아래에서 그냥 남들처럼, 남들이 그렇게 하니까 의심 없이 그 길을 따라 걸어온 것은 아닐까. 지도를 접고 이리저리 헤매다 보면 차츰 길의 윤곽이 드러날 테고, 때때로 어딘가에서 방황하고 있는 나의 모습도 보일 테지만, 곳곳에 숨어 있는 비밀스러운 보물처럼 인생의 신비가 베일을 벗고 나타날 수도 있을 것이다. 한 번사는 인생 이렇게도 살아보고 저렇게도 살아보며 나만의 지도를 만들어보자 싶었다.

무엇보다 번아웃 증후군에 빠진 그는 생生으로부터 도망치지 않았다. 배우자인 나로서는 그 사실에 감사했다. 고심 끝에 내린 선택이 도피가 아닌 도전이라면 함께 승부수를 던져볼 용의가 있었다.

호기롭게 시작한 독일에서의 5년은 때로 차가웠고 때로 뜨거웠다. 온도 차는 워낙 들쭉날쭉했기에 이 선택이 옳았다고 말하기는 여전히 어렵다. 그렇다고 인생이 완전히 달라지지도 않았다. 오히려 홀연히 떠난 독일은 한국보다 더 깜깜한 절망의 구렁텅이였다. 자주 어둠이 찾아왔지만, 다행히도 모든 밤에는 달과 별이 존재했다. 이 책은 칠흑 같은 밤, 잡힐락 말락 한 그 반짝임을 지표 삼아 조금씩 다른 세계로 걸어간 이야기이다.

차례

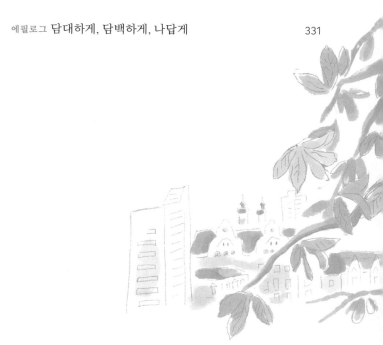

I

쉽지 않은 다른 길, 도길

언젠가 안개는
사라질 테고

운전할 때 안개가 끼면 속도를 줄이고 전조등을 켠다. 그래도 여전히 앞이 보이지 않기는 마찬가지여서 언제 야생동물이나 다른 차가 끼어들지 몰라 불안하다. 되돌아가고 싶어도 좁은 외길이라 그럴 수도 없다.

내 처지가 딱 그랬다. 나아갈 수도 되돌아갈 수도 없는 아주 짙은 안개 속에 갇혀버리고 말았다. 수없이 허공을 향해 헛발질하며 허우적거렸다. 마음은 여전히 한국에 있었다. 그렇다고 돌아갈 수도 없었고, 아우토반을 기분

좋게 씽씽 달릴 수는 더더욱 없었다.

독일까지 왔음에도 불구하고 남편의 선택에 백퍼센트 동의하지 못했다. 나도 안다. 결정을 내려놓고도 받아들이지 못하는 것은 몹시 찌질한 행동이란 것을.

항변하자면 날씨가 결정적이었다. 내 기분과 날씨는 완벽히 일체를 이루었다. 6월인데도 첫해의 독일 날씨는 혼돈 그 자체였다. 이틀에 한 번꼴로 비가 왔고 비가 오지 않는 날은 흐렸다. 하루 종일 하늘에 버티고 있는 먹구름은 태양을 꽁꽁 싸맨 채 놔주지 않았다. 과연 이 땅에 '해'란 것이 존재하기는 할까? 의심마저 들었다.

눈앞에 펼쳐진 현실에 희망은 없어 보였다. 날씨마저 나를 조롱하는 것 같았다. 낑낑대며 싸 들고 간 반팔 셔츠는 펼쳐보지도 못했고, 여름 샌들에 발이 시려 급한 대로 아무 상점에나 들어가 운동화를 샀다. 그래도 춥기는 매한가지였다.

스산한 도시 분위기는 마음을 한층 더 춥게 했다. 통일이 된 지 한참이 지났지만 서독과 동독 사이엔 여전히 격차가 존재했다. 우리가 살게 된 라이프치히는 동독의 중소도시로 서울과는 비교도 안 되게 작았으며, 외곽으로 조금만 나가면 들쑥날쑥 자리 잡은 건물들이 당장이라도 쓰러질 것처럼 보였다. 곳곳에 극보수주의자 네오나치들의 표어가 휘갈겨진 그라피티는 더욱 분위기를 을씨년스럽게 만들었다. 말 그대로 폐허 같았다.

사람들의 표정마저 하나같이 무뚝뚝했다. 트램을 탈 때면 외국인인 나를 낯설게 혹은 거부감을 가지고 보는 시선이 느껴졌다. 거인국에 불시착한 초대받지 않은 소인이 된 기분이었다. 아, 걸리버는 얼마나 힘들었을까. 그때는 고국으로 걸면 걸리는 스마트폰도 없었을 텐데.

나와 달리 이 남자는 거인국에 잘 적응했다.(키가 커서 그런가, 흥!) 악천후에도 아랑곳없이 직진했다. 비자를 받는 데 필요한 행정 절차를 빠르게 해결하고자 불철주야 뛰어다녔다.

보통 독일에서 비자를 발급받기 위해서는 계좌를 개설하고, 보험에 가입하고, 집을 구하고, 거주자 등록을 하고, 학생 등록을 하고, 외국인청과 약속을 잡는다. 이 절차는 마치 뫼비우스의 띠처럼 연결되어 있는데(뫼비우스도 독일의 수학자였지) 간혹 선후관계가 맞지 않아 사람을 미치고 환장하게 만든다.(가령 보험에 가입해야 학생 등록을 할 수 있는데, 보험회사에서는 학생 등록을 해야 보험이 된단다. 어쩌라고요?) 글로 나열하면 겨우 두 줄밖에 안 되지만 말이 잘 통하지 않는 외국에서, 그것도 세계 최고의 느림을 지향하는 '독일'이라는 나라에서는 절대로 호락호락하지 않았다. 난이도 '최상'.

싸움의 연속이었다. 두 사람의 속도는 달라도 너무 달랐다. 그는 '빨리'에 안달 난 사람처럼 보였다. 도착한 다음 날부터 시차 적응할 새도 없이 매일매일 어딘가를 갔다. 관청을 가고 보험회사를 가고 은행을 갔다. 나는 거의 끌려다니다시피 했고 이내 지쳤다.

물론 행정 처리는 빠를수록 좋은 것임을 안다. 그러나 이건 해도 해도 너무했다. 아침에 눈뜨자마자 커피 한 잔 마실 새도 없이 나가자고 부추겼고, 끼니는 햄버거나 라면으로 때워야 했다. 집에 오면 삭신이 쑤시고 피곤해 쓰러져 잠들기 일쑤였다.

유학이라는 목표가 확실한 남편은 자신이 만든 스케줄을 감내할 수 있었을지 모르겠지만, 여전히 이 상황을 받아들이기 위해 노력해야 했던 나는 숨 고를 시간이 필요했다. 처음 만나는 공기, 햇살, 사람에 적응할 틈이 있어야 했다. 불행히도 그때의 우리는 서로를 이해하지 못했고 각자의 방에 갇혀 지냈다. 둘 다 뾰족한 고슴도치가 되었다. 건드리기만 해봐라!

그는 나에게 고맙다거나 수고했다 같은 다정한 말 한 마디 건네지 않았다. 다독이기는커녕 방관자라며 힐난했고, 나는 나대로 너무한 것 아니냐며 우격다짐을 부렸다. 특히 혼자 가도 될 일에 굳이 내가 함께 가야 한다고 우기는 것이 못마땅했다. 혼자 나가지도 못할 거면서 왜 유학을 결정했냐며 곧잘 빈정거렸다.

지금에야 그 역시 낯선 곳에 혼자 가기가 두려웠을 거라고 헤아려보지만 그때는 야속했다. 한국을 향한 끄나풀을 여전히 끊어내지 못한 나는 삐뚤어질 대로 삐뚤어져 있었다.

결정적으로 맥도날드에서 사건이 터졌다. 그날은 집을 보러 가기로 약속한 날이었다. 시간이 좀 남아서 저녁을 간단히 해결할 요량으로 맥도날드에 들렀다. 남편이 실수로 햄버거를 잘못 주문하면서 20유로가 넘는 값이 나왔다. 순간 꾹꾹 눌러 담아온 울화가 치밀었다.

"주문도 제대로 못 할 독일어 실력으로 독일에 왜 온 거야? 왜 잘 살고 있는 나를 여기까지 끌고 와서 고생시켜? 대체 왜 내 인생을 훼방 놓는 건데?! 왜왜왜?!"

감정이 폭발하는 건 한순간이었다. 지금까지 참아온

모든 화가 쌓이고 쌓여서 고작 햄버거 하나에 터져버렸다. 20유로가 아까운 게 아니었다. 햄버거조차 똑바로 주문하지 못하는 상황, 집을 구하러 가도 거절당할지 모른다는 불안감, 아는 사람 하나 없는 이곳에서 남편 너마저 내 편이 아닌 것 같은 야속함, 아득하기만 한 한국과의 거리감, 자신의 꿈을 빌미로 나를 볼모로 데려온 그의 이기심, 나아가 이런 남자를 선택한 나에게까지 화가 났다. 한 번 터진 눈물은 그칠 줄 몰랐다.

나의 기습 공격에 그는 어쩔 줄 몰라 했지만 알고 있었을 것이다. 한 번은 터질 게 터진 것이란 것을. 평소의 남편답지 않게 무조건 미안하다고 했다. 성마르게 행동했다고, 빨리 안정을 찾고 싶어서 내 마음의 속도를 배려하지 못했다고.

햄버거빵은 이미 내 눈물과 콧물로 카스텔라가 되어 있었다. 눅눅해질 대로 눅눅해져 너덜너덜해진 누런 빵 쪼가리를 쓰레기통에 휙 던져버리고 나왔다. 서글픈 감정은 끝끝내 버리지 못했다. 애써 집을 보러 갔지만 그날 계약은 성사되지 않았다.

늦여름이었지만 날이 찼다. 싸늘한 손을 부여잡고 집

으로 돌아왔다. 임시 거주지는 내 집이 아니었다. 집으로 와도 딱히 아늑하지 않았다. 무심결에 책장에 꽂혀 있는 화집을 펼쳐보았다. 왜 이 그림을 보게 됐는지는 모르겠지만 페이지를 넘기다 보니 툭 이 작품이 나왔다고 하는 게 맞을 것 같다.

카스파어 다비트 프리드리히의 〈안개 바다 위의 방랑자〉. 그는 산을 오르는 여행자들의 뒷모습을 주로 그렸다. 그의 그림에서 '등산'은 인생의 여정을 나타내는 은유로 자주 등장한다. 산을 오르는 길은 녹록지 않다. 안개로 가득하다. 정상에 올라가면 환해질 줄 알았는데 여전히 사위가 자욱하다. 그런데 안개 저 너머로 희끗희끗 무언가가 보일 것도 같다.

통곡의 바다를 쏟아낸 이날의 내 눈엔, 안개마저 덮어버린 남자의 자신만만한 기세가 돋보였다. 당장이라도 자신을 덮쳐버릴 것만 같은 거대한 자연을 똑바로 마주한 위풍당당, 한 치 앞도 보이지 않는 희뿌연 상황에서도 전혀 기죽지 않는 꼿꼿함이 근사해 보였다. 그림 속 주인공에겐 삶의 기지氣志가 올곧게 세워져 있었다.

방랑자와 달리 내 어깨는 한없이 쪼그라들어 있었다. 생경한 언어들이 벌 떼의 습격마냥 자존심을 쏘아 댔고,

카스파어 다비트 프리드리히, 〈안개 바다 위의 방랑자〉, 1817년경.

덩치 큰 사람들이 무표정하게 나를 내려다봤다. 종잡을 수 없는 얄궂은 비와 습습한 안개의 공포 속에 갇혀 발버둥 쳤다. 이런 내게 이 당당한 남자는 안개야말로 불안을 말끔하게 지워주는 표백제라고 말하고 있었다.

우리의 상황은 여전히 불투명했다. 분명하지 않다는 것은 곧 답답함을 일컫는다. 앞날을 예견할 수 없는 인생은 막막함을 동반한다. 반대로 인생이 예정되어 있다면 우리는 과연 그 안에서 무슨 의미를 발견할 수 있을까.

방랑자의 기백을 지표 삼아 주먹 꼭 쥐고 나아가보기로 했다. 언젠가 안개는 사라질 테고, 하늘은 태양을 만나 맑게 갤 테니.

아름다운 노래,
〈즐거운 나의 집〉

사람이 살아가는 데 필요한 최소한의 조건 '의식주'. 먹는 것과 입는 것이야 아쉬운 대로 해결하면 된다지만 '주'는 좀처럼 내 뜻대로 되지 않았다. 특히 내 나라가 아닌 남의 나라에서는 더욱더 그러했다.

한국에서도 집 구하기는 어렵지만, '돈'이 있으면 이야기는 달라진다. 원하는 집과 돈이 맞아떨어지면 선택권은 나한테 있다. 부동산 중개업자 역시 돈이나 거주 기간 외에는 딱히 내 신상이나 인적 사항에 대해 시시콜콜 캐

묻지 않는다. 직업이 무엇인지, 흡연을 하는지, 평소에 청소를 잘하는지 따위의 질문을 꼬치꼬치 묻는다면 오히려 실례일 수도 있다. 마찬가지로 세입자의 입장에서도 집에 근저당이 잡혀 있느냐 없느냐, 즉 '내 돈이 안전한가'가 무엇보다 중요하다.

반면 독일에서는 '돈'이 있어도 집을 구하기가 어려웠다. 지금까지 임차/임대에 대해 갖고 있던 상식을 훌쩍 뛰어넘는 그 무엇이 우리를 맞이했다. 나를 가장 아연하게 만든 것은 자기소개서였다. 남편의 학교 친구는 아주 당연하다는 표정으로 조언했다.

"우선 자기소개서를 써야 해. 되도록이면 자세히 쓸수록 좋아."

'음, 어… 엇? 자기소개서? 그것도 성심성의껏!?' 아니 취업을 하는 것도 아니고 월세를 구하는 것뿐인데, 내 돈 내고 사는 건데, 자기소개서가 웬 말이냐 싶었지만, 로마에 왔으면 로마 법을 따라야 하는 법. 쓰라면 써야지. 며칠 밤을 지새우며 자기소개서를 썼다. 집주인 입장에서 봤을 때 최대한 마음에 들도록 장점을 서술했다. 한국에서의 직업, 독일에 온 이유, 앞으로 무엇을 할 것인지에 관해 기술했으며, 흡연을 하지 않고, 애완동물을 키우지 않으며, 아이가 없고, 악기를 다루지 않으며, 청소를 즐겨(?) 한다는, 최대한 우리가 집을 깨끗하게 사용할 거라는 인상을 심어줄 만한 내용으로 채웠다. 다시 이십 대로 돌아가 취업 전선에 뛰어든 취준생이 된 것 같았다.

독일의 부동산 시장은 취업 시장만큼이나 호락호락하지 않았다. 절박했고 막연했다. 수십 통의 자기소개서를 보냈지만 단 한 통의 답장도 오지 않았다. 매일 밤, '귀하는 불합격 되셨습니다'라는 불운의 통지서를 받고 망연자실하던 십 년 전 상황이 재연됐다. 이제는 이 집은 테라스가 없니, 위치가 안 좋니, 주방이 없니(독일에는 주방 싱크대를 갖춰놓지 않은 집이 꽤 많다) 따위의 조건들을 가릴 상황이 아니었다. 허락만 한다면 어디든 붙잡아야 했다. 초조했다. '퇴짜를 맞는 이유가 무엇일까?' 원인을 분석해봤다. 아무래도 영어로 편지를 보냈기 때문은 아닐까? 물론 영어가 아예 안 통하는 것은 아니지만 여긴 독일이었다. 형편없는 독일어라도 성의를 보이는 편이 더 어필할 수 있을 것 같았다.

독일어 사전과 구글 번역기를 돌려가며 어쭙잖은 독일어로 편지를 쓰기 시작했다. 정말이지 구글 번역기는 노벨상을 받아야 마땅하다. 독일살이의 빛과 소금은 응당 구글 번역기였다. 우리의 삶 전반에 걸쳐 이 신문물은 크게 기여했으니. 구글 번역이 없는 독일살이는 벤츠 없는 독일, 에펠탑 없는 파리, 미역국 없는 생일, 또 뭐가 있을까? 아, 고무줄 없는 팬티다.(개발자님들, 사랑합니다.)

아침에 일어나자마자 집을 검색하고 자기소개서를 보내다 곯아떨어지는 하루가 반복됐다. 대략 열 통에 두세 통꼴로 답장이 왔는데 그마저도 거의 거절의 표시였다. Leider(라이더, 유감스럽게도)가 제목인 이메일은 읽어보기도 전에 공포가 엄습할 지경이었다.

어렸을 때 하던 놀이 '우리 집에 왜 왔니?'처럼 이 사람들이 작정하고 손을 맞잡고 '우리나라에 왜 왔느냐'며 나를 밀어내는 것만 같았다. 덩치로 봐도, 숫자로 봐도 이건 무조건 우리가 밀리는 게임이었다. 게다가 잘 안 되는 팀은 꼭 아군끼리 싸운다. 힘을 합쳐도 모자랄 판국에 둘이 싸우는 데 에너지를 쏟다니. 하루하루가 좌절뿐인 나날이 이어지면서 날카로워질 대로 날카로워진 우리는 서로를 할퀴기 시작했다. 해서는 안 될 말을 쏟아부었고 돌아서면 후회했다가 다시 또 부아가 치밀어 화를 내기 일쑤였다. 임시 주거지는 활활 불타오르는 활화산이 됐다. 차라리 각자의 입을 냉동실에 보관했어야 했다.(왜 늘 뒤돌아서면 방법이 생각날까.) 힘들 때일수록 힘을 모아야 한다는 말은 허공에 맴돌 뿐. 정신적으로 피폐한 상황에서 인간으로서의 품위를 유지한다는 것은 쉽지 않은 일이었다.

그렇게 두 달 가까운 시간이 흘렀고 가뭄에 콩 나듯이 간헐적으로 답장이 왔다. 집을 볼 수 있는, 즉 후보군 자격에 오른 것이다. 계약이 아니라 단지 볼 수만 있는 기회가 생긴 건데, 우리가 봐도 괜찮은 집은 목 좋은 모델하우스 분양처럼 수십 명의 사람이 운집했다. 이런 집은 당연히 기회가 올 리 만무했기에 바로 포기하고 돌아 나왔다.

다행히도 세상이 철저히 매정하지만은 않았다. 하늘도 우리를 불쌍히 여겼는지 동아줄이 떨어졌다. 아마 그 당시 나는 썩은 동아줄이었어도 붙잡았을 거다. 외국인 유학생 부부를 딱하게 여긴 부동산 중개업자의 도움이 컸다. 우스노브 아주머니는 자신이 생각건대 이 사람들은 학교에 다니고 있으니 몇 달 살고 갈 뜨내기가 아니고, 재정 상태가 건전할 뿐만 아니라 성실해 보인다며 적극적으로 집주인을 설득해줬다. 마침내 일 년 치 월세를 한꺼번에 내는 아주 불합리한 조건으로 집을 구할 수 있었다. 열두 달의 월세를 일시불로 내는 건 엄연히 독일의 부동산 정책에 어긋나는 처사였지만 우리로서는 선택권이 없었다. 계약 성사를 알려 온 부동산 측의 전화에 쾌재를 불렀다. 집을 구하지 못할까 봐 전전긍긍했던 지난 시간이 주마등처럼 지나갔다.

어렵사리 집을 구하고 나서야 이방인으로서 '정착'이라는 단어에 아주 작은 점 하나를 찍은 느낌이 들었다. 아는 사람 한 명 없는, 말도 잘 통하지 않는 외국에서 우리 집을 마련했다는 것에 얼마나 큰 기쁨과 성취감을 느꼈는지 그때의 감정은 지금도 생생하다. 내 인생에서 가장 힘들게 구한 집이었다. "즐거운 곳에서는 날 오라 하여도, 내 쉴 곳은 작은 집, 내 집뿐이네." 〈즐거운 나의 집〉의 가사가 이렇게 좋았나 싶을 만큼 온종일 이 노래를 흥얼거렸다. 비로소 독일이란 땅에 자리를 잡고 살게 됐다. 이제야 두 발 쭉 뻗고 잘 수 있을 것 같았다.

끙끙대며 겨우 하나의 집을 그렸다. 앞으로 얼마나 더 많은 것을 그려야 할지, 얼마나 더 그려야 한국으로 돌아가게 될지, 여전히 까마득하기만 한 꿈을 그리며 독일에서 처음으로 푹 잤다. 꿀잠이었다.

파도는 부서질 것을
알면서도 일어난다

외국에 사는 한인 가족의 배경에는 크게 두 가지 형태가 있다. 첫째, 부부가 똑같이 이주를 원해서 온 유형. 학생 부부 혹은 취업으로 온 경우가 대다수다. 그들도 다툼이 있기야 하겠지만 기본적으로 합심해서 타국에서의 고된 생활을 일구어 나갈 수 있다. 한 사람이 다른 한 사람의 눈치를 볼 일도 원망할 일도 없다. 시작점에서부터 모종의 합의가 이루어졌으니까.

둘째, 부부 중 한 사람으로 인해 온 경우, 바로 나 같은 상황이다. 남편은 독일을 절실히 원했고 나는 끌려오다시피 왔기 때문에 계속해서 불만이 있었다. 그에겐 제2의 인생이 시작됐다. 자아실현을 위해 노력할 것임이 분명했고 궤도가 바뀌었을 뿐 쭉 나아갈 것이다. 적어도 나처럼 정지된 상태에서 방향마저 상실하진 않았다.

무력감이 컸다. 일을 못 한다는 사실과 한국으로 돌아갔을 때 일터로 복귀할 수 있을지 여부의 불투명성이 떡하니 자리했다. 나는 누구보다 방송작가라는 내 직업을 좋아했다. 일이 힘들긴 했지만 십 년이 넘도록 그만둬야겠다는 생각을 해본 적은 단 한 번도 없었다. 차곡차곡 쌓아온 경력을, 알게 된 지 몇 년밖에 안 된 어떤 작자가 남편이란 명함을 달더니 멋대로 무너뜨렸다는 피해 의식이 쌓여 갔다.

나는 이 땅에서 무엇을 할 수 있을까? 이 질문에 대한 답을 찾을 수 없었던 가장 큰 이유는 '언어'였다. 독일어 때문에 자존감이 바닥을 쳤다. 어쩌면 내가 언어를 사용하는 직업을 가져서 더 예민하게 반응했을 수도 있다. 내 의견을 한국어로 유창하게 표현하고 유려하게(?) 글을 쓸 수 있었던 나는 이곳에서 독일어 알파벳도 잘 모르는 외국인일 뿐이었다. 물건을 하나 사도 머뭇거려야 했고,

사전을 뒤적여야 했다. 말을 알아듣지 못하니 몇 번이고 "다시 말해주세요"를 반복했다. 더 절망적인 것은 상대가 성가심을 애써 누르며 다시 말해줘도 이해하지 못할 때가 부지기수였다는 점이다. 외국에서의 언어 실력이 곧 삶의 질과 비례한다는 측면에서 봤을 때, 내 삶은 내려갈 지점이 없는 밑바닥이었다.

이런 상황에서 이따금 독일에서 만난 내 또래의 한국 여자들은 석사나 박사 유학을 왔거나 연구원 자격으로 온 쟁쟁한 이들이 대다수였다. 그녀들은 하나같이 희망차고 진취적으로 보였다. 상대적으로 남편을 따라온 나는 별 볼 일 없어 보였다. '왜 하필 문학을 전공했을까'라는 부질없는 후회도 했다. 이공계 혹은 독일어 전공자이면 모를까 방송작가가 독일에서 자아실현을 하기란 묘연했다.

창살 없는 감옥이었다. 남편의 박사 과정이 끝날 때까지 그 긴 시간 동안 무엇을 하며 살아갈 수 있을까. 어떻게 해야 삶을 헛되이 보내지 않을 수 있을까. 아마 그때부터였을 것이다. 이상한 말버릇이 생겼다. 뭐든지 잘못되면 남편 탓을 했다. 일명 '너 때문이야'다. 너 때문에 상황이 이렇게 됐다, 너 때문에 내 꿈이 조각났다, 너 때문에 나는 지금 힘들다, 너 때문에, 너 때문에……. 그러니 너는 평생 나한테 잘해야 한다며 남편을 들들 볶았다. 덩치가 커서 그런지 그는 전혀 볶이지 않았다.(더 달달 볶았어야 했나.) 처음엔 미안해했지만, 나중엔 들은 척 만 척하더니 급기야 그 얘기 좀 그만하면 안 되겠냐는 힐난이 돌아왔다. 왜 자신에게 가해자 프레임을 씌우느냐는 것이었다. 본인이 알던 나는 자신감이 충만한 여자였는데 왜 이러냐면서 내가 피해자 역으로 남는 것을 원치 않는다고도 했다. 틀린 말은 아니었지만 내게는 상처에 소금을 뿌리는 것과 같았다. 그 말이 또 서운해서 엄청나게 쏘아붙이며 싸움을 걸었다. 합의점이 보이지 않았다. 매일 싸움의 연속이었다.

그러던 어느 날, 한 가족을 알게 됐다. 독일인과 결혼한 한국 여성이었는데, 아이를 낳게 되면서 공부를 중단하게 됐고, 언제 복학할 수 있을지 불투명하다며 하소연을 했다. 나는 그녀의 심경에 매우 공감하며(드디어 동지가 나타났다!) 우스갯소리로 "남편분이 잘하셔야겠어요"라고 말했다. 애초의 의도와 달리 허공 위로 돌아온 답변은 내 심장에 화살로 박혔다.

"그러게요. 예전에는 남편한테 '나한테 잘해'라고 하면 알겠다고 했는데 요즘엔 들은 척도 안 해요. 결국엔 제 선택의 문제죠."

선택의 문제, 이 짧은 한마디가 섬광처럼 튀어올라 뇌리에 꽂혔다. 무엇보다 충격을 받은 건 그 남편의 성품 때문이었다. 타인을 돕는 일이 직업이기도 했거니와 첫인상이 한마디로 '천사'였다. 백옥같이 하얀 얼굴에 구불구불한 갈색 머리, 동그란 파란 눈동자 안에는 선할 선善 자가 새겨져 있었다. 온종일 인류의 평화만 걱정할 것 같은 박애주의자. 저 사람의 감정 주머니에 과연 '화'라는 것이 존재할 수 있을까? 그는 온화하고 침착해 보였다. 저런 남자도 살다 보면 혹은 참다 보면 날이 서는구나. 물끄러미 남편을 봤다. 단언컨대 그는 평소에도 천사가 아니었다. 흥도 많고 화도 많은 인간이었다. 몇 달도 못 참고 그만 좀 하라며 타박을 하는데 시간이 더 지나면 오히려 나를 피해망상에 사로잡힌 여자로 취급할 게 뻔했다.

새로운 인식의 전환이 필요했다. 그가 완곡하게 같이 가기를 원한 것도 있었지만, 냉정하게 봤을 때 내가 진짜 독일에 오고 싶지 않았다면 한국에 남아 있는 쪽으로 버텼어야 했다. 아이도 없었기에 떨어져 사는 것도 아예 불가능한 시나리오는 아니었다. 이미 선택을 했고, 뒤돌아 봐야 아무 소용없다는 것을 머리는 알고 있었지만 자꾸 뒤를 돌아보았다. 그 당시 나에게 고성능 백미러가 달려 있었던 게 분명하다.

비단 나뿐만이 아니었다. 국제 커플 혹은 남편을 따라 직장을 그만두고 온 많은 여성이 비슷한 고민을 했다. 진로를 찾는 건 한국에서도 어렵지만 외국에서는 더욱더 제한이 많았다. 급기야 아내가 적응을 잘 못 해서 귀국하는 경우도 봤고, 반대로 제2의 적성을 발견해서 새로운 일을 시작한 이도 있었다. 과연 나는 둘 중 어느 쪽일까? 자꾸 뒤만 돌아보다가는 어디까지 후퇴할지 모른다는 불안함이 감지됐다. 길이 없었다. 낭떠러지였다.

나는 내딛는 족족 발목이 푹푹 빠지는 모래사장을 하염없이 걷고 있었다. 걸어도 걸어도 번민은 끝이 없었다. 우울의 바다에 한번 빠지니 헤어 나올 수 없을 만큼 더 깊이 빠져들어 갔다. 자기 연민 속에서 허우적대기만 했다. 그러나 모래 끝의 파도는 달랐다. 바닷속 파도는 부서질 것을 알면서도 일어났다. 부서질 것을 알면서도 일어나는 것, 사그라질지 모를 포말 속에서 기어코 희망을 찾아내고야 마는 것, 어쩌면 이것이야말로 우리네 삶이 아닐까. 고개를 들었다. 일렁이는 파도가 보였다. 나는 아직 부서지지 않았다. 일어나자. 아니 일어나야 한다. 그렇게 파고를 따라 다시 구부러진 무릎을 들어 올렸다.

재밌게 할 수 있는 일들, 성과를 거두지 못할지언정 헛되지 않을 일들을 적어 내려갔다. 먼저 독일어 어학원에 등록했다. 새로운 언어가 삶의 동력이 되어주리라. 지역에서 하는 각종 전시나 음악회를 찾아보며 몸을 움직였다. 나만의 일상을 위한 시간표를 짰다.

그리고…… 글을 쓰기 시작했다. 지금까지 써왔던 방송 대본이 아닌 나를 위한 글을. 한국에 있다면 느끼지 못할 경험의 시간을 기록하자. 보잘것없는 글들이 훗날 삶의 또 다른 거울이 되어줄지도 모르니까. '너 때문이야'도 '너 덕분이야'도 아닌 '나 때문에', '나 덕분인 삶'을 기록하자. 파도는 부서질 걸 알면서도 일어난다. 행여나 부서져도 괜찮다. 파도는 다시 일어날 테니.

언어의 나이,
다섯 살

내 입에서 나오는 대부분의 단어는

내 감정과 딱 맞아떨어지지 않았다.

—다와다 요코, 『영혼 없는 작가』

　1979년 19세의 나이에 시베리아 횡단 열차를 타고 홀
로 독일에 온 일본 작가 다와다 요코. 그녀는 독일에 살면
서 독일어와 일본어, 이중 언어로 글을 썼다. 새로운 세계
와 언어에 대한 체험은 낯선 글쓰기로 이어져 개성 있는

문체를 탄생시켰다. 나는 다른 나라의 언어로도 자신의 생각을 유려하게 써 내려가는 그녀에게 경외감을 느꼈다. 동시에 위에 인용한 문장은 외국어의 장벽에 부딪히며 좌절을 거듭하는 내게 또 다른 용기를 주었다.

우리는 태어난 나라가 아닌 다른 나라에 살게 되는 것을 이주 혹은 이민이라고 한다. 이때 중요한 것은 몸만 이동하지 않는다는 점이다. 새로운 환경, 새로운 집, 새로운 친구, 새로운 사람, 무엇보다 새로운 언어를 만나야 한다. 언어는 하나의 세계다. 그 세계로 가는 관문은 실로 만만치가 않다.

그나마 고등학교 때 제2외국어로 독일어를 배웠고 성인이 되어서도 독일어를 공부한 남편과 달리 내게 독일어는 생경했고, 문법의 막강한 어려움은 베를린 장벽보다 높았다. 이 특이한 언어는 명사 앞에 남성, 여성도 모자라 중성, 복수까지 관사가 붙었으며, 형용사마저 명사에 따라 형태가 변했고, 어떤 동사는 둘로 나뉘어 앞뒤로 움직이기까지 했다.(글자에 발이 달린 것도 아니고 가만히 좀 있지, 나 원 참.) 오죽하면 오스카 와일드는 "독일어를 배우기에는 인생이 너무 짧다"고 했고, 마크 트웨인은 독일을 다녀간 뒤 『지독한 독일어The Awful German Language』라는 책에서 "언어에 재능이 있는 사람은 영어는 30시간 안에,

불어는 30일 안에, 독일어는 30년 안에 배울 수 있다"고 했을까. '지독한 독일어'라니, 마크 트웨인은 참으로 참된 비유를 하는 작가다.(한 수 배웁니다.)

우주 최강 밉상 언어 독일어를 성인이 되어서 배운다는 것, 즉 언어의 이주민이 됐을 때 부딪히는 크고 작은 절벽들은 깊은 무력감과 넓은 좌절감을 안겨 주었다. 다와다 요코의 말처럼 대부분의 단어가 내 감정과 잘 맞아떨어지지 않았고, 배운 만큼도 독일어를 잘 구사하지 못했다.

특히 초반에는 거의 매일 좌충우돌, 실수 연발이었다고 해도 과언이 아니었다. 친구의 생일날, 그녀를 놀래 주려고 계단 뒤에 숨어 있다가 '서프라이즈'라는 뜻의 '위버라슝(Überraschung)'을 외치려 했건만, 내 입에서는 '위버바이중(Überweisung)!', 헉 계좌이체가 튀어나오네? 이 망할 놈의 입을 틀어막고 싶었다. 쥐구멍을 파냈어야 했는데 숨을 데도 없네. 본의 아니게 좌중을 폭소케 했다. 뭐, 거금의 계좌이체는 서프라이즈가 될 수도 있겠지만 지금 생각해도 얼굴이 화끈거린다.

한번은 횡단보도에서 엄청난 짐과 함께 휠체어에 몸

을 의지해 개를 데리고 가는 할머니를 만났다. 남편은 그저 도와주고 싶었단다. 문제는 그 마음을 "도와 드릴까요?(Kann ich Ihnen helfen?)"로 전해야 했는데, 본의 아니게 "나 좀 도와주실래요?(Können Sie mir helfen?)"로 표현한 것. 할머니는 어이가 없었는지, 딱 한 마디 내뱉었다.

"뭐라고?!(Was?!)"

그녀의 앙칼진 '바스?!' 안에는, '봐쓰? 너 봤냐고? 지금 내 상황 보고 말하는 거냐?'가 내포되어 있었다. 그, 그러실 만도…… 다시 한 번 죄송합니다.

아무래도 외국인은 도움을 받을 일이 더 많다 보니 어학원에서 '도와주세요'만 수없이 가르친 탓이다. 일종의 주입식 교육의 폐해랄까. 의기소침해진 그를 위로하며 속으로는 쾌재를 불렀다.(두고두고 놀려먹을 거리가 생겼군.)

서당 개 삼 년이면 풍월을 읊는다고 한편으로는 까막눈이 뜨이는 경이로운 경험도 했다. 알파벳을 익히고 단어를 외우고 문장의 배열을 배워야 하는 험난한 과정을 겪은 뒤 만난 세계는 지금껏 느껴보지 못한, 질감이 아주 다른 흥분의 시공간이었다. 정지된 언어들이 움직이며 다가오기 시작했다. 때로 반갑게 인사했으며 생각할 거리를 불쑥 던져주기도 했고, 아름다운 발음과 뜻으로 이방인을 홀리기도 했다. 평소 무심코 지나쳤던 거리의 글자들이 마치 메타포처럼 말을 걸어왔다. 글을 읽을 수 있고 뜻을 알게 됐다는 쾌감은 모국어를 익힐 때와는 또 다른 성취감을 맛보게 했다. 삼십 년 넘게 발화해보지 않았던 낯선 언어가 내 입에서 흘러나올 때는 야릇한 카타르시스까지 느꼈다.

그래서 독일어를 잘하게 됐냐고? 절대 아니다. 여전히 어렵다. 단어 그대로 '외'국어는 내 안에 있는 언어가 아니라 밖에 있는 언어다. 나를 상대화하고 그들의 사고방식으로 생각한다는 것은 아마 평생 이뤄내지 못할 경지일지도 모르겠다. 리더기만 갖다 대면 단숨에 읽히는 바코드처럼 상대가 전달하고자 하는 바를 이해하고 싶었지만 쉽지 않았다. 어떤 이는 외국에 산다고 하면 외국인 친구가 여러 명 있고 일이 년 지나면 그들과 자유롭게 의사소통을 할 거라고 생각하겠지만 그것은 언어라는 조건이 아주 충분히 갖춰졌을 때나 가능한, 독일과 한국의 거리만큼이나 먼 이야기였다. 단언컨대 외국에 산 햇수와 언어 실력은 비례하지 않는다.

내 언어의 나이는 다섯 살이다.(어쩌면 네 살, 아니 세 살?) 고작 '좋아해요, 싫어해요, 원해요, 살게요'와 같은 기본적인 동사들만 사용할 줄 아는 다섯 살. 이런 맥락에서 보면 겨우 다섯 살짜리가 외국에서 집을 구하고, 통장을 개설하고, 보험에 가입하고, 비자를 받고, 병원에 간다는 것은 어불성설이다. 언어의 이주민으로서 걸어가야 할 길은 여전히 지난하다. 신은 내게 언어란 달란트^{talent}를 준 것 같지 않다는 자책을 수백 번도 더했고 지금도 한다. 독일어는 나중에 쓸 데도 없다며, 뭐 이딴 언어가 다 있느냐며 욕을 해대면서도 이상하게 이왕 시작한 이 요상한 끈을 놓고 싶지는 않다. 새로운 언어는 또 다른 세계이다. 제2외국어를 통해 만나는 생각 주머니들은 나의 숨을 새롭게 만들어갈 것이다. 다만 독일어가 미치게 힘들 땐, 나만 이런 어려움을 겪는 것은 아니라고, 언어의 이주민이라면 누구나 겪는 통과의례라고 주문을 걸었다. 그러면 조금은 위안이 되었다.

었다. 그는 죽느냐 사느냐를 고민했던 햄릿만큼이나 갈등했다.

'이에는 이, 눈에는 눈. 똑같이 가운뎃손가락을 들어 올릴 것이냐, 더 센 한 방을 위해 참을 것이냐.'

남편은 고민 끝에 심호흡을 한 번 하고, 후자를 선택했다. 몹시 기분이 상했지만 애써 태연한 척 수업에 임했다. 만약 그 자리에서 화를 냈다면 수업은 엉망이 될 것이 분명했고, 그것은 그녀와 똑같은 부류의 사람이 되는 하수의 대응이라고 판단했단다. 그는 귀에 하나도 들어오지 않았을 나머지 강의가 끝난 뒤 그녀를 따로 불러냈다.

"네가 한 말은 누가 들어도 모욕적이었어. 나는 오늘 사과를 받아야겠는데, 나한테 미안하다고 할래?"

여자는 머뭇거리더니 오해한 거라면서 이러쿵저러쿵 변명을 구구절절 늘어놓았다. 그러나 남편은 단호했다. 그녀는 사람 잘못 만난 거다. 이 남자는 일명 홍사과(남편의 성은 홍씨다)로, 사과 빚쟁이다. 사과를 받아야겠다고 마음먹으면 어떻게 해서든 받아내고야 만다. 지옥은 물론 그곳이 어디라도 끝까지 쫓아갈 것이다. 역시 홍사과는 과녁을 쐈다.

"너 착각하고 있는 것 같은데, 내가 너한테 사과를 구걸하는 게 아니야. 기회를 주는 거라고. 구걸과 기회의 차이는 알지? 그러니 기회를 줄 때 사과해."

그녀는 썩은 소시지를 씹은 듯한 표정으로 입을 열었다.

"일부러 그런 건 아니야. 오해했다면 미안해. 사과할게. 정말 미안해."

모기만 한 목소리였다. 사실 이 비유조차 모기를 모욕하는 것 같아서 하고 싶지 않다. 모기보다 못한 X! 경험상 독일 사람들은 합리적으로 설명하고 사과를 요구하면 결국 하기는 한다. 하지만 말하기가 애매해서 넘어가 주거나 제대로 말하지 않으면 절대 먼저 사과하는 경우는 없다. 그들에게 사과란 곧 그 일에 대한 책임을 의미하기에 무게감이 크다나 어쨌다나. 남편이 구태여 그녀를 불러내 사과를 받아낸 이유는, 참고 넘어간다면 나중에 두고두고 후회할 것 같아서였다. 응당 기분이 나쁜 것도 있었지만, 내 권리조차 제대로 말하지 못하는 유학 생활은 아니 한만 못한 것이었다. 결국 자존감의 문제였다.

해외 생활에서 그 나라의 언어가 유창하지 않다면 한 번 이상은(솔직히 수십 번) 내 의견을 제대로 말하지 못해 억울한 일을 당하는 경우가 생긴다. 처음에는 애써 울분을 삼키며 스스로 마인드 컨트롤 하는 것으로 끝날 수 있지만, 쌓이다 보면 도인이 아닌 이상 화병이 날 수밖에 없다. 남편에게 이 얘기를 들은 날, 큰일로 번지는 게 싫어서 매번 오케이라며 바짝 수그리고 살았던 나도 이제는 따질 일이 있으면 한국어로라도 따져야겠다고 으르렁거렸다. 그들의 편에서 다 이해해줄 필요도 없었고, 좋은 게 좋은 거라고 내가 좀 손해 보고 넘어갈 어떤 이유도 없었다.

우리가 이 땅에서 내세울 수 있는 것이라고는 자존감뿐이었다. 자신감보다 스스로의 존엄성을 지키고 사는 '자존감'이 중요했다. 만약 자존감마저 사라진다면 지지대가 전혀 없는 독일이란 황량한 대지에서 무너져 내릴 것이 뻔했다. 최소한 인간답게 살고 싶었다. 그러기 위해서는 누구보다 나를 믿어야 했다. 사람은 자신을 믿지 않으면 두렵고 불안해진다. 대관절 험한 세상에서 나 말고 누구를 신뢰할 수 있겠는가.

내공을 쌓아야 했다. 이따금 칼을 휘두르는 그들에게 멋진 답으로 응수하기 위해서는 자존감을 비축해두는 것이 필요했다. 내 의견을 더 잘 표현하고자 독이 올라 독일어를 공부했고, 내면의 근육을 쌓아 나갔다. 덩치 큰 게르만족에게 선비의 고매함이 무엇인지를 알려줄 그날을 기다리며 매일 칼이 아닌 '먹'을 갈았다. 사계절처럼 인간에게도 시절이 있다면 그 당시는 '정신과 싸우다 당당함을 갖추게 된 시절'이었다.

PS. 이유는 모르겠지만 그 여자는 그날 이후 수업에 나오지 않았다. 홍칫뿅!이다.

고목나무 아래에서
헤세를 읽는다는 것

모국어를 가져가고 싶었다. 『안나 카레니나』, 『이방인』, 『싯다르타』, 『지하로부터의 수기』……. 독일로 가는 이삿짐 박스를 꾸리면서 고추장, 간장, 된장 사이로 두고 두고 읽어도 질리지 않을 인생 책들을 챙겼다. 막연히 그곳에서는 한국 책을 구하기 어려울 것 같았고, 일순간도 작별하고 싶지 않았다.

예감은 틀리지 않았다. 한동안 이 책들을 자주 반복해서 읽었다. 아니 읽을 수밖에 없었다. 읽고 싶은 책을 사는 일이 고춧가루를 구매하는 것보다 훨씬 어려웠다. 독일에도 한국 식료품점은 꽤 많았고 사는 동안 더 다양한 가게들이 오픈했기에 기본적인 한식 조달이 어렵지는 않았다. 그러나 한국 책은 판매처가 드물었고, 한국에서 받는다 한들 묵직한 무게와 엄청난 세금 탓에 비용 측면에서 부담이 됐다. 이런 이유로 독일 내의 한인 커뮤니티 벼룩시장에서 제일 빠르게, 좋은 값에 팔리는 품목은 한국 책이었다.

　내가 책에 집착한 이유는 희소가치가 높을수록 더 갖고 싶은 인간의 욕망과 더불어 일종의 '품위' 때문이었던 듯하다. 독일에서의 삶은 막연히 상상했던 여유 한 움큼, 우아 한 스푼과 거리가 멀었다. 미용실을 가지 못해 추노처럼 풀어헤친 머리를 하고서, 한쪽 어깨엔 에코백을 한 손엔 끌차를 끌고 마트에 가는 일이 주요 일과의 80퍼센트 이상을 차지했다. 나는 더 나은 삶을 위해 독일에 왔는데 외려 자주 초라했다. 무엇보다 이 사회에 소속된 사람이 아니었고 직장이 없다는 점이 컸다. 내 존재가 하찮게 느껴졌다. 언어가 잘 통하지 않아 답답했던 적이 한두 번이 아니었고, 묘한 인종차별 앞에 하이힐로 걷어차기는커녕 집에서 홀로 이불 속 하이킥을 해대기 일쑤였으니까.

보잘것없는 일상에서 책을 읽는다는 건 스스로 품위를 지킬 수 있는 유일한 행위였다. 느지막한 오후, 카페의 편안한 의자에 느슨히 기대어 앉는다. 바스락거리는 종이를 만지작거리며 빼곡한 활자들을 눈으로 훑어 내려간다. 이때만큼은 나도 약간은 유러피언이 된 것 같다. 꽤 고상한 척, 꽤 우아한 척, 그 척들이 켜켜이 쌓여 내 품위를 채워주었다. 괜찮다고, 나쁘지 않다고. 너는 이렇게 커피를 마시며 책을 읽을 수 있는 여유를 가진 사람이라고. 1유로짜리 커피를 홀짝이며 김애란의 『바깥은 여름』을 읽을 때만큼은 추운 독일의 겨울도 찬란한 여름이었다.

가져온 책들을 반복해서 읽는 게 지겨워질 무렵, 조금씩 독일어에 눈뜨기 시작했고, 그즈음 은혜로운 지인으로부터 e북 리더기를 선물 받았다. '책은 무조건 종이책'이라고 외치던 내게 e북은 신세계였다. 이때부터 본격적으로 탐독하기 시작한 것은 독일 작가들의 책이었다. 한국어와 독일어를 비교해보고 싶었고, 요한 볼프강 폰 괴테, 헤르만 헤세와 같은 대문호들이 보았을 그 풍경 속에서 그들의 작품을 읽는다는 것, 그것은 독일에서 누릴 수 있는 거의 유일한 호사였다.

밤베르크의 장미 정원을 거닐며 장미 가시에 찔려 파상풍으로 죽은 릴케를 떠올렸다. 그와 같은 여자를 사랑했고 같은 상처를 받은 니체가 홀로 걸었을 산책길을 걸었다. 시인이 되지 못하면 아무것도 되지 않겠다며 학교를 뛰쳐나온 헤세가 누볐을 들판을, 작가 지망생이던 괴테가 『파우스트』의 영감을 얻었던 맥줏집을, 막스 뮐러가 독일인의 순결한 짝사랑을 구상했을지도 모를 고성을 찾아다녔다.

울창한 나무들이 빽빽하게 자리한 탓에 한낮에도 해가 들어오지 않는다는 검은 숲, 그 숲에서 헨젤과 그레텔은 길을 잃었고, 『수레바퀴 아래서』의 한스는 방황했다. 나는 이 문학의 숲에서 황홀했다. 높다란 전나무와 가문비나무들이 빽빽하게 들어찬 숲에서 끝없는 푸르름을 맛보았고, 햇빛을 받아 찬란하게 너울대는 라인 강에 키스했으며, 오래된 좁은 골목 틈 사이로 해 질 녘의 태양이 타들어 가는 냄새를 맡았다.

그들이 표현했던 자연이 내 가슴에 들어왔을 때, 활자들은 또 다른 얼굴로 말을 걸었다. 마치 책 속에 갇혀 있던 인물들이, 장면들이 마구마구 튀어나올 것만 같았다. 여전히 어려운 독일어를 붙잡고 사전과 대조해가며 원서를 읽을 때는 살짝 나 자신에게 도취되어 지적 허영심에 사로잡히기도 했다.

이상하게 독일 문학을 읽다 보면 심장 한쪽이 자주 아렸다. 『독일인의 사랑』, 『젊은 베르테르의 슬픔』, 『책 읽어주는 남자』, 『생의 한가운데』, 『늦어도 11월에는』, 라이너 마리아 릴케와 라이너 쿤체의 시들……. 그들의 사랑은 어느 날 갑자기 회오리바람처럼 훅 일어나 모든 것을 휘감아버린 다음 흔적도 없이 사라져버렸다. 미련한 짝사랑으로 끝나거나 자살해버리거나. 모두를 버리고 얻은 뜨거운 사랑 앞에서도 그 흔한 격정적 키스 신 한 번 없이 자멸하고 만다.

이것이 독일인의 사랑일까. 무뚝뚝하고 더러 고지식해서 가끔은 답답하기까지 한, 오히려 그래서 고귀하게 느껴지는 그 사랑. 무조건 빠름을 외치는 현대인은 절대 가닿지 못할 것 같은 아득한 시공간, 그 안에서 펼쳐졌을 숨막히는 정한을 더듬는다. 독일 출신의 테너 프리츠 분더리히Fritz Wunderlich의 〈시인의 사랑Dichterliebe〉(슈만 가곡집)을 듣는다. 시린 혈관 속에서 뜨거운 열정이 흐른다. 사랑은 변해도 그 순간 영원을 맹세한 마음은 빛바래지 않을 것이다. 시간이 지나도 그 사랑을 기록한 글은 사라지지 않을 것이다. 아마 백 년, 이백 년 후에도 이 작품들은 읽히겠지. 누군가는 그들의 발자취를 따라 걷겠지. 나는 이미 죽어 없을 먼 미래에도 이 땅에서 어떤 이가 위대한 작품들을 읽을 거라고, 그리고 사랑을 할 거라고 생각하면 뻐근해진다. 시대를 초월하는 글의 생명력에, 존귀함에 고개가 숙여진다.

아마 십여 년 전일 거다. 방송작가로 일할 때 가난한 시인을 만난 적이 있다. 그는 외딴 강화도에서 아내와 함께 인삼을 팔며 시를 썼다. 왜 하필 바다에서 산에 나는 것을 파느냐고 물었더니 인삼이 '사람 인人'을 닮아서란다. 너무나 인간적인 시인의 시는 자본주의 시대에 몇 남지 않은 '순수'였다. 속물로 가득한 현대인의 영혼을 뒤흔든 말간 시들은 자신이 쓴 것이 아니라고 했다. 섬이 쓰고 바다가 그려주었단다. 아내에게 프러포즈할 때도 산이 도와주고 새가 응원해주었단다. 이런 섬에 살면 시인과 같은 시를 쓸 수 있을까? 시심이란 게 '피용' 하고 불꽃처럼 피어오를까? 잠깐 헤아려보다 나는 절대 못 해 하고 고개를 절레절레 흔들며 도시의 빌딩 숲으로 돌아왔다.

독일의 대자연과 대문호들이 쓴 글을 마주하며, 그때 그 시인을 자주 떠올렸다. "섬이 쓰고 바다가 그려주었다." 그들의 글도 이 태양이 써주고 이 나무가 그려주었을까. 자연은 대체 작가에게 어떤 존재일까. 작가라는 명함이 여전히 부끄러운 나는 끄나풀이라도 잡고 싶어 그들이 누볐을 자연 속에서 허우적댄다. 그리고 읽는다. 내가 행운아Glückspilz라고 별명을 붙여준 커다란 고목나무 아래에 기대어 『싯다르타』를 펼쳐 든다. 이 시공간에서 헤세를 읽을 수 있는 것만으로도 나는 행운아다.

적어도 달리는 동안은
안주하지 않았다

유독 체육을 못 하는 아이였다. 아무리 노력해도 수우미양가 중 '양'을 면치 못했다. 허약 체질이기도 했거니와 몸이 둔했고, 구기 종목은 완전히 젬병이어서 공이 날아오면 눈을 질끈 감아버리기 일쑤였다.

동그란 것들이 무서웠다. 축구공부터 조그마한 탁구공까지 날아오는 공을 시원하게 툭 쳐내지 못했다. 동그란 것들이 핑퐁 핑퐁 포물선을 그리며 공격해 오는 것만 같아 두려웠다. 머리로는 피해야 한다는 것을 알면서도

공 앞에선 자동으로 눈이 감겼다. 공에 맞아 부러진 안경이 몇 개인지 셀 수가 없다. 어떻게 보면 참 미련했다.

운동과는 거리가 먼 내가 그나마 잘하는 종목은 달리기였다. 아무런 기구도 필요없다는 점이 특히 매력적이었다. 내 안경뿐만 아니라 타인의 안경을 부러뜨릴 일은 더더욱 없었다. 오롯이 맨손으로 할 수 있으며 어떤 공격도 필요치 않다. 공격도 방어도 소질이 없던 나는 무엇이든 혼자 하는 것이 편했다. 달리기는 순전히 나와의 싸움이다. 경쟁자는 '나'뿐. 조깅화 외에는 특별히 준비할 것이 없고, 빨리 달려서 제쳐야 하는 상대도 없다.

달리기를 좋아하는 이유를 좀 더 구체적으로 나열해보면 첫째, 시간 제약 없이 하고 싶을 때 언제든 할 수 있다. 둘째, 전략이 필요 없으니 아무 생각 없이 할 수 있다. 그저 자연을 마주하고 내 심장이 뛰고 있음을 느끼면 된다. 셋째, 뭔가를 꾸준히 한다는 것은 생활에 리듬을 만들어준다. 넷째, 달릴 때만큼은 복잡한 생각이 사라지고 마음이 편해진다. 다섯째, 천천히 자신만의 속도대로 가면 되는 이 운동의 패턴은 묘하게 내 적성과 맞는다.

한국에서도 심란할 때면 달렸지만, 독일에서는 달리

기가 중요한 일과 중 하나가 되었다. 가끔 아니 솔직히 자주, 나 자신이 무력해 보였다. 무직인 내가 '여유'를 가장한 채 시간을 뭉그적대는 동안 한국의 지인은 집을 샀고, 방송작가 동기들은 날고 기는 이들과 유명 프로그램에 혼을 쏟아부었으며, 어떤 친구는 육아로 일생일대의 값진 시간을 일구고 있었다.

나는 대체 지금 여기서 뭘 하는 걸까? 무엇을 위해 사는 것일까? 쉼 없이 달려왔기에 쉼표 하나쯤 찍어도 된다고 자기합리화도 해봤지만 내심 조급했다. 아무것도 하지 않고 귀한 시간을 허비하고 있다는 죄책감이 들었고 초조함이 밀려왔다. 그런 공허한 기분을 떨쳐버리고 싶을 때면 공원으로 나가서 달렸다. 달리기는 내가 무언가를 하고 있다는 확신을 주었다. 달리는 행위가 적어도 안주하지는 않았음을 증명해주는 것만 같았다.

숨이 차오를 때까지 헉헉거리며 뛰다 보면 여러 풍경이 눈에 들어온다. 강물을 가로지르며 카누를 배우는 학생도 있고, 연인의 머리를 빗겨주는 다정한 남자도 있으며, 공원을 아름답게 가꾸는 자원봉사자들, 출산 후 다이어트를 위해 단체 요가를 하는 엄마들, 반려견과 함께 달리는 이도 있다. 계절의 이치에 따라 시시각각 색을 달리

하는 꽃과 나무들은 근사한 배경이 되어준다. 때로 바람 따라 실려 오는 꽃향기가 야릇해 가슴을 두근거리게 했고, 작열하는 해가 마음을 뜨겁게 달구었으며, 살갗을 스치는 5월의 돌개바람이 잡다한 걱정들을 실어 날랐다.

달리기 마니아로 알려진 무라카미 하루키는 『달리기를 말할 때 내가 하고 싶은 이야기』에서, 같은 십 년이라도 생동감 있게 사는 십 년 쪽이 더 바람직하다고 여기기 때문에 달린다고 했다. 그가 자신의 묘비명에 새기고 싶은 글귀 "적어도 끝까지 걷지는 않았다", 이 짧은 한 문장은 내가 달리기를 하는 이유에 설득력을 실어주었다.

우리는 살면서 얼마나 자주 주저앉고 걷기를 반복할까. 행여 더러 주저앉고 걷는다고 할지라도 끝까지 완주했다면 꽤 괜찮은 삶이었다고 말할 수 있지 않을까. 속도는 상관없다. 달렸다는 것에 의미가 있다. 그 행위가 나를 살아 있게 만든다면 그것만으로 충분하다.

오늘도 나는 조깅화를 질끈 동여매고 달린다. 그곳이 어디든 내 발길 닿는 대로, 내 힘이 닿는 대로 달리고 또 달린다. 이제는 나를 공격해 오는 그 무엇에도 눈을 감지 않을 수 있을 것 같다.

불꽃놀이,
황홀과 허무 사이

독일에서 거의 매일 '매우 좋음'을 기록했던 유일한 존재는 다름 아닌 '공기'였다. 대체로 공기 질은 늘 최고치를 기록했다. 그런데 연중 '미세먼지 좋음' 가운데 딱 하루, 미세먼지 농도가 심각한 날이 있다. 그날이 오면 어김없이 미세오염도는 '매우 나쁨' 혹은 '나쁨'으로 표시된다. 뜻밖의 그날은 바로 12월 31일이다.

독일어로 신년 이브는 질베스터Silvester라고 부르는데, 이날은 교황 질베스터 1세를 기리는 날로 공식적인 공휴

일이다. 폭죽의 소음과 연기로 악귀를 물리친다는 믿음
에서 시작된 질베스터 전통은 곧 불꽃놀이를 의미한다
고 해도 과언이 아니다. 12월 31일 오후부터 시작되는 폭
죽은 1월 1일 새벽까지 계속된다. 베를린, 쾰른 등 대도시
광장에서 펼쳐지는 성대한 불꽃놀이 외에도 너도나도 우
후죽순 거리로 나와 엄청난 폭죽을 터트리기에 그야말로
도시 전체가 밤새도록 파바방~ 핑핑~ 불꽃 잔치다. 하늘
곳곳에서 꽃들이 만개하며 장관을 이룬다.

　불행히도 이 흥미로운 감상은 독일에 온 첫해에 잠시잠
깐에 그쳤고, 곧 소음 스트레스로 이어졌다. 불꽃을 터트
리는 소리가 거의 전쟁에 가까웠다. 피융~ 파바박~ 우당
탕탕~ 종류도 다양한 데다 데시벨도 상당하기에 흡사 총
소리 혹은 대포 소리를 연상시켰다. 게다가 우리 집은 길
가에 있어서 폭죽 소리가 더 가깝게 들렸고 온종일도 모
자라 새벽까지 이어지는 탓에 도통 잠을 잘 수가 없었다.

　두 번째 해부터는 "오늘도 잠은 다 잤군" 하고 투덜거
리며 밤새 뒤척였다. 친정집에서 엄마와 조용히 제야의 종
소리를 보고 잠들던 평화가 그립기까지 했다. 거리 전체
가 연기로 자욱했고 화염에 휩싸였다. 다음 날 아침, 도시
는 난장판이었다. 폭죽에, 깨진 맥주병에 정신이 사나울

정도였다. 전날 밤 화려하게 밤을 수놓다가 다음 날 아침이면 한낱 쓰레기로 전락한 불꽃을 보고 있자니 씁쓸했다.(요즘은 각종 사고, 환경오염, 코로나 등의 이유로 불꽃놀이를 금지하는 추세다.)

불꽃은 황홀하다. 동시에 허망하다. 불꽃이 터지는 짧은 순간의 찬란함은 올해의 마지막을 붙들어두고 싶은 마음을 대변한다. 우리는 나이가 들수록 알게 된다. 황홀함은 짧다는 것을. 그래서 새로운 해가 오는 것이 반가우면서도 두려운 일임을. 새해 곳곳에 버려진 불꽃 쓰레기는 휘황찬란한 파티 뒤에 찾아오는 허탈함, 혹은 호시절을 보낸 뒤 맞이하는 인생의 말로를 대변하는 것만 같아 괜스레 적적했다.

해외생활도 비슷했다. 막연히 상상했던 외국에서의 삶은 얼핏 불꽃처럼 화려한 결을 지녔으나, 그 이면에 깔린 적응을 위한 사투와 힘겨움, 허무함은 이루 말할 수 없을 정도로 묵직했다. 하루에도 열 번이나 이 나라가 싫었다가 좋았다가 냉탕과 온탕을 오갔지만, 확실한 건 지금 나는 이곳에 살고 있다는 사실이었다. 뻔한 말 같지만 결국 살아남느냐 마느냐는 내 마음가짐에 달려 있었다. 이왕 살게 된 거 그만 뾰로통하고, 좀 즐기며 살아보자 싶었다. 새해 계획 같은 건 한 번도 세워본 적 없는 나였지만 올해만큼은 가능한 한 신나는 한 해를 보내보자고 나직였다.(불행히도 이 계획을 세운 이듬해 코로나가 터졌고 불꽃놀이는 중단됐다. 정말이지 된장, 이런 된장. 아니 뭐 큰 걸 바란 것도 아니고 재밌게 좀 살아보겠다는데. 헝헝헝.)

일평생 불꽃만 그렸던 화가 야마시타 기요시. 그는 하늘 위로 사라지는 불꽃을 색색의 사인펜으로 무수히 점을 찍는 점묘법을 구사해 화폭에 남겼다. 나는 짧은 순간을 오랜 시간 공들여야 하는 화법으로 표현한 그 역설에 매력을 느꼈다. 16년여 간 전국을 방랑했던 그는 돌아올 수 없는 길을 떠나며 다음과 같은 말을 남겼다. "올해 불꽃놀이는 어디로 갈까?" '길 위의 화가'에게 이방인으로 살아가는 나 자신을 투영해본다. 삶의 황홀함과 허무함 그 사이 어딘가를 열심히 누벼보려고 한다. 결과야 어떻든 불꽃 튀게 살아보는 거다. 우리 모두는 언젠가 삶의 12월 31일, 인생과 작별하는 순간을 맞이하게 될 것이다. 그전에 치열하게 이곳에서의 삶을 사랑해볼 참이다. 한번은 아주 작게라도 반짝이는 불꽃을 터트려보고 싶다.

II

찌그러진
이민 가방을
펴는 시간

매일매일
먹고사니즘의 고민

"오늘 뭐 먹지?" 어릴 때 엄마가 제일 자주 하셨던 말씀이다. 그땐 왜 저런 고민을 하실까? 의아했다. 그저 해주시는 밥을 먹기만 했던 입장에선 그 음식이 나오기까지 얼마나 많은 수고로움을 거쳐야 하는지 몰랐으니까. 모름지기 본인이 해봐야 아는 거라고, 독일에 와서 365일 '돌밥(돌아서면 밥)'을 한 뒤에야 엄마의 고민을 이해하게 됐다.

평소 요리나 집안일에도 사람마다 적성이 다르다고 생

각해왔다. 청소는 좋아했지만 요리는 나와 맞지 않았다. 기본적으로 성인이 된 지금도 엄마가 "많이 먹어라"라고 잔소리를 하실 정도로 먹는 것 자체에 별 관심이 없다. 음식에 딱히 욕구가 없으니 요리는 더욱이 내게 미지의 영역이었다. 일이 바빠 외식이 잦았고 나보다는 남편이 요리를 더 좋아했기에 일주일에 한두 번 집밥을 하면 많이 하는 편에 속했다.

독일에 오면서 모든 것이 바뀌었다. 남편은 매일 오전 9시에 학교에 가서 저녁 7시 즈음에 귀가했다. 상대적으로 시간이 많은 내가 요리를 전담할 수밖에 없었다. 밥하는 게 여전히 싫었지만 울며 겨자 먹기로 받아들여야 했다. 요리 못하는 사람들의 대안으로는 남이 해주는 음식이 있지만 이는 외식과 배달이 아주 발달한 한국이라는 국가에서만 가능한 해법이었다. 서울의 물가를 생각하면 독일의 외식비가 비싸지는 않았지만 대체로 가격에 비해 맛이 없었다. 아차차, 이곳은 유럽에서도 맛없기로 유명한 나라, 독일이 아니었던가! 잊지 말자, 잊지 마. 언젠가부터 나는 맛집 검색을 포기했다. 이름난 레스토랑이라 해도 대부분 기대 이하였다. '이번엔 다를 거야', 기대하며 새로운 맛집을 찾아 나섰지만 늘 나올 땐 피땀 흘려 번

내 돈이 아까웠다. 점점 외식 횟수는 줄어들어 한 달을 평균으로 봤을 때 아예 안 할 때도 있고 가끔 지인을 만날 때가 전부인 상황에 이르렀다.

집밥을 해 먹을 수밖에 없는 또 다른 이유는 한국과 대비해 크게는 절반 이상 저렴한 장바구니 물가다. 귀찮다가도 음식의 질과 가계 사정, 무엇보다 한식을 좋아하는 남편, 이 삼박자가 절묘하게 합을 이루어 이 한 몸 희생하게 만들었다.

요리를 잘하는 사람은 기본적으로 맛의 배합을 잘 아는 유형일 것이다. 억지로 생존 요리를 해야 했던 나는 배합은커녕 모든 레시피를 인터넷으로 검색해서 밥숟가락으로 1스푼, 계량컵으로 물 2백 밀리리터, 정량대로 넣는 풋내기였다. 더욱이 한 시간 넘게 만든 요리를 남편이 5분 만에 게 눈 감추듯 먹어 치우는 모습을 보면 허탈했다. 맛있게 먹어주는 것이 요리하는 사람의 기쁨이라고 하던데 그런 행복일랑 정중히 사양하고 싶다. 오히려 힘들게 만든 결과물이 단 몇 분 만에 사라지는 현상 앞에 허무했다. 기회비용으로 따지자면 이건 완전히 마이너스였다. 밑지는 장사 앞에서 억울한 심경마저 들었다. 가끔은 어릴 적 건치아로 지역사회에서 이름을 날린(그는 건치아 대회에 출전해 3등을 차지한 이력이 있다. 참 별의별 대회가 다 있다) 남편이 튼튼한 치아로 오물조물 야무지게 음식을 씹어댈 때면, 그 입 모양새가 그렇게 꼴 보기 싫을 수 없었다.(남편이 아닌 자식이었으면 달랐을까.)

툭하면 찾아오는 분노 끝에 나름의 규칙을 세웠다. '밥솥 취사 버튼을 누른 뒤 완성되기까지 30분 동안만 요리하기.' 즉 시간이 오래 걸리는 메뉴는 하지 않겠다고 선언했고, 최선을 다해(?) 지키려고 노력했다.

여전히 요리하는 시간이 아까웠지만, 불행인지 다행인지 노력이란 어느 정도의 보상을 해준다. 더디게 실력이 늘었다. 적성에 안 맞는다고 노래를 부르던 요리도 하다 보니 화음을 찾기 시작했다. 수미네 반찬과 백종원 레시피는 『수학의 정석』과도 같은 지침서가 됐고, 치킨은 시켜 먹는 것인 줄 알았는데 집에서도 만들 수가 있었다. 라이스페이퍼로 김말이를 튀겼고, 자우어크라우트 Sauerkraut(독일식 양배추 절임)를 응용해 김치찌개를 끓였으며, 무 대신 콜라비로 깍두기를 담갔다. 급기야 태국산 찹쌀가루를 사서 떡까지 만드는 신공을 발휘했다. 물론 독일의 숨은 요리 고수들에 비하면 나는 꼬꼬마에 불과했다. 깻잎은 기본이고 미나리를 수경재배로 키우는가 하면, 김장을 해서 땅속에 묻었다는 전설과도 같은 교민도 있다.

요리를 할 수밖에 없는 상황을 받아들였지만 그럼에도 본성을 거스를 수 없는 법. 자주 밥하기가 싫었고 툭하면 짜증이 일었다. 그러던 어느 날, 무심결에 켜둔 라디오에서 요리 손질 역시 치유의 대안이 될 수 있다는 말을 들었다. 들쑥날쑥한 감정을 재료 손질로 치환해보라는 전문가의 처방은 꽤 설득력 있게 느껴졌다.

이 방법은 특히 부부싸움 후 오갈 데 없는 답답한 상황에서 주효했다. 한국에서 공수한 귀한 나물을 물에 씻으며 성난 마음을 헹구고, 잘근잘근 무를 썰며 나를 노엽게 만든 그를 씹어댔고, 송송송 파를 썰며 분노를 잘라냈다. 밀짚 인형에 사주하며 바늘을 찌르듯 열심히 돼지고기에 난도질을 해댔다.(여보 미안.) 그러다 보면 가끔은 통통통 도마 소리가 토닥토닥 나를 위로해주는 소리로 들렸다. 아보카도를 손질하며 실망의 씨앗을 빼냈다. 상처난 가슴에는 톡톡 설탕을 뿌렸다. 재료를 손질하며 마음도 반질반질 닦는다. 정갈하게, 깨끗하게, 쓰임새 좋게, 그렇게 말이다.

여전히 나와 요리는 대척점에 있지만 결국은 먹고사니즘의 문제였다. 살아 있는 이상 안 먹고 살 수는 없는 노릇이니까. 더욱이 외국에서는 한식만큼 배와 영혼을 동시에 든든히 채워주는 존재도 없었다. 한 그릇의 밥이 밥상에 오르기까지 아주 많은 시간과 정성이 들어간다. 채소를 키운 농부의 노고, 메뉴 선택을 위한 고심, 손질에 담긴 노력까지. 더불어 집밥의 건강함과 식탁에서 오가는 일상적인 대화는 가족이라는 울타리의 기본 재료가 된다. 다 같이 둘러앉아 식사를 할 때야말로 가장 사람 사는 냄새가 난다. 그래서 우리는 가족을 '같이 밥을 먹는 사람'이란 의미의 식구食口라 부르나 보다.

언젠가 독일 생활을 마무리하며 남편과 우리가 이곳에서 가장 많이 쓴 한국어를 꼽아봤다. 고민할 것도 없었다. 1위는 독보적, 반박 불가였다. "오늘 뭐 먹지?"

독일 마트가 준
희로애락 4종 세트

독일에 사는 삼식이 남편을 둔 한국 아줌마의 아침
은 조간신문이 아닌 마트 전단지로 시작된다. 이번 주에
는 어떤 할인 상품들이 나왔는지 마트별로 살펴보고, 각
종 어플도 확인한다. 필요한 물건이 세일을 한다면 도보
30분 정도의 거리는 고민 없이 직진한다. 우리 집의 유일
한 차인 장바구니 끌차를 끌고 저렴하게 물건을 살 수 있
는 곳이라면 어디든 돌진한다. 마트마다 주력 상품이 다
르므로 순회하듯 두세 군데를 가는 날도 있다. 필요한 물

건도 사고 여전히 이국적인 식자재도 구경하고, 1센트라도 더 싸게 샀다는 만족감을 가득 품은 채 집으로 돌아와서 맛있게 식사를 했다면 그날의 일진은 썩 괜찮은 편. 이 정도면 희로애락 중 희와 락이라고 할 수 있다. 소비의 기쁨과 맛의 즐거움, 두 마리 토끼를 다 잡았으니.

문제는 일주일에 두 번 이상은 가는 마트에서 로와 애도 왕왕 일어난다는 것에 있다. 대개 그 원인은 마트 직원에게 있는데, 딱히 항의하기도 구차한 애매한 인종차별이 나를 때로 노엽게 했고 슬프게 만들었다. 내 앞사람에게까지는 생글생글 웃으면서 "안녕", "좋은 주말 보내", "고마워" 잘만 친절하게 말하더니 키 작은 동양 아줌마가 계산대에 등판하는 순간 곰살맞은 표정은 경색되고 입은 지퍼가 달린 듯 지지직 굳게 닫힌다. 인심 좋은 호호 아줌마에서 호환마마로 바뀌는 것은 한순간이다. 솔직히 이 정도는 맷집이 생겨서 상대가 인사를 하든 말든 나 혼자 인사하는 경지에 이르렀다. 돈 드는 것도 아니니까 "안녕", "고마워", "좋은 주말 보내". 쾌활한 척 내지른다. 어쩌면 이 행위는 나는 당신과 같은 부류가 아님을 과시하는 일종의 소심한 복수이기도 했다.

그러나 본인이 계산을 잘못해놓고 사과 한 번 없는 것

은 다반사, 갑자기 내 에코백만 가방 검사를 하질 않나, 다른 마트에서 산 물건(꽃이었다)은 밖에 두고 오라고 혼난 적도 있다. 나는 왜 항상 그들에게 훈계를 들어야만 하는가? 기분 나쁘게 느껴질 정도로 잔돈을 툭 바닥에 떨어뜨려 놓거나, 내가 동전을 센다고 조금이라도 계산이 늦어지면 "휴~ 하~" 죽상을 하고 한숨을 내쉬는 상황은 결코 수긍할 수 없었다. 한번은 거스름돈 전체를 10센트짜리 자잘한 동전으로만 받은 적도 있다. 뭐 하자는 건지?! 무거워서 못 들고 간다고 장난치냐고 마트를 한바탕 뒤집고 싶은데 그 말조차 독일어로 구사가 안 될 때, 나는 10센트짜리보다 못한 인간이 된 것만 같았다.

돌이켜보면 더럽고 치사해서 악을 쓰고 독일어를 배웠으니 고맙다고 해야 할까. 매번 나는 긍정적인 인간이라며 자기 주문을 걸어보지만 보살이 아닌 이상 마음에 생채기가 나는 건 어쩔 수 없었다. 가끔은 긍정적으로 생각하라는 말도 싫었다. 수만 가지의 감정을 가지고 태어난 사람이 때로 부정적일 수도 있는 거지 어찌 항상 긍정적일 수 있겠는가. 이것이야말로 인간의 본성을 거스르는 일 아닌가.

성급한 일반화의 오류일지 모르겠으나 이상하게 이런 일들은 합을 맞추기라도 한 듯 독일인치고는 좀 꾸민(?) 중년 여성들에게서만 당하다 보니 웬만하면 젊은 남자가 있는 계산대를 이용하는 버릇마저 생겨버렸다.

어떻게 보면 빈번한 에피소드는 방문 수와 비례한다. 매일 밥을 해야 하니 마트를 자주 갈 수밖에 없고 그렇다 보니 별의별 일들이 다 일어난다. 혹자는 뭐 이런 일로 화를 내고 글까지 쓰냐고 할 수도 있지만, 일상에서 가장 자주 가는 마트와 그곳에서 느끼는 일련의 일들은 의외로 내 의식의 많은 부분을 차지했다. '이 사람들이 외국인이라고 무시하는구나, 차별하는구나.' 은연중에 깔린 피해 의식이 스스로를 더 가두었다. 단순히 피부 색깔이 다르다는 이유로 차별받는 처지가 억울했고 이제는 좀 익숙해질 만도 한데 매번 일희일비하는 나 자신도 참 못나 보였다. 태생적으로 밴댕이 소갈딱지보다 못한 마음 그릇을 가진 소인배는 혼자 집에서 속앓이를 했다. 전생에 소가 아니었나 의심스러울 정도로 자주 그날 있었던 일을 되새김질하며 곱씹었다.(어쩐지 소화가 안 되더라니. 음매 죽겠소.)

한번은 누구한테라도 배출해야겠다 싶어서 독일인 친

구 D에게 어쩌고저쩌고 피해담을 늘어놓았다. 그는 의외로 크게 공감하며 솔직히 독일인인 자신도 불친절한 서비스 때문에 기분 나쁠 때가 많다고 했다. 특히 ○○마트는 더욱이 말이다. 급기야 그는 며칠 후 나의 사례담을 정리해 마트 고객센터에 항의 이메일을 보냈다. 돌아오는 답이야 뻔했다. "사태를 엄중히 받아들이고 있으며 대단히 죄송하고 직원 교육을 잘 시키겠다." 정석적인 사과문이었다. 사실 이보다는 친구에게 받은 감동이 더 컸다. 내 마음을 이해해주고 같이 화를 내며 공감해주는 사람이 이 땅에 한 명이라도 있으니 그걸로 충분했다. 마트 직원의 냉대는 찰나이지만 D와의 우정은 길 것이다.

독일에 와서 읽은 책 중에서 의외로 힘을 준 책은 김연수의 『네가 누구든 얼마나 외롭든』이었다. 하도 예전에 읽어서 배경이 독일인지도 까먹고 있었다. 단순히 제목에 꽂혀 들고 온 이 책은 마찬가지로 제목이 큰 위로를 주었다. 어떤 삶의 모순과 휘청거림도 이 짧은 문장에 대입하면 수용이 됐다. 휘몰아치던 감정의 파도가 조금은 잦아들었다. "네가 누구든 얼마나 외롭든"의 여백에는 '난 괜찮아'가 깔려 있는 것만 같았다.

책에는 인간의 수명이 70년이라고 했을 때 우리는 3천 번 울고 54만 번 웃는다는 대목이 나온다. 54만을 3천으로 나누면 180이란 결과가 나오는데, 즉 인간은 180번 웃어야 1번 울 수 있는 동물이란 거다. 어쩌면 우리가 이 험난한 세상을 살아갈 수 있는 까닭은 바로 180에 있는 게 아닐까.

생각보다 우리네 삶에는 울 일보다 웃을 일이 더 많다. 기억의 계산기를 두드려보면 독일에서도 울었던 날보다 웃은 날이 더 많았다. 다만 울었던 날에는 더 많은 에너지를 쏟았고 웃은 날에는 오히려 에너지를 받았기에 기억이 옅어진 것뿐이다.

되돌아보니 마트 직원들 때문에 소소한 기쁨을 누릴 때도 있었다. 직원이 말한 액수를 처음으로 내 귀가 알아들었을 때의 환희는 잊을 수가 없다. 사소하게나마 그들의 질문에 대답할 수 있게 됐을 때, 성취감은 흘러넘쳤다. 딱히 갈 데가 없는 아줌마에게 독일어 회화 실전은 대부분 마트에서 이루어졌다. 계산을 마친 후 빠트린 물건이 생각나 다시 집어와 줄을 섰더니 나를 알아보고 먼저 계산을 해준 직원도 있었고, 바쁜데도 기꺼이 물건을 함께 찾아주는 친절도 자주 받았다. 애석하게도 인간이란 좋은 기억보다 나쁜 기억을 더 길게 품는 습성을 갖고 있다 보니 마트 하면 자동으로 분노와 슬픔이 떠오른 것이다.

무엇보다 내게는 외국인의 불평불만과 애로사항을 이해해주는 친구도 있었다. 1번 화났던 일은 180번의 웃음으로 승화시킬 수 있다고 믿어보기로 했다. 그 말인즉 인생에는 슬픔보다 기쁨이 훨씬 많다는 뜻이기도 하다. 그가 누구든 얼마나 못됐든 휘둘리지 않고 내 갈 길을 가리라. 분노와 슬픔 따위는 겨우 180분의 1의 확률이니까.

책제목 '네가 누구든 얼마나 외롭든'은 메리 올리버의 시 「기러기」에서 인용했는데, "네가 누구든 얼마나 외롭든"의 다음 구절은 "너는 상상하는 대로 세계를 볼 수 있어"이다. 외로움이든 차별이든 그 무엇이든 그것에 휩쓸릴지라도 우리는 우리가 원하는 곳으로 나아가게 되어 있다. 분명히. 당신과 나에게는 원하는 대로 세상을 볼 수 있는 힘이 있다.

사랑의 반대는
미움이 아닌 무관심

독일은 자동차 강국이지만, 차보다는 자전거에 진심이다. 어디를 가나 즐비한 자전거와 자전거로 가득 찬 도심 주차장은 생경하지만 인상적이었다. 이 사람들은 아침에 신고 나가는 신발처럼 자전거를 타고 나간다. 남녀노소 불문하고 거의 모든 사람이 매일 자전거를 탄다. 학교에 갈 때도, 출근할 때도, 친구를 만나러 갈 때도 그곳이 어디든 자전거와 함께한다. 각종 서비스도 예외는 아니어서 우편배달도 자전거, 배달의 민족이 들으면 "이게 말이

돼?"라고 할지도 모르겠지만 배달도 자전거, 환경미화원역시 자전거를 타고 다니며 청소를 한다. 워낙 자전거 인구가 많다 보니 독일에서는 보행자도 자동차도 아닌 '자전거가 갑'이라는 우스갯소리도 나온다. 자칫 보행자가 자전거 도로를 걸었다가는 삑 하는 신경질적인 자전거 운전자의 고함을 들을 수도 있다. 이곳은 가히 자전거에 의한, 자전거를 위한 나라.

최초의 자전거라는 형태는 독일의 기술자인 바론 카를 폰 드라이스에 의해 개발됐다. 1817년에 나온 '드라이지네'는 페달이 없는 것만 제외하면 근대적인 형태의 자전거와 거의 흡사했다. 그는 자신의 발명품이 이토록 자국민의 사랑을 받을 거라고 예상이나 했을까.

독일 아이들은 보통 두 살 때부터 '라우프라트Laufrad'를 탄다. 직역하면 '뛰는 자전거'인데 바퀴 없이 몸체만 있는 자전거로, 아이들은 두 발로 땅을 디디면서 균형 감각을 익힌다. 네다섯 살이 되면 두발자전거를 타기 시작하고 초등학교 4학년이 되면 자전거 면허시험에 응시할 수 있다. 자전거 구조와 명칭, 도로 법규, 수리법 등을 익히고 주행 연습도 한다. 물론 어릴 때 자전거를 한 번도 타본 적이 없는 이민자들을 위한 강좌도 있다.

조기 교육도 어느 정도 기인하겠지만, 다들 자전거를 잘도 타서 가끔은 넋 놓고 바라볼 때도 있었다. 자전거를 타고 씽 달려가는 모습이 자연스럽고 근사해 보였다. 여자들은 치마를 입고도 개의치 않은 채 페달을 씩씩하게 밟는다. 어떤 이는 손을 놓고 타는 것은 기본이고 거의 반은 누워서 자전거에 몸을 의지한 채 달리기도 한다.

모든 것이 빠르게만 돌아가는 21세기에 독일의 자전거는 아날로그의 생존력을 보여주는 것만 같았다. 꼬맹이 시절 처음으로 세발자전거를 타게 됐을 때의 두근거림, 처음으로 두발자전거를 혼자 타게 됐을 때의 짜릿함, 사랑하는 사람과 나란히 얼굴을 마주하며 두 바퀴를 밟을 때의 설렘, 첫 출근을 위해 페달을 힘차게 내디딜 때의 열정, 아이에게 자전거를 가르쳐주며 느끼는 벅찬 기쁨까지 독일인에게 자전거는 인생이고 추억이고 사랑이다. 아름다운 기억의 동력, 자전거 바퀴가 지나간 자리에 다정한 삶이 아로새겨진다.

바퀴 울렁증이 있는 자전거 초보자에게마저 이 나라의 낭만적 분위기는 자전거를 부추겼다. 자동차는 못 사도 자전거 한 대쯤은 갖고 싶었다. 새 자전거는 꽤 비쌌기에 우선은 벼룩시장을 이용하자는 데 남편과 의견을 모았다. 독일은 자전거 수요가 큰 만큼 중고거래 역시 활발했고, 시에서도 정기적으로 자전거 플리마켓을 열었다.

처음 가본 자전거 플리마켓은 온갖 자전거들의 집합소였다. 오래된 클래식 자전거부터 아기들이 타는 자전거까지 별의별 자전거들이 새로운 주인을 기다리고 있었다. 어설픈 독일어로 흥정을 해가며 호기롭게 자전거를 구매했으나, 역시 나란 인간은 발이 땅에 닿아야 마음이 편안한 종족이었다. 좀처럼 운전 실력이 늘지 않았고 휙휙 세차게 달리는 라이더들이 무서웠다. 인정한다. 나는 쫄보다. 결국 자전거 대신 튼튼한 두 다리와 트램을 선택했고, 그렇게 자전거를 방치한 채 어언 2년이 지났다.

갑자기(모두에게 그렇듯 정말이지 '갑자기'였다) 코로나라는 재앙이 닥쳤다. 바이러스에 대한 두려움으로 대중교통마저 겁이 났을 때, 창고에 처박아둔 자전거를 떠올렸다. '그래 자전거가 있었지? 일단 꺼내서 세차를 한 번 하고 1코스로 공원을 달려볼까? 아니면 호수에 가볼까?'

돌이켜보건대 이때 알았어야 했다. 이 모든 기대가 한낱 몽상이었음을, 무엇이든 아껴주지 않으면 그 빛이 점점 바랜다는 것을.

당연히 그 자리에 있을 거라는 믿음으로 무려 백 년이 넘은 우리 집 지하창고로 성큼성큼 내려갔다. 이곳은 도스토옙스키의 『지하로부터의 수기』를 영화로 제작한다면 촬영 장소로 손색이 없을 정도로 낡디낡았다. 어두침침함의 끝판왕을 보여준다. 스파이더맨도 울고 갈 거미줄이 구석구석을 점령했고, 시궁창을 연상시키는 퀴퀴한 냄새는 어떤 악마도 가뿐히 무찌를 것이다. 처음 이사를 왔을 때 기존 세입자는 "웬만하면 이용하지 않는 것이 좋을 거예요"라고 조언했는데, 우리 역시 빈 상자와 자전거 보관 장소로만 사용했을 뿐 한 번도 창고를 들여다보지 않았다.

삐걱 소리와 함께 그 컴컴하고 습한 문을 연 순간 내 심장은 쿵 내려앉았다. 아뿔싸, 2년여 만에 찾은 자전거는 만신창이 그 자체였다. 발기발기 뜯겨 나가 차마 눈뜨고 볼 수 없는 처참한 꼴을 하고서 겨우 몇 개의 뼈대만으로 육신을 유지하고 있었다. 내 다리 내놔! 내놓으라고! 자전거는 울부짖고 있었다. 하, 지켜주지 못해 미안하다. 차라리 전부 도둑맞은 편이 나았을 거다. 자전거를 이 꼴로 만든 도둑은 안장 커버를 비닐로 바꿔놓았고, 기존 바구니 대신 고철 덩어리를 얹어놓았다. 행여나 도난당할까봐 칭칭 감아놓았던 체인 자물쇠 역시 이상한 비닐 쓰레기로 둔갑한 상태. 전조등과 후미등도 야무지게 빼갔다. 장기이식도 아니고 필요한 부품만 쏙쏙 해체해 간 범인! 누구냐 넌? 단언컨대 그는 이 건물에 살고 있다. 이곳은 열쇠 없이는 들어올 수 없다. 그 사실에 더 분개했다. 과연 이웃사촌이란 꿈의 단어였던가. 흉물스러운 고철 그 이상 그 이하도 아니게 돼버린 자전거를 보며 지갑도 마음도 모든 것이 털린 기분이었다. 탈탈탈.

독일의 자전거 도난은 악명 높다. 심지어 나는 자전거 도난율 1위의 도시, 라이프치히에 살고 있다. 통계에 의하면 우리 지역에서는 연간 주민 10만 명당 1,700건의 자전거 절도 사건이 발생하고 있다. 독일 전국 평균(335건)의 다섯 배 이상이나 되는 수치다.(2019년 경찰 범죄 통계 수치를 평가한 포털 Check24의 연구.) 자전거 도난율은 라이프치히에 이어서 대학 도시로 유명한 뮌스터가 2위, 브레멘이 3위, 베를린이 4위다.

경험상 잃어버린 자전거는 일찌감치 떠나보내 주는 게 속 편하다. 이 가운데 겨우 9퍼센트만이 경찰의 도움으로 자전거를 되찾았다는 사실은 이 속설을 증명한다. 하나 더 경악스러운 사건을 보태자면 라이프치히는 '자전거 도둑의 수도'라는 불명예도 모자라 현직 경찰이 훔친 자전거 1천여 대를 되팔아서 차익을 남긴, 일명 '자전거 게이트'로 국민의 공분을 산 바 있다. 즉 경찰도 딱히 믿을 만한 부류는 아니다. 그러니 독일인은 정직할 거라는 편견은 절대 금물.

평균적으로 독일 어딘가에서 90초에 한 번씩 자전거가 도난당하고 있다. 자전거 도둑은 흔하디흔하다. 아마 지금도 누군가는 없어진 자전거를 애타게 찾고 있거나 혹은 호시탐탐 노리던 자전거를 훔치고 있을 것이다. 자전거는 인간 스스로의 힘으로 바람의 속도를 느낄 수 있는 특별한 발명품이자, 마음만 먹으면 빛의 속도로 훔쳐 갈 수 있는 도둑들의 전리품이다.

나 역시 자전거를 잃어버린 게 이번이 처음은 아니다. 꼬마일 때도 대학생일 때도 몇 번의 분실이 있었고 그때마다 "ET가 소행성으로 가져갔을 거야"라며 스스로를 위로했었다. 하지만 이번 사건은 약간 달랐다. 야심 차게 마음먹은 도둑 앞에서 속절없이 당할 수밖에 없다고 해도, 평소 내가 관심을 기울였다면 이런 일은 없지 않았을까. 2년 동안 단 한 번도 눈길조차 주지 않은 내 잘못도 있었다. 어디 무관심으로 잃어버린 게 자전거뿐이랴. 추억이 깃든 장소나 물건, 심지어 사람까지도 늘 거기 있을 거라는 터무니없는 믿음으로 놓치게 되는 경우가 있다. 나치 수용소에서 살아남아 훗날 노벨 평화상을 받은 엘리 위젤이 말하지 않았던가. "사랑의 반대는 미움이 아니라 무관심"이라고.

결국 나는 자전거의 천국에서 딱 한 번밖에 자전거를 타보지 못했다. 천국이 나를 버린 건지 내가 천국을 버린 건지는 모르겠다. 못다 한 자전거 로망은 한국에서 실현해볼까 한다. 물론 실천할 수 있을지는 미지수다. 여전히 자전거가 무서운 쫄보라서.

절도범이 되는 건
한순간

겨우내 얼어붙었던 날이 풀렸다. 우리는 그동안 벼르고 벼른 깻잎을 심기로 했다. 독일에서도 버섯, 배추, 무, 감자, 양파 등 다양한 채소를 구할 수 있지만 어딜 가도 구하기 어려운 것이 하나 있으니, '깻잎'이다.(영화 〈미나리〉의 유럽 버전으로 〈깻잎〉은 어떨까.) 안타깝게도 이곳 사람들은 그 알싸한 향을 모른다. 베트남 음식점이 즐비하다 보니(동독은 과거 사회주의 체제의 영향으로 북베트남 이민자가 압도적으로 많다. 나는 독일에서 슈니첼보다 쌀국

수를 더 자주 먹었다.) 고수는 꽤 즐겨 먹는 것 같은데 깻잎은 미지의 식물이라고나 할까. 정확한 이유는 모르겠지만 혹자는 특유의 향 때문에 서양인들이 깻잎을 싫어한다고 설명한다.(고수도 민트도 날것으로 먹으면서 깻잎이 어때서?)

목마른 자가 우물을 판다고 했다. 구입처가 없고 비교적 키우기가 쉽다 보니 많은 한국인이 직접 집에서 깻잎을 기른다. 소싯적에 깻잎 떡볶이로 친구들의 미각을 홀렸고, 2 대 8 깻잎 머리를 즐겨 했던 나 역시 깻잎 농부 대열에 합류해보기로 했다. 우선 씨앗은 확보했고 다음으로는 안식처가 되어줄 화분이 있어야 했는데, 몇 달 전부터 우리 건물의 복도 창틀에 있던 정체 모를 큰 화분이 떠올랐다. 크기도 제법 커서 깻잎 심기에 딱 적당해 보였다.

독일에는 'Verschenken'('가져가세요' 정도의 의미)이라고 해서 문 앞에 안 쓰는 물건을 내놓는 문화가 있다. 크게는 가구에서부터 장난감, 책, CD, 주방용품, 옷 등 품목에 제한은 없다. 예전에 한국에서도 유행했던 '아나바다 운동'과 비슷한데, 불필요한 낭비를 줄이는 대안이자 환경보호로까지 이어지는 독일의 착한 문화 중 하나다. 나 역시 쓰지 않는 물건을 내놓았고, 가끔은 엄청난 득템을 하는 기회도 있어서 언젠가부터 길을 걸을 때 바닥만 내려다보는 이상한 습관까지 생겼다.(땅 파봐야 돈 안 나온다지만, 독일에선 땅을 보면 뭐가 됐든 나온다. 우리 집 인테리어 소품의 8할은 길거리 줍줍으로 건진 것들이다.)

매일 계단을 오르내리던 내 눈에 포착된 큰 화분. 당연히 안 쓰는 누군가가 내놓은 것인 줄 알았다. 곧장 남편을 불러냈다. 화분을 보자 그의 눈도 반짝였다. 나는 마치 위대한 발견자라도 된 듯 온갖 생색을 내며 위풍당당하게 화분을 들고 공원으로 향했다. 흙을 구하기 위해서였다. 공원 한쪽 구석에 자리를 잡고 작업을 시작했다. 씨앗을 심으려고 보니 화분 아래에 정체 모를 작은 이파리가 속속들이 보이네? 대체 뭘 심어놓은 거지? 굴러온 돌이 박힌 돌 빼낸다는 말을 증명이라도 하듯, 나는 아주 그냥 뿌리째 힘껏 그 새싹들을 뽑아냈다. 으라차차! 이어서 흙을 고른 뒤 소중한 깻잎 씨앗을 심었다. 무럭무럭 잘 자라길 바라며 곱게 흙을 덮고 분무기로 물도 착착 뿌려줬다.

다음 날 아침 햇살이 유난히 눈부셨다. 어제 심은 깻잎이 태양의 정기를 받아 쑥쑥 발아하겠구나 싶어서 못내 기분이 좋았다. 룰루랄라 콧노래를 부르며 외출을 하려던 찰나, 화분이 있던 복도 창가에 한 줌의 빛을 가로막는, 강력하게 싸늘함을 내뿜는 쪽지 한 장이 덩그러니 놓여 있었다. 이것은 필시 불길한 징조였다. 그랬다. 나는 메모를 읽자마자 심장이 굳어버리는 줄 알았다.

"누군가 우리의 딸기를 가져갔습니다. 도와주세요!"

아뿔싸! 어제 힘차게 뽑아버린 정체 모를 식물은 딸기였다. 아마도 주인은 집에 베란다가 없어서 복도 창틀에 딸기 모종을 심어서 갖다 놓았나 보다. '아, 이를 어쩐담.' 살랑바람이 부는 봄이었지만 등줄기에서 식은땀이 흘렀다. 난감했다. 졸지에 딸기 도둑이 된 거다. 곧바로 남편에게 연락했고, 우리는 두 가지 대응 방법을 도출했다.

1. 증거 인멸

   건물에 CCTV가 있는 것도 아니고, 그냥 묵인한다. 밤에 몰래 화분을 내다 버리고 오자.

2. 자수하고 광명 찾자.

   올바른 해결 방법은 자수다. 정직이 최고다. 주인에게 솔직히 말하고 사과하자.

하지만 2번의 경우 다양한 우려 사항을 내포하고 있었다. 첫째, 딸기의 생사 여부였다. 내가 주인이라면 딸기 자체보다 그것을 심고 기다렸을 시간 때문에 화가 날 것 같았다. 둘째, 사과를 했을 때 주인의 반응을 예측할 수 없었다. 행여나 우리 때문에 한국인에 대해 안 좋은 인식을 갖게 될까 봐 걱정도 됐다. 굳이 변명을 하자면 대체 왜 가져가지 말라는 안내 문구를 써놓지 않은 것인지 주인의 행동에도 약간 짜증이 났다. 어쨌든 현재로서는 딸기 도둑이 됐고 해결책을 찾아야 했지만…….

어떡하지? 어떡하지? 그 순간 우리는 시험지 유출을 고백할지 말지 고민하는 드라마 〈스카이 캐슬〉의 예서와 예서 엄마가 됐다. 자수하느냐 묵인하느냐. 이도 저도 못 하는 사이 시곗바늘은 째깍째깍 빠르게 흘러갔고, 지나간 시간의 무게만큼 마음도 무거워졌다. 증거 인멸을 한다 한들 콩알 반쪽만도 못한 쪼꼬미 간을 가진 나는 결코 두 다리 뻗고 못 잘 것이다. 그래! 자수하고 광명 찾자!

다시 공원으로 갔다. 잃어버린 시간을 찾아서도 아니고 으라차차 뽑아버린 딸기 모종을 찾아서……. 역시 굴러온 돌이 박힌 돌을 빼내서는 안 되는 거였다. 이게 무슨 야단법석인지 모르겠지만 확실한 건 범인은 범행 현장을 다시 찾게 되어 있다는 범죄의 법칙일 것이다. 딸기의 생사가 제일 걱정됐는데, 신이 아예 우리를 저버리지는 않았는지 모종이 그대로 널브러져 있었다. 내팽개쳐놓은 딸기를 다시 심고 원래 있던 창가 자리에 모셔둔 뒤, 주인에게 전화를 걸었다. 그는 지금 집에 없으니 저녁 6시에 만나자고 했다. 당시 시간이 오후 4시였는데, 기다리는 두 시간이 얼마나 길었는지 모른다.

돌이킬 수 없는 후회와 번뇌로 점철된 그 시간 동안 사과할 방법을 고심했다. 다른 화분도 하나 사고, 손이 비어 보일까 봐 와인도 구입했다. 변상 요구를 예상해 현금까지 챙겼다.(결국 화분 하나 산 것보다 더 많은 돈이 지출된 셈이다). 초조한 시간이 흐르고 흘러 약속 시간에 이르렀다. 대역죄인은 주인을 만나자마자 냅다 폴더폰처럼 허리를 접었다. 이내 연거푸 머리를 조아렸다.

"죄송해요. 버린 물건인 줄 알았어요. 일부러 가져간 게 아니고요. 혹시 딸기에 문제가 생기면 연락주세요. 그리고 이거 저희가 산 건데……. (구질구질 굽신굽신.)"

차마 고개를 들 수 없었지만 겨우 숙인 머리를 살짝 들어 올려 상대의 표정을 힐끔 살폈다. 어머나?! 그는 나보다도 훨씬 작은 두상에 밝은 금발의 푸른 눈을 가진 만찢남에 가까운 얼굴의 젊은 남자였다. 하늘도 외모 편애주의자인 건지 해 질 녘의 한 줄기 태양빛이 이 남자의 얼굴만 비추고 있었다.(대체 이 상황에서 심쿵하는 난 뭐지? 여보, 미안.) 그는 아무 일 없었다는 듯 싱긋 여유로운 미소를 지었다. 어머머 눈치 없는 내 심장은 두 번 심쿵했다. 쿵쿵~

"오해할 수 있었겠네요. 괜찮아요. 이해합니다. 와인까지 사실 필요는 없는데 잘 마실게요. 참! 다음 주에 이웃 모임이 있는데 괜찮으시면 오실래요?"

외모만큼이나 아름다운 성품을 가진 남자를 나는 뚫어져라 바라봤다. 세상에 저런 얼굴이 존재하는구나. 게다가 착하기까지……. (여보, 두 번 미안.) 사건은 걱정했던 것보다 쉽게 일단락되었다. 2년이나 같은 층에 살았음에도 한 번도 마주친 적이 없는, 친절한(심지어 잘생긴) 이웃을 알게 된 것은 어쩌면 정직이 준 선물이었다.

그날 이후에도 소심한 나는 계단을 오르락내리락할 때마다 딸기의 성장 여부를 확인했다. 행여나 한 번 뿌리 뽑힌 딸기가 죽을까 봐 전전긍긍했지만 날을 거듭할수록 쑥쑥 커나갔다. 며칠 후 딸기꽃이 핀 것을 보고 나서야 비로소 두 다리 뻗고 잘 수 있었다. 휴~

프로 불만러에서
긍정러가 되기까지

여름이 오면 연례행사처럼 시행하는 작업이 있다. 생전에 스스로 설치하게 될 줄은 꿈에도 몰랐던 그것. 너의 이름은 방충망. 독일 집 창문에는 방충망이 없다. 기본적으로 창문의 형태는 마음에 든다. 전체를 열 수도 있고 손잡이 방향을 반만 틀면 윗부분만 삼각형 모양으로 열수 있는데, 특히 비가 올 때 위쪽만 열어두고 빗소리를 듣노라면 제법 근사하다. 단점은 한국 아파트의 기본 옵션이라고 할 수 있는 방충망이 없다는 점이다. 다른 계절은 상관없지만 여름엔 워낙 파리가 많아서 방충망을 달아야 한다.(독일에서는 파리도 한 덩치 한다. 게다가 소리는 어찌나 쩌렁쩌렁한지 벽을 뚫을 기세다. 이 원리를 응용해 스피커를 만들면 대박 나지 않을까.)

모든 드럭 스토어에서 방충망을 판매하고 있는 걸로 보아서 수요가 없는 것 같지는 않은데, 왜 집마다 기본 옵션으로 설치하지 않는지는 의문이다. 이런 내 불평에 친구 D는 심드렁하게 대꾸했다.

"파리는 들어왔다 나가기 마련인데 뭐가 문제야? 그리고 절대 죽이면 안 돼. 살아 있는 생명이잖아."

이 무슨 우문현답이란 말인가. 나 역시 유구한 화랑의 후예로서 살생유택殺生有擇을 지키며 살아왔거늘. 아무리 제 발로 들어왔다가 제 발로 나간다 한들 음식에 파리가 앉는 건 도무지 용납이 안 됐다. 그의 말은 듣는 둥 마는 둥 부랴부랴 방충망을 샀다. 집 안으로 들어오는 직사광선에 정면으로 맞서 땀을 한 바가지나 흘리며 방충망 테이프를 붙이고 천을 창문 크기에 맞게 잘라서 일곱 개나 되는 창문에 고정했다. 벌게진 얼굴은 도무지 식을 줄 몰랐다. 첫해에는 잘할 줄 몰라서 몇 시간을 끙끙댔지만 해를 거듭할수록 점점 요령이 붙어서 남편과 30분도 채

안 돼서 끝내는 경지에 이르렀다.

유럽을 여행하는 것과 산다는 것은 엄연히 다른 일이었다. 여행이 연애라면 이민은 결혼이랄까. 현실적인 문제와 일일이 직면하다 보면 스트레스가 겹겹이 쌓였다. 외국 생활에 대한 낭만 따위는 저편에서 짖어대는 도베르만에게 던져버린다. "옜다~ 너나 먹어라!"

독일이라는 나라는 영화 〈캐스트 어웨이〉의 실전 편이라고 해도 과언이 아닐 만큼 자급자족을 강요했다. 편리함으로 무장한 별에 살다가 서비스 사막지대에 불시착한 나는 어린 왕자만큼이나 방황했다. 게다가 이곳에는 친절하게 방법을 알려줄 현명한 여우도 없었다.

집 안에 문제가 발생하면 우선은 어떻게 해야 스스로 처리할 수 있을지 빠르게 방법을 찾아야 한다. 관리실에 말해봐야 함흥차사, 속 터져서 내가 하고 만다. 비가 자주 오는 탓에 집 안에 곰팡이가 생기지 않게 관리도 해야 하고, 미용실의 형편없는 서비스에 비해 과도하게 높은 가격에 목덜미를 잡게 된다. 부러 잘 보일 사람도 없다며 내 머리쯤은 셀프로 자른다.

호갱님일지라도 고객님, 고객님 하며 최고의 서비스를

자랑하는 한국에서 온 나는 이 나라가 인간의 육체와 두뇌로 가동할 수 있는 모든 것을 시험하고 있다는 생각에 부르르 떨었다. 매 순간 짜증이 일었고 그럴 때마다 모국의 편리함을 갈망했다.

하지만 사람은 적응의 동물이라고 하지 않던가. 이 말을 입증이라도 하듯 자급자족 생활을 자의 반 타의 반으로 이어 나가다 보니 더러 번거롭지만 꽤 괜찮은 성취감과 소소한 기쁨을 맛보기 시작했다. 삐뚤빼뚤 서투르지만 우리가 이뤄낸 것에 대한 충만함이 집 안 곳곳에 가득 차기 시작했다. 스티로폼으로 칸을 나눈 냉장고, 직접 붙인 방충망, 나뭇조각들을 어찌어찌 붙여 만든 신발장 같은 것들. 어쩌면 내가 가진 다양한 능력을 편리한 서비스라는 명목으로 놀리고 있었는지도 모른다. 언젠가부터 프로 불만러는 프로 긍정러로 변해갔다. 불편하기만 했던 독일이 어느새 재능 발굴의 오아시스가 되어 있었다. 자족하는 삶에 행복을 느꼈던 디오게네스의 경지까지는 아니더라도 그 마음에는 한 발자국 다가선 기분이다.

TIP 독일에서 느끼는 몸의 불편, feat 때문에

1. 곰팡이 때문에 경악

나와 비슷한 시기에 독일에서 살게 된 친구 S는 대망의 집 계약 날, 주인으로부터 '습도계'를 건네받았다. 웬 습도계냐며 껄껄 웃으며 남의 일이라고 치부했던 곰팡이. 그놈이 나를 이렇게까지 힘들게 할 줄은 몰랐다. 독일은 비가 워낙 자주 오기 때문에 특히 겨울철 습도가 굉장히 높아진다. 조금만 방심하면 온 집 안에 곰팡이가 득실득실 포식한다. 한 달 연속 단 하루도 해가 나지 않던 겨울날, 초록 괴물은 우리 집 창문틀을 장악했다. 그들과의 사투를 위한 곰팡이 제거제와 마스크, 고무장갑은 독일 가정의 필수품.

2. 석회 때문에 짜증

독일 내 한인 커뮤니티에서 석회수로 인해 피부가 푸석해지거나 머리가 빠진다는 고민은 단골손님. 석회는 내 몸뿐만 아니라 생활 전반에 자리하고 있는데 특히 그릇이나 화장실 등 물이 자주 닿는 곳은 석회 애정 전선이다. 얘네들은 지구가 멸망한대도 헤어질 생각이 없어 보인다. 식기세척기로 그릇을 건조하거나 제때 닦아주지 않으면 희멀건 얼룩이 남는다. 냄비 닦고, 전기 주전자 닦고, 화장실 샤워기 닦고, 닦고 닦느라 등골이 휜다. 내 등골은 누가 닦아주나?

3. 택배 때문에 열불

배달의 민족에게 가장 견디기 힘든 부분은 택배. 코로나가 가져온 유일한 장점은 빨라진 택배다. 독일도 한국과 비슷하게 이틀 내외로 물건을 받을 수 있게 됐는데(2017년만 해도 빨라야 1주일, 기본으로 3주는 걸렸다) 문제는 수령 방식에 있다. 집에 없으면 이웃에게 맡기거나(그나마 제일 봐

줄 만한 방식), 그냥 가버리거나, 이상한 장소에 갖다놓거나, 당최 어디 있는지 행방불명되는 경우가 허다하다. 정신건강을 위해서는 택배가 오는 날 집에서 목 빠져라 기다리는 게 최고다. 그렇지만 집에 있어도 벨을 누르지 않고 엄한 곳에 가져다놓기도⋯⋯. 저기요, 저한테 왜 그러세요?

4. 기차 때문에 분노

독일 기차는 모험을 보장한다는 우스갯소리가 있다. 한두 시간 지연은 귀엽다. 한번은 라이프치히에서 아헨을 가는데 7시간 연착을 경험했다. 안내 방송에서는 죄송하다는 말보다 "당신의 인내심에 감사한다"는 말만 나온다. 철도회사 측에서 미안한 게 아니라 손님의 양해를 구하는, 약간은 이해하기 힘든 표현방식이다. 독일은 손님이 왕이 아니라 서비스 제공업자가 왕이다. 인내심은 독일어로 게둘트Geduld인데, 이 단어만 들어도 현기증이 일었다. 게둘트는 무슨 개소리냐며 화를 내고 싶은데, 허허허~ 아무도 화를 안 내네. 그들은 득도한 걸까. 인내는 개뿔. 나만 열불.

5. 열쇠 때문에 공포

수능보다 어렵다는 독일 집 계약을 마치면 어마무시한 열쇠 꾸러미를 받게 된다. 기본적으로 현관, 집, 지하창고, 우편함 4종 세트. 번호 키에 익숙한 한국인들이 가장 자주 겪는 실수는 열쇠를 집에 두고 나와버리는 것. 독일 문은 밖에서 닫으면 자동으로 잠기는 구조이기 때문에 열쇠를 집 안에 두고 나와버렸다? 매우 난처한 상황이 연출된다.

집주인에게 스페어 키가 있다면 그나마 다행이다. 내 집 창문을 깨고 들어가는 것도 방법이다.(열쇠보다 창문 유리 교체 비용이 훨씬 저렴하다.) 문제는 아예 잃어버렸을 경우인데, 현관 열쇠를 분실했다면 건물 전체 세대를 바꿔야 할 수도 있어서 5천 유로는 우습다. 이런 이유로 독일의 집 보험에는 대부분 열쇠 조항이 들어가 있다. 대체 왜 열쇠를 번호 키로 바꾸지 않을까? 미국 총기조합처럼 독일 열쇠조합도 힘이 막대한 건 아닐까? 그들이 로비를 한 게 분명해. 괜한 음모론을 떠올려보지만, 도무지 알 수가 없다. 독일인들에게 물어봐도 역시 모르쇠. 그들의 마음을 알 수 있는 열쇠가 있으면 좋겠다.

6. 약속 때문에 고혈압 치료

독일 사회에서 가장 중요한 것은 약속. 아마 독일에 오게 된다면 할로, 당케 다음으로 자주 사용하게 되는 단어는 약속, 바로 테어민Termin일 것이다. 관공서는 기본이고, 집에 문제가 생겼을 때(가령 물이 새거나 난방이 잘 안 될 때 등), 학원 등록, 특히 병원 예약은 우리의 정신을 병들게 한다. 치과 단순 검진을 위해 한 달, 산부인과 정기 검진을 위해 석 달을 기다렸다. 약속하고 가도 의미가 없다. 한 시간씩 기다리는 건 일상다반사. 반면 약속을 어기는 것에는 굉장히 엄격해서 병원의 경우 노쇼를 하면 벌금을 내야 할 수도 있다. 병 고치러 갔다 병 생겨 온다. 끙.

7. 계산 때문에 좌절

웬만한 한국 식당에 설치되어 있는 '벨'. 딩동 누르기만 하면 직원이 쏜살같이 달려오는 서비스는 접어둬야 한다. 그렇다고 직원을 불러도 안 된다. 핵심은 '눈'. 눈을 마주쳐야 한다. 당신의 눈동자에 건배도 아니고, 눈 한 번 마주치는 게 하늘의 별 따기다. 나 좀 봐주세요. 오매불망 기다리는 내가 가엾다. 눈을 못 마주쳐서 추가 주문을 못 해. 돈을 더 쓰고 싶어도 못 써. 빨리 나가고 싶어도 계산을 못 해서 못 나가. 독일어가 문제가 아니라 눈인사 요령이 시급하다. 뭐 주문도 와야 하는 거지. 가끔은 눈을 마주쳐도 일부러 안 오는 것 같은 말하기도 뭣한 인종차별을 느낄 때도 있다. 나도 고고한 학처럼 다리 꼬고 앉아서 직원이랑 깔딱~ 눈인사 후 주문이란 걸 하고 싶지만, 현실은 촐싹대는 손이 먼저 올라가고 기웃기웃 몸이 먼저 움직인다. 내가 봐도 방정맞지만 어쩔 수 없……

8. 가사 노동 때문에 지침

우리 조상들은 현명하셨다. '온돌'이라는 위대한 발명 덕분에 후손들이 보일러를 개발하게 했으니. 손바닥만 한 작은 크기에 온도 조절이 가능한 한국식 보일러는 기능과 디자인 모든 면에서 우수하다. 독일의 난방은 라디에이터인데, 가끔은 이걸 통째로 떼어내 바닥에 깔고 싶은 충동을 느꼈다. 여기다 등을 지지면 딱 좋을 것 같은데. 그다지 따뜻하지 않은 것도 단점이지만 주기적으로 물을 빼줘야 하고, 먼지가 자주 생겨서 일일이 청소를 해줘야 한다. 기기 안에 거미줄은 왜 이리 자주 생기는지 사용하지 않는 여름에도 치워줘야 한다. 슬프게도 라디에이터는 가사 노동의 서막. 창문이 많은 것은 좋지만 청소도 만만치 않다. 유리 닦느라 팔 빠진다. 뭐 변기 교체쯤은 식은 죽 먹기. 누군가를 부른다면 돈도 돈이거니와 위에서 언급한 약속! 테어민 지옥에 빠진다. 차라리 내가 하고 만다. 우리 집에는 미용사, 한식 요리사, 배관공, 페인트공, 수리기사 등 뭐든지 다 하는 홍반장이 산다.

9. 전기세/난방비 때문에 우울

전기 및 난방비는 체감상 한국의 서너 배는 되는 것 같다. 기본요금은 열 배라는 이야기도 있다. 한국에 살 때 한 달 전기요금을 1만 원도 안 낼 만큼 나름대로 절약의 달인이라고 자부했건만 독일에 오니 명함도 못 내밀겠네? 아무리 아껴도 늘 평균보다 요금을 더 냈다. 기본 단가 자체가 높을 뿐만 아니라 매달이 아닌 일 년에 한 번씩 정산하니 체감 액수가 훨씬 크다. 에너지를 아껴야 하니 겨울이 혹독하다. 내복에 수면복, 후리스까지 입어도 춥다. 손발을 오들오들 떨며 물주머니를 안고 있는 내가 그렇게 궁상맞아 보일 수 없다. 겨울철에 집에서 반소매 입고 다니는 한국 사람들을 보면 부럽다가도 세상에! 저렇게 에너지를 펑펑 쓰면 지구 온난화는? 이런 생각을 하게 된다. 괜히 말 꺼냈다가 "너 독일 사람 다 됐네?"라는 핀잔을 듣기 일쑤니 속으로만 중얼중얼.

10. 날씨 때문에 조울증

날씨에 대한 불평은 해도 해도 끝나지 않는다. 태양의 인색함은 우리 모두를 피폐하게 만든다. 독일인 역시 햇살에 한해서만큼은 간절함을 내비치는데, 그래서인지 여성들 사이에서 인공 선텐을 할 수 있는 'Sonnenstudio'가 성행한다. 굳이 인공 자외선까지 쐴 필요가 있겠나 싶지만, 선텐이야말로 따뜻한 나라에 휴가를 다녀왔다는 일종의 부의 상징이다. 한국 여성이 미백에 진심이라면 독일 여성은 선텐에 진심이랄까. 선텐은 애초에 내 관심 밖이었고, 해가 잘 안 나니 피부라도 좀 하얘질까 기대를 했건만, 여름이면 기습 공격을 해대는 레이저급 햇살 덕에 기미만 잔뜩 생겼네? 와, 나는 미백도 선텐도 둘 다 놓쳤네? 결국 내 피부가 나쁜 것도, 곰팡이가 생기는 것도, 빨래가 안 마르는 것도, 감자 말고는 맛있는 게 없는 것도, 난방을 해도 손발이 시린 것도 다~ 날씨 때문이다! 너 때문에 되는 일이 없다고!

그렇다면 대체 독일 생활의 장점은 무엇인가?!

.

.

.

'자연'.

음, 한 가지만 얘기하면 아쉬우니까 '여유' 정도(?) 추가하겠습니다.

웃음 통장
개설기

친구가 집을 샀다. 기꺼이 축하해주었지만 솔직한 마음으로는 불안함이 엄습해왔다. 사촌이 땅을 사면 배가 아픈 게 맞다. 남의 행복은 나의 불행이라더니. '언제 한국에 가서 다시 자리 잡고 집을 사나?' 불현듯 새까만 미래에 대한 두려움이 한달음에 달려왔다. 사회적으로 한창 왕성하게 활동하며 돈을 벌어야 할 나이에 우리는 벌기는커녕 모아놓은 돈을 사탕 까먹듯이 족족 까먹고 있었다. 게다가 그 사탕들은 때로 달았지만, 더럽게 맛없는 계피 사탕이 훨씬 많았다.(계피 사탕을 좋아하는 분이 계신다면 죄송합니다.)

'이렇게 사는 것이 맞을까?' 독일에서의 감정 기복은 정말 심했다. 여유로운 삶에 만족하다가도, 좋은 집과 차를 마련하는 지인들을 보면 부러웠고, 나만 도태되는 것 같아 우울했다. 대체 언제 집을 사냐는 내 푸념에 "우리에게는 오징어집이 있다"며 와그작와그작 과자를 먹는 너란 남자. 와, 눈치를 어디에 둔 건지 현타가 온다. 내 집 마련이야말로 피 터지는 오징어 게임임을 아는지 모르는지. 현실 감각이 없는 건지 낙천적인 건지, 열불이 터진다. 으아!!!! 귀국에 대비해 식비라도 줄여야겠으니 오징어집 그게 뭐라고 좀 아껴서 먹으라며 핀잔을 줬다. 그는 여전히 순진무구한 얼굴로 먹는 것만큼은 아끼지 말자며 내가 소싯적에 얼마를 벌었는데를 운운했고, 이 말은 화를 돋우었다.

"여보, '소싯적에'라는 말을 쓰는 것 자체가 꼰대의 시작이야. 지금 못 나가는 사람들이 꼭 '내가 소싯적에, 어쩌고저쩌고, 나 어릴 때는 말이야……' 이런 말들을 구구절절 한다니까. 현재가 중요하지, 과거가 무슨 소용인데?! 세상에서 제일 형편없는 유형이 뒤만 돌아보는 인간이야.

더 말해서 뭐하겠냐. 너 좋아하는 오징어집이나 먹어라.”

대대대대 소리를 지르고, 꽝~! 문을 닫아버렸다. 남편은 말로 주고 되로 받았다. 열심히 공부하고 있는 그에게 적잖은 상처가 됐을 것이다. 독일에 온 것은 다른 길을 걸어가보고 싶다는 남편의 목표 때문이었다. 나 역시 이참에 새로운 마음가짐을 세워보자고 다짐했지만 자주 흔들렸다. 특히 경제적인 부분에서만큼은 치명적으로 허약했다. 몇 달도 아닌 몇 년의 수입 공백이 불안하지 않을 사람은 없을 것이다. 모아놓은 돈이 소리 없이 사라져갔다.

그것은 케밥집 주인이 커다란 고깃덩어리를 쓱싹쓱싹 잘라내는 것과 같았다. 주문이 늘어남에 따라 육중했던 고기는 어느새 철제 기둥만을 남긴 채 고갈된다. 주인 입장에서야 수익과 직결되는 문제이니 전혀 아깝지 않겠으나, 왠지 나는 그 모습을 볼 때마다 마치 내 피와 살로 모은 돈이 떨어져 나가는 께름칙한 기분이 들었다. 모아놓은 돈을 야금야금 다 쓰고 있는 내 처지 같아서. 살다 살다 케밥 고기에 동병상련을 느낄 줄이야. 한번 이런 생각이 드니 좀처럼 사그라들지 않아서 어느 순간부터 케밥을 싫어하게 됐다. 남편에게 앞으로 그놈의 ‘개밥’ 따위 안 먹겠다고 선언했다.(참고로 독일은 튀르키예 이주민이 많아서 케밥은 소시지만큼이나 많이 먹는 간식이다.)

우리 부부는 경제에 밝지 못했다. 기본적으로 금수저는 무슨, 은수저도 못 될뿐더러 태생적 부자도 아니므로 일찌감치 재테크에라도 눈을 떴어야 했으나 무릎을 탁 칠 만큼 돈에 대한 감각이 있는 것도 아니었고, 숫자 앞에서는 심각할 정도로 약했다. 어쩌면 돈에 대한 미련을 좀 더 일찍 버렸어야 했다.

그래서 우리는 돈에 목을 매며 살 바에야 차라리 부자가 되는 것을 포기하자고 뜻을 모았다. 돈에 얽매이지 않기로 노력이라도 해보자는 것이 결론이었다. 사실 지금 독일에서 돈을 운운하다 보면 답이 없는 게 사실이었다. 당장 일을 할 수 있는 것도 아니고 공부가 언제 끝날지도 모르는 상황에서, 기우는 마음의 건강만 악화시킬 뿐이었다. 그렇게 작정하자 마음이 한결까지는 아니고 약간은 편해졌다.

그렇다면 내가 한국에서 벌던 수입의 공백 대신 이곳에서 얻은 것은 무엇인가? 그것은 다름 아닌 '시간'이었다. 시간 없다는 말을 달고 살던 내가 가장 많이 가지게 된 것, 시간.

소설 『시간을 파는 남자』에는 제목 그대로 시간을 파는 남자가 등장한다. 시간의 주인이 되길 꿈꾸기만 할 뿐, 하루하루 바쁘게 살아가던 주인공은 어느 날 기막힌 상품을 하나 만들어내는데, 그것은 다름 아닌 '시간'이었다. 플라스틱 용기에 5분을 담아서 특허를 낸 뒤 판매를 시작했는데, 의외로 '시간 상품'은 불티나게 팔렸다. 읽으면서도 어이가 없어서 실소가 터져 나오는 현대판 봉이 김선달 같은 이야기이지만, 공감이 갔던 것은 현대인이라면 누구나 나만의 시간을 갖고 싶어 하기 때문일 것이다.

물리학에서 시간은 완벽하게 정의될 수 없으며 태초에 시간이라는 것 자체가 존재하지 않는다는 가설이 있다. 이 대목을 읽고 약간 충격받았다. 대체 왜 나는 무존재일지도 모르는 시간이란 녀석을 붙들고 계획을 짜고, 목표에 도달하면 기뻐하고 틀어지면 슬퍼하는 삶을 살았던 것인가. 시간의 실체가 없다면 그 실체는 내가 만들 수도 있지 않을까? 나는 소설 속 사람들이 그토록 갈망한 시간을 가져보기로 했다.

그와 나는 '시간'이라는 자산을 '웃음'으로 불렸다. 우리만의 '웃음 통장'을 개설하고, 은행 놀이를 했다. 내가 돈 문제로 투덜거리면 그는 "걱정하지 마, 우린 웃음 통장이 있잖아"라며 유명 개그맨을 흉내 내며 엉뚱한 제스처를 취했다. 내 이상형은 웃긴 남자였는데 그 한 가지 요인에만(이 외에 단점들이 무수히 많기에) 비추어 보면 나는 이상형과 결혼했다.

하루에도 몇 번씩 남편 때문에 웃음 통장의 돈이 불어난다.

　　"길이 너무 헷갈리는데? 우리 헨젤과 그레텔처럼 과자라도 떨어트려 놔야 하는 거 아닐까?"
　　"(내 귀에 속삭이며) 어머?! 헨젤과 그랬데?!"

　　"여보, 소금 좀 그만 쳐! 염분이 너무 많잖아?!"
　　"그러니까~ 우린 천생염분!"

　　"내가 마늘 까놓으니까 좋지?"
　　"엉."
　　"그러니까~ 우리 마늘! 우린 천생연분!"

뭐 이런, 남들이 들었을 땐 유치뽕짝 시시껄렁한 아재 개그들이 나는 너무 웃겨서 자주 빵빵 터졌다. 어찌 보면 그래서 같이 사나 보다. 내 웃음보가 터지면 그는 기다렸다는 듯 문자를 보냈다. "웃음 계좌에 십만 원이 이체되었습니다."

　물론 이 남자도 처음부터 이렇게 웃겼던 것은 아니다. 연애 시절에는 약간 유머러스했고 결혼 후에는 좀 더 재밌어졌다가 독일에 오고 나서부터는 완전히 웃긴 사람이 되었다. 누구보다 마음이 여유로워진 사람은 나보다 남편이었다. 독일에서 개설한 웃음 통장에는 몇십 조 원의 돈이 예치되어 있다. 이 통장은 영원히 마이너스가 되지는 않을 것이다. 돈돈거리며 발을 동동대던 나는 어느새 우울한 누군가에게 기꺼이 웃음을 이체해줄 만한 부자가 되어 있었다.(웃음을 원하시면 연락주세요. 이체해드릴게요. 무료입니다.☺)

Es ist gut!

칸트는 매일 오후 3시 30분이면 산책을 했다. 이 시간이 얼마나 정확했던지 당시 쾨니히스베르크 사람들은 그가 산책하는 시간을 보고 시계를 맞췄다는 일화는 유명하다. 칸트 덕분인지 많은 이들이 독일인은 시간 개념이 철두철미할 것으로 생각하지만 백퍼센트 오해라고 이 연사 감히 외치고 싶다. 관공서나 병원은 별개로 하고 개인의 경우 툭하면 약속을 어기고 늦기 일쑤여서 내 목덜미가 수십 번은 넘어갈 뻔했다. 세계 어디를 가나 이런 사람

저런 사람이 있기 마련이니까. 독일인이라고 다르지 않다.

오히려 나는 3시 30분이라는 시간보다 '산책'에 방점을 찍고 싶다. 독일인에게 산책은 매우 중요하다. 칸트만큼은 아니라도 대부분 정해진 시간에 산책 혹은 달리기를 한다. 퇴근 후 오후 3~4시에 걷거나(믿기지 않겠지만 독일은 오후 4시가 러시아워이다), 오전 10시 즈음에는 아기들을 데리고 유모차를 끄는 엄마 혹은 아빠들도 보인다. 좀 더 이른 오전 8시엔 운동선수로 보이는 엄청난 근육질 몸매의 소유자들이 땀을 뻘뻘 흘리며 단체 달리기를 한다.

그렇다 보니 서울에 살 땐 어쩌다 일요일에 한 번 게으름을 일으켜 동네 한 바퀴를 겨우 돌던 나도 독일에서는 거의 매일 산책을 하게 됐다. 그들과 한 가지 다른 점이 있다면 출근할 일이 없으니 시간을 못 박아두기보다 일정 간격을 두고 변화를 주었다는 점 정도일 것이다.

약속하진 않았지만 산책을 하다 보니 시간대별로 고정적으로 조우하게 되는 사람들이 있었다. 오전 9시경 공원을 어슬렁거리다 보면 동상 앞 벤치에 앉아 신문을 보는 할아버지가 계셨다. 언젠가부터 멀리서 그가 보이면 나도 모르게 과거의 쾨니히스베르크 사람들처럼 시계를 봤다. '어머! 진짜 오전 9시잖아.' 신문 종류도 한결같다. 라이프 치히 지역 신문인 Leipziger Volkszeitung(라이프치거 폴크스자이퉁). 구동독 느낌이 물씬 나는 동그랗고 가느다란 금테 안경을 코 중간에 걸치고 지면을 손가락으로 짚어가며 한 글자라도 놓칠세라 기사를 정독하는 할아버지는 신문에 진심이었다. 구독률 저하로 경영난에 시달리고 있는 국내 신문사에서 이 광경을 본다면 찬탄을 금치 못할 텐데…….

오전 11시엔 쌍둥이 자매 할머니가 공원 초입에서부터 그라피티로 가득한 다리를 건너 꽃이 만발한 분수대 앞까지 산보를 하신다. 같은 생김새, 같은 옷(늘 투피스), 같은 신발, 같은 걸음걸이로 지나가는 두 사람은 모든 이들의 관심을 끈다. 신기하기도 하고, 무엇보다 그 걸음걸이에 다정함이 묻어나기 때문이다. 일평생 함께해왔고 앞으로도 그러할 그녀들의 삶이 그려진다. 타인은 절대 이해하지 못할 끊어지지 않는 유대감을 떠올린다. 1초의 앞서거니 뒤서거니도 없이 같은 속도로 나란히 걸어가는 두 사람은 심장마저 동시에 움직일 것만 같다. 두 분이 건강히 오래 사셨으면 좋겠다.

여전히 미스터리로 남아 있는 것은 오후 2시의 사나이다. 이 시간엔 혼자만의 계절을 사는 것 같은 한 남자가 고정적으로 등장한다. 그는 선천적으로 천하무적의 피부를 타고난 것일까. 겨울엔 춥지 않고 여름엔 덥지 않은 것일까. 비가 오나 눈이 오나 해가 쨍쨍하나 안개가 자욱하나 날씨에 상관없이 사계절 내내 동일한 킬트를 입고 개와 함께 산책한다. 4년을 봤으니 이분이야말로 가히 칸트의 후예라 칭할 만하다.(킬트를 입었으니 스코틀랜드 사람일지도 모르겠지만.) 얼마나 자주 봤으면 가끔은 이 공간에 남자와 개가 영원히 박제되어 있다는 느낌마저 들었다. 그사이 유일하게 달라진 점이 있다면 작은 강아지에서 큰 개로 성장한 반려견일 것이다.

그는 이따금 마주치는 동양 여자의 존재를 인식하지 못했을지 몰라도 나는 자주 궁금했다. 왜 같은 옷을 고수하는지, 왜 항상 이 시간에 산책하는지, 왜 늘 반려견과 동행하는지……. 궁금증투성이었음에도 불구하고 숫기 없는 나는 말 한 번 붙여 보지 못했다. 머릿속으로만 이런저런 상상의 나래를 펼쳐봤을 뿐. 영화 〈하치 이야기〉를 감명 깊게 봤을까. 혹시 건강상 산책을 꼭 해야 할 이유가 있는 걸까. 칸트처럼 철학자일지도 모른다. "모든 생각은 걷는 자의 발끝에서 나온다"라고 했던 니체의 말로 그의 산책에서 의미를 찾아보려고도 했지만 오히려 이유를 명명백백 밝히는 것이 그 멋진 루틴에 누가 될 것만 같았다.

애초에 산책에 특별한 연유 따위는 없었는지도 모른다. 오랫동안 이어져 온 율법과도 같은 아주 당연한 일과일 뿐인지도. 신문에 열중하는 할아버지도, 매일 같은 옷을 입는 쌍둥이 할머니도, 개와 동행하는 킬트의 사나이도, 그 시간은 얼핏 같아 보이지만 매일 다른 결을 가지고 꾸준히 그리고 천천히 자신만의 나이테를 넓혀 나가고 있었다. 같은 시간, 같은 동선을 걷는 반복된 행위를 통해 나이테는 점점 더 굵어지고 튼튼해질 것이다. 비슷비슷한 일상이 켜켜이 쌓여 한 사람의 견고한 인생이 완성된다.

이 산책의 시간은 정형보다는 비정형을, 정착보다는 유목의 삶을 꿈꾸던 내가 처음으로 질서 정연한 삶에서 아름다움을 발견한 계기였다. '꾸준히 그리고 천천히', 사회에서도 일상에서도 규칙을 세우고 지키는 사람들. 독일인의 한결같은 우직함은 우리가 흔히 부러워하는 독일인의 저력을 만든 기초체력 같은 것인지도 모르겠다는, 너무 나갔나(?) 싶은 생각도 잠시 해봤다. 걷기는 사고의 주머니를 온갖 곳으로 데리고 다니기도 하니까.

매일 오후 3시 30분이면 길을 나섰던 칸트는 1804년 2월 12일, 하인에게 포도주 한 잔을 청해 마시고 영원히 돌아오지 않을 산책을 떠났다. 그가 마지막으로 남긴 말은 "Es ist gut(좋다)"이었다. '좋다.' 이 말이야말로 독일인이 매일 같은 시간에 산책을 하는 이유가 될 수도 있겠다. 자주 걸어본 사람은 안다. 걷는 행위야말로 내가 나를 위무할 수 있는 최고의 행위임을. 시시때때로 변화하는 계절을 걷다 보면 번잡한 군더더기들이 땅속으로 사라지고, 결국 '좋다'라는 말만 살아남아 싹을 틔운다. 그 황홀경 때문에 우리는 산책에 중독된다. 역시 칸트는 괜히 위대한 철학자가 아니었다.

사계절을
걷는다

봄은 절대 쉽게 오지 않는다. '춘래불사춘'이라더니, 요
며칠 눈이 왔고 난생처음 보는 주먹만 한 크기의 우박이
세차게 떨어지며 세기말 분위기를 연출했다. 연신 '봄은
언제 오려나'를 중얼거렸다. 그러기를 반복하던 어느 날
하늘이 비를 뿌리기 시작했다. 바야흐로 봄이 오려나 보
다. 3월 초의 빗물에서는 묘하게 달큼한 향내가 난다. 봄
이 오는 냄새다. 인간의 발길이 닿지 않는 아득한 어딘가
에서 녀석이 움직이기 시작했다. 코끝의 후각은 그 달콤

함을 못 이기겠다는 듯 발걸음을 재촉한다.

공원에 나갔더니 여기저기서 킁킁 봄 내음을 맡고 나온 사람들이 보였다. '언제 이렇게 꽃을 피운 것일까?' 꽁꽁 얼어붙은 대지를 뚫고 개나리가 폈다. 더는 참지 못하겠다는 듯 기지개를 켜며 땅을 뚫고 올라오는 새싹처럼 어떤 노란 희망이 몽글몽글 피어오른다. 공원이 알록달록 천연색으로 물들어간다.

독일도 한국과 비슷하게 제일 먼저 목련과 개나리가 핀다. 이내 벚꽃이 팝콘처럼 곳곳에 터질 것이다. 사계절이 뚜렷한 자연의 생애에 경이로움과 고마움을 보낸다. 변함없는 계절의 순환은 이방인에게 묘한 위로를 준다. 이역만리에 있지만 고국과 같은 주기로 살고 있다는 기분. 한국에 있는 사랑하는 사람들과 같은 계절, 같은 꽃을 볼 수 있다는 것은 큰 위무가 된다. 꽃을 가만히 바라본다. 보고 싶은 가족들, 친구들의 얼굴을 본다.

때로 봄날의 산책은 신이 난다. 고삐 풀린 망아지처럼 꽃이 만발한 꽃밭을 돌아다니다가 오래된 물레방아를 발견했고, 코끼리 코 모양을 한 귀여운 미끄럼틀도 만났다. 천진난만한 척하며 미끄럼틀을 타보고 싶었지만, 어린이를 위한 좁디좁은 코끼리 코에 내 엉덩이가 끼이는 불상사를 연출하고 싶지는 않아, 살짝 다리만 걸쳐보고 다시 걷는다. 봄의 단상斷想들은 간지럽다. 봄을 맡았고 도취되었고 빠져버렸다. 하마터면 봄과 볼이 맞닿아 키스할 뻔했다.(할 걸 그랬나.)

가끔은 불한당처럼 찾아온 강력한 돌개바람이 온몸을 감쌀 때도 있다. 그럴 땐 바람에 맞서는 것도 방법이다. 호기롭게 달려보기로 한다. 나이를 잊은 채 달리다 보면 온종일 종아리가 마리오네트처럼 후들거리기 일쑤지만, 달리는 것을 멈출 수는 없다.

봄은 다시 한 번 힘껏 삶을 달려보고 싶게 만든다. 삶을 뜨겁게 사랑해보고 싶게 만든다. 봄은 늘 새봄이니까……. 새것은 아끼고 싶으니까……. 사람들은 봄이라서 행복하고 봄이라서 설레고 봄이라서 사랑한다. 봄에는 모든 이유가 다 봄이 된다.

"아인스-츠바이Eins-Zwei!"

아이들은 일제히 같은 동작으로 하나둘을 외치며 노를 젓는다. 여름의 신호탄이다. 여름 산책의 중요한 일과는 일명 카멍(카약 보며 멍 때리기)이다. 이영차 이영차 고사리 같은 손으로 카누를 타는 아이들은 잔망스럽기 그

지없다. 그 옆을 유유히 지나가는 성인 카누의 모습은 보는 것만으로도 호젓하다. 가만히 바라만 봐도 시간 가는 줄 모른다.

크고 작은 카누들이 흘러가는 강가를 지나 분수대 앞으로 가면 물 한줄기에 신이 나서 뛰어노는 아이들이 보인다. 머리부터 발끝까지 온몸이 물에 흠뻑 젖어도 상관없다. 신나게 노는 게 너희들의 일인걸. 부모들은 그런 아들딸들을 지긋이 바라보며 잔디에 누워 한가로이 일광욕을 한다. 주변을 배회하던 나도 덩달아 풀밭에 털썩 앉아본다. 눈을 감는다. 내리쬐는 햇살을 머금는다. 먼지는 쏙 빠지고 마음은 뽀송뽀송해진다. 이 작열하는 태양을 어디 보관할 방법이 없을까? 궁리해본다. 돈을 주고 살 수만 있다면 얼마가 되건 사고 싶다. 간직하고 있다가 사용하고 싶을 때 꺼낼 수만 있다면 그렇게만 할 수 있다면 어떻게 해서든 내 것으로 만들고 싶다. 우리가 이 여름에 해야 할 일은 틈나는 대로 햇볕을 모으는 것. 차곡차곡 잘 쌓아놓아야 한다. 그래야 지난한 겨울을 어떻게 해서든 보낼 수 있을 테니. 천천히 흘러가는 카누만큼이나 이 계절이 천천히 흘러갔으면 싶다.

한낮에 내리쬐는 해는 때로 뜨겁고, 저물녘 기습하는 비는 때로 차갑다. 여름과 겨울이 서로 주인공이 되겠다고 다투는 시기다. 더웠다가 선선했다가 계절은 하루에도 몇 번씩 아옹다옹 순번을 바꿔가며 선두를 달리지만 나는 늘 여름을 응원했다. 가을이 온다는 것은 손끝 시린 겨울이 성큼 다가왔다는 증거니까.

한국의 절기와 비슷하게 독일에서도 각 시기를 지칭하는 단어가 있다. 8월 말은 '알트바이버좀머Altweibersommer'라고 부르는데 해석하면 '초가을의 따스한 날씨'쯤 된다. 이 단어의 어원에는 여러 가지 설이 있다. 초가을에 거미줄이 자주 생긴다는 자연현상에 따라 Alt(오래된), Spinnweben(거미줄), Sommer(여름)라는 설명이 가장 일반적인데, 그보다는 나이 든 여성에게 찾아오는 회춘처럼 아름답지만 짧게 찾아오는 날씨, 즉 Alt(나이 든), Weiber(여인들), Sommer(여름)라는 뜻이 좀 더 마음에 든다.

툭툭, 도토리 떨어지는 소리가 화양연화를 꿈꾸는 중년 여인의 단잠을 깨운다. 결국 가을이 이겼다. 자연의 이치는 단 한 번도 어긋난 적이 없다. 떨어진 도토리를 주워 손바닥에 올려놓고 쓰담쓰담 만져본다. 이 작은 알맹이가 거대한 상수리나무를 품고 있다고 상상하면 새삼 대견하다. 바람에 흔들리고 땅에 나뒹굴면서도 꿈을 잃지 않는다는 것이 얼마나 어려운 일인지를 우리 모두는 안다. 당신의 마음에도 단 한 번도 성장을 미룬 적 없는 거대한 나무가 있다고, 그 작은 도토리가 툭툭 소리를 내며 일깨워준다.

초록으로 무성했던 이파리들이 아주 천천히 노란빛으로 변해간다. 숲은 녹음에서 황금으로 자신만의 속도로 성숙해 나간다. 수채화 붓으로 툭툭 터치한 듯한 나뭇잎들의 조화가 "가을이야"라고 말한다.

소슬바람이 분다. 소소하고 슬슬한 일렁임에 고색창연한 개암나무들이 휘청거린다. 들고 나는 바람결에 잎들이 부서져 내린다. 허공을 나뒹구는 황금빛의 이파리에 둘러싸여 잠시 황홀감에 젖는다. 마콘도 사람들이 보았다던 "작고 노란 꽃들이 하늘에서 가볍게 빗발처럼 흩날리는"(가브리엘 마르케스, 『백 년 동안의 고독』) 풍경은 바로 이런 광경이 아니었을까.

짐승들이 꽃에 덮여 질식했다면 나는 낙엽에 덮여 허우적거렸다. 꽃이든 잎이든 숨이 막힐 정도로 아름다운 것은 매한가지다. 그래, 카뮈가 그랬지. "모든 잎이 꽃이 되는 가을은 두 번째 봄"이라고.

윙윙 위이잉~ 풀 깎는 소리가 들린다. 흙과 풀이 쇠 날에 단절되며 구수하고도 씁쓸한 냄새가 난다. 풀을 베기시작했다는 건 겨울이 오고 있다는 신호다. 앙칼진 바람소리가 귓가를 할퀸다. 늘 가을은 조용히 가고 겨울은 요란스럽게 온다. 잔인한 계절이 시작된 것이다. 서머타임이 종료되고 한국과의 시차가 7시간에서 8시간으로 벌어진다. 한 시간의 시차가 생겼다는 것은 그만큼 거리도 멀어진 것만 같아 못내 서글프다. 내 마음을 아는지 모르는지 맹렬한 추위의 기세는 식을 줄 모른다.

독일의 겨울이 매섭다는 것은 너무 자주 말해서 쓰디쓴 계절의 분위기와 달리 입에서 단내가 날 정도다. 울창한 나무와 화려한 꽃들로 찬란했던 공원은 피서객들이모두 떠나고 빈 병과 쓰레기만이 흩날리는 폐장한 해수욕장을 닮았다. 뼈만 앙상하게 남은 나뭇가지와 횡횡한바람이 갈비뼈 사이를 후벼 판다. 안으로 안으로 자꾸 몸이 움츠러든다.

매서운 날씨는 외출을 주춤하게 만들지만, 그럼에도다시 한 번 몸을 일으키게 만드는 것은 '눈'이다. 독일은 눈이 잘 오지 않는 나라라고 들었는데 내가 사는 동안은 이상기후 현상을 우려할 만큼 눈이 자주 왔다. 환경을 생각하면 걱정해야 마땅하겠으나 겨울이 매서웠던 내게 이 눈은 하늘에서 주는 설탕 같은 선물이었다.

뽀도독뽀도독 눈 밟는 소리가 귀엽다. 사람들의 발길이 모두 한곳으로 향한다. 우리의 목적지는 공원 중간 즈음에 자리한 이름 없는 작은 언덕이다. 때아닌 폭설이 야트막한 동산을 눈썰매장으로 변신시켰다. 그저 아주 낮은 언덕일 뿐인데 너도나도 신이 나서 씽씽 썰매를 탄다. 설원 위에 순도 백퍼센트의 동심을 쓴다. 사람들은 미리 맞추기라도 한 듯 나무로 만든 아날로그 냄새가 풀풀 풍기는 동일한 디자인의 썰매에 몸을 의지해 신나게 눈 위를 달린다. 은하수가 지구에 펑펑 쏟아지던 날, 영하 19도였지만 마음은 그 어느 때보다 포근했다.

공원은 한시도 가만히 있지 않았다. 매 계절 분주했다. 봄에는 사람들이 지천으로 피어 있는 명이 나물을 뜯으러 다녔고, 가을엔 아이들이 뒹굴뒹굴 굴러다니는 도토리와 마로니에 열매 수집에 열성이었다. 가끔 한량처럼 보이는 남자들이 한가로이 낚시를 했고 강인해 보이는 남녀가 힘차게 카누 경주를 했다. 나는 그들 사이를 걸어 다니며 많은 것을 알게 되었다. 가령 들꽃은 고개를 낮게 숙여야 자세히 볼 수 있다는 것. 사람이 다가가면 새들이 날아가는 이유는 발소리에 놀라서라는 것.

　무엇보다 규칙적인 산책을 통해 가장 자주 만난 것은 꾸미지 않은 말간 내 모습이었다. 공원을 한 바퀴 휘젓고 나면 휘몰아치는 번민이 가라앉았고, 딱히 할 일이 없는 날에 공원을 서성이다 보면 몇 가지 수줍은 글감이 떠오르기도 했으며, 어여쁜 꽃들에 가슴이 요동칠 때면 아직 잘 뛰고 있는 심장에 감사한 마음이 들었다. 무엇보다 양쪽 호주머니에 손을 푹 찔러 넣고 하늘 한 번, 땅 한 번, 나무 한 번, 꽃 한 번 바라보며 걷고 있는 내가 좋았다. 봄의 생동을 느꼈으며, 여름의 찬란한 태양을 모았고, 가을의 낭만을 담았으며, 겨울의 한파를 끌어안았다.

　산책은 매일 다른 모습으로 내 마음을 들었다 놓았다 하며 쉴 새 없이 매혹했다. 1년 365일 공원을 산책하며 가늠할 수 없는 깊은 사랑을 느꼈지만, 꼭 한 계절을 꼽으라면 봄날이 가장 그리울 것이다. 봄이 아름다울 수 있는 것은 겨울을 통과했기 때문이다. 우리가 봄을 기다리는 이유는 엄동설한을 뚫는다는 것이 얼마나 어려운지를 알고 있어서다. 대견해서 손바닥이 빨갛게 되도록 세차게 손뼉을 쳐주고 싶다. 허리가 으스러지도록 꼬옥 안아주고 싶다. '봄'.

오늘도 명랑한 이방인은 걷는다. 올해 리필된 봄은 분명 더 눈부실 거라고 예감하며.

'고(Go)'달렸고,
'독(讀)'읽었다

칠흑같이 어두운 우주, 그 안에 작은 콩알 하나가 콩 박혀 있었다. 동생이 곧 아버지가 된단다. 철부지 막내가 처음으로 나보다 어른스럽게 느껴졌다. 생애 최초로 마주하는 경이로운 만남에 그는 매우 들떠 있었다. 목소리는 온통 설렘으로 가득했고, 나도 기꺼이 함께 기뻐해주었다. 전화를 끊고서 한동안 가만히 까만 바탕에 흰 자국만이 뜨문뜨문 보이는 초음파 사진을 들여다보았다.

광활한 우주에 겨우 자리 잡은 작은 점.

외로워 보였다. 그 안에서 홀로 얼마나 적막할까. 때로는 영영 나가지 못하게 될까 봐 무섭기도 할 테지. 새삼 아직 세상에 나오지도 않은 작은 생명체에게 묘한 동질감이 느껴졌다.

일 년에 6개월 이상은 어두운 장막을 두른 독일이라는 나라에서 나는 자주 외로웠다. 이리저리 아등바등 끊임없이 유영했지만 우주는 광활했고, 안착할 수 있는 종착지는 없어 보였다. 내 한 몸 겨우 누인 이곳은 하우스^{House}이지 홈^{Home}은 아니었다. 나는 절대 이 나라에 동화되지 못할 것임을 알았다.

한국에 살 때도 고독의 시간은 있었지만 뭐랄까, 일종의 해결책이 있었다. 여행을 간다거나 친구를 만난다거나 아예 일에 몰두한다거나……. 독일에서는 친구가 없었고 일도 없었다. 태양의 존재 여부가 의심될 정도로 매일 비가 내릴 때, 난방이 잘 되지 않는 백 년 된 집에서 오들오들 떨며 물주머니를 안고 자야 할 때, 인종차별인지 접착력이 다한 것인지 누군가의 실수에 의한 것인지 좀처럼 알 수 없는 이유로 우리 집 명패만 바닥에 떨어져 나뒹굴 때, 남편과 싸워도 갈 곳이 없어서 옷장 속에다 바락바락 소리를 지르며 울분을 삼킬 때, 친구들과 미친 듯이 한국어로 수다를 떨고 싶을 때, 무엇보다 엄마가 너무 보고 싶을 때……. '외로운 때'라는 것은 절대 떨어지지 않는 초강력 접착제처럼 떼어내려 할수록 더 지독하게 따라다녔다. 이럴 때면 나는 노래방 애창곡이었던 주주클럽의 〈나는 나〉를 들으며 한국에서 극진히 모셔 온 애장품, 초록색 이태리타월을 오른손에 장착하고 몸뚱이에 어지간히 들러붙은 때를 박박 밀기 시작했다. 때때때때때때때때때때때때때때 아하하하 난 누구에게도 말할 수 있어 내 경험에 대해~♬(혼신을 다해 밀어대도 외로운 때는 벗겨지지 않았다. 어쩌면 때를 밀다가도 엄청난 수도세에 대한 걱정으로 후다닥 몸을 닦고 나왔기 때문일지도. 아, 독일!)

독일에서는 외로울 수밖에 없는 수많은 이유가 도처에 도사리고 있었다. 가끔은 새로운 환경, 문화, 친구들로 반짝였지만, 마음 한구석에는 빛나지 않는 작은 별이 있었다. 그것은 설명할 수 없는 불안함, 초조함, 쓸쓸함, 그리움, 아득함의 다섯 꼭짓점으로 밤만 되면 내 가슴을 콕콕 찔러댔다. 지금 고민해봐야 답을 찾지도 못할 숱한 상념들로 잠 못 이루는 밤들이 이어졌다.

일주일에 두세 번은 규칙적으로 새벽 3시가 되면 잠에

서 깼다. '나는 왜 이 시간에 깨어 있을까?' '대체 왜 여기에 살고 있을까?' 본의 아니게 삼십 대의 절반을 독일에서 보냈다. 이국의 땅, 매우 낯선 작은 도시에 사는 내가 비현실적이었다.

끼익…… 새벽에도 어김없이 정기적으로 운행되는 오래된 트램은 이곳이야말로 싫든 좋든 네가 발을 딛고 살아야 할 시공간임을 알려준다. 눈치도 없다. 잠이 살포시 들락 말락 할 때 내 멋대로 상상의 나래를 펼쳐본다. 여권도 비행기 티켓도 필요 없이, 저 트램에 몸만 실으면 바로 한국으로 갈 수 있다면 그럴 수만 있다면 얼마나 좋을까. 저 낡은 녀석이 나를 데려다줄 수도 있지 않을까.

달콤함이 묻어나는 찰나 악몽이 덮친다. 행여나 영영 한국에 돌아가지 못하게 되지는 않을까. 여기서 나 혼자 죽으면 어떡하나. 괜한 걱정도 해본다. 그럴 때면 혼탁한 악몽을 걷어내는 주문인 양 노래를 읊조렸다.

"또다시 헤매일지라도 돌아오는 길을 알아."(아이유, 〈아이와 나의 바다〉)

나는 돌아가는 길을 알고 있다고, 확실히 기억하고 있다고, 언젠가 이 하우스에서 벗어나 홈으로 갈 거라고 몇 번을 대뇌이다 잠이 들었다.

배 속의 아가는 외롭다. 그래서 나 여기 있다고, 나를 좀 봐달라고 발차기도 하고 때로 입덧이란 수단으로 존재를 증명한다. '괜찮아', '안심하렴', '사랑한다 아가야'라고 말하며 우주의 주인인 엄마가 신호를 보낸다. 엄마의 바다에서 허우적거리는 아가에게 '탯줄'은 세상과의 강력한 연결고리다. 그것은 열 달이라는 고독한 항해를 지탱해주는 힘이 된다.

나는 줄곧 바다란 '다스 메어(das Meer)'라는 남성명사가 아니라 '디 제(die See)'라는 여성명사라고 생각해왔다. 바다는 단 한 번도 망망대해처럼 느껴지지 않았다. 나에게도 엄마의 바다가 있으니까. 탯줄처럼 연결되어 있는 친구들도, 인터넷망으로 이어진 랜선 이웃도 있으니까. 그럼에도 독일이라는 나라에 산다는 것은 외롭다. 왜? 이 글의 주제는 결국 돌고 돌아 다시 '고독'이다. 고독이라는 것은 밀어도 밀어도 어김없이 나오는 때처럼 찐득하게 나를 따라다녔으니까.

어쩌면 고독이야말로 '독일'이라는 나라의 대명사이자 완벽하게 적응할 수 있는 치트키 같은 것일지도 모르겠다. 이 나라는 사람을 고독하게 만드는 무언의 힘이 있다. 이쯤 되면 게르만족의 개척자들이 "너희는 이 땅에서 응당 고독한 존재로 살아야 해" 하며 큰 그림을 그려둔 것은 아닐까라는 합리적인 의심마저 든다. 숭고한 조상의 뜻을 받들기라도 한 듯 독일의 수많은 작가와 철학자들은 고독을 예찬했다.

괴테는 "영감은 오직 고독 속에서만 얻을 수 있다"고 했고, 니체는 "그대는 다시 고독 속으로 돌아가야 한다. 앞으로 더 무르익어야 한다"며 고독을 부추겼다. 평생 외롭게 살았던 것으로 유명한 쇼펜하우어는 『딱 좋은 고독』이란 책까지 냈는데, "우리는 혼자일 때, 비로소 있는 그대로의 자신을 느낄 수 있으며 그 안에 자유가 있다"고 말했다.

한 가지 흥미로운 점은 이들 대부분이 탁월한 사고 능력을 탑재한 천재들답게 고독에 단서를 붙였다는 것이다. 괴테는 "나 자신과 평화롭게 살아가며 무언가 해야 할 일을 확실히 갖고 있을 때" 고독은 좋은 것이라고 했고, 쇼펜하우어 역시 "우선 고독을 즐기는 법을 익히라"고 했다. 결국 고독을 가지고 재밌게 놀지, 묻혀서 침몰할지는 본인에게 달렸다는 뜻이 아닐까.

어차피 인간은 존재하는 한 고독할 수밖에 없다. 그것은 숙명 같은 것이니까. 까만 우주에서 태어난 작은 점,

태생적으로 고독을 잉태한 나는 이 땅에서 샘솟는 고독을 가지고 놀아보기로 했다. 끝끝내 명랑하리라! 독일에서 내가 제일 많이 한 일은 달리기와 읽기였다. 끊임없이 '고(go)' 달렸고, '독(讀)' 읽었다. 고독(go讀)이 조금은 재밌어진 것도 같다.

III

나의 생각과
당신의 생각
사이

일요일은
다 같이 쉽니다

　동네 산책 겸 유유자적 주변을 거닐다 작은 서점에 발이 이끌렸다. 책들을 쭉 훑어보다가 서가 한편에 자리한 『휘게』를 발견했다. 그 당시 우리나라에서도 이 책을 통해 북유럽의 라이프 스타일 '휘게'가 한창 인기를 얻고 있던 참이었다. '웰빙'을 뜻하는 노르웨이어에서 비롯된 휘게는 '아늑한'이라는 의미를 포함한다. 단순히 잘 먹고 잘 사는 것이 아닌 정적인 안정감, 안락한 분위기, 함께하면 마음이 따뜻해지는 사람들과의 친밀감이 휘게의 진정한 의미다. 책을 한 페이지 한 페이지 넘길 때마다 비록 독일에서 나온 책은 아니지만 내가 본 독일인들의 일상을 마주하는 듯했다.

독인인의 생활을 들여다보면 '휘게 라이프'라는 말이 금방 떠오른다. 휘게의 첫 단추는 휴식에 있었다. 이곳에 살면서 가장 놀라웠던 점은(아니 당황스러웠다고 하는 것이 맞을 것이다) 일요일에 모든 상점이 문을 닫는다는 것이었다. 처음 마주한 일요일의 시내 풍경을 잊을 수가 없다. 꼭 촬영이 끝난 뒤의 영화 세트장 같았다. 대부분의 가게들이 운영을 하지 않았고, 관광객으로 보이는 사람들만이 거리를 걷고 있었다. 연중 365일 불야성의 서울과 완벽하게 달랐던 그 공기는 어색했다. 그나마 일요일에 문을 여는 곳은 중앙역 내에 위치한 드럭 스토어, 마트, 관광객을 상대로 하는 일부 레스토랑뿐이다. 연말 크리스마스 주간에는 모든 마트가 사흘 이상 문을 닫으므로 하루 전날 많은 사람이 대량의 식료품을 사재기하는 진풍경이 벌어진다.(물론 최근 들어서는 일요일에 문을 여는 카페나 레스토랑이 늘어나는 추세다.)

일요일에 문을 닫는 이유는 모두가 공평하게 쉬어야 하기 때문이라고 했다.(너무 근사하잖아!) 이 설명을 들었을 때 처음으로 독일인이 멋있게 느껴졌다. 어떤 노동자든 휴일에는 가족과 함께해야 한다는 것이 이 나라의 가치관이다. '일'만큼 '쉼'이 중요하고 불평등이 없어야 한다. 주말에 일로 연락한다? 절대 있을 수 없는 일이다. 하루 일과 중에도 휴식은 꼭 있다. 그들은 보통 오후 4시면 퇴근을 하고, 휴식을 취한다. 주말 공원에는 가족이나 연인과 함께 시간을 보내는 사람들로 가득하다. 담소를 나누거나, 뜨개질을 하거나, 책을 읽거나, 기타를 치는 등 각자 풍요로운 시간을 보낸다.

한국에서는 직업의 특성 때문이기도 했지만 새벽 2시는 넘어야 잠이 들었다. 귀가 시간이 보통 저녁 9시였던 나는 8시만 넘어도 온 세상이 조용해지는 이 도시에 적응하기가 힘들었다. 친구들이 그리웠고 퇴근 후엔 치맥이 간절했다. 그런데 참 신기하게도 언젠가부터 나도 독일의 사이클에 익숙해져서 저녁 10시만 되면 꾸벅꾸벅 눈이 감긴다. 아마 밤에 할 일이 없다는 것을 내 몸이 본능적으로 인지했을 것이다. 해가 뜰 때 자는 것이 더 익숙했는데 어느새 해·달과 같은 궤도를 밟고 있었다. 우리의 몸이 자연에 순응한다는 것은 생각보다 꽤 자연스러운 일이다.

몸이 적응하면서 답답했던 일상도 받아들이기 시작했

다. 인내심을 시험했던 느려 터진 인터넷 속도가 나쁘지 않았고, 가만히 보내는 시간은 낭비가 아닌 재충전의 시간이란 것을 납득하게 됐다. 거창한 물질이 아닌 작은 것에 감사할 줄 아는 마음, 보이는 것이 아닌 내면에 가치를 두는 지혜, 마음의 풍요에 집중하는 그들의 가치관이 조금씩 눈에 들어왔다.

줄곧 '여유=돈'이라고 생각했다. 그래서 부자들이 부러웠다. 돈 앞에서 아등바등하지 않아도 되는 느긋함을 갈망했다. 독일에서 본 대부분의 사람들은 부자가 아니었다. 그럼에도 여유로워 보였다. 그들은 '부럽다'는 말을 잘 쓰지 않았다. 나는 틈만 나면 좋은 집에 사는 어떤 이가, 호화 여행을 즐기는 누군가가 부러웠는데 말이다. 분명 단어가 있음에도 사용하지 않는 것은 타인의 삶을 선망하거나 동경하지 않기 때문일 것이다. 오롯이 나에게만 집중할 것. 어제의 나, 오늘의 나, 미래의 나마저 긍정하는 마음들이 모여 꽤 괜찮은 삶이 만들어진다.

언젠가부터 가까운 곳이라도 일단 집을 나서면 멋을 부리고, 맛집을 찾고, 응당 유명한 카페를 가야 한다는 강박 아닌 강박에서 벗어났다. 솔직히 예쁜 옷을 입고 갈 데도 없었다. 소중한 사람과 함께하는 시간 늘리기, 동네 산책하기, 갓 구운 빵과 향긋한 커피를 마실 수 있는 아침에 감사하기. 이런 소소한 것들이야말로 '휘게 라이프'의 요건이었다. 행복은 내가 만들면 된다. 그 행복마저 타인으로부터 인정받아야 한다면 그것이야말로 행복의 가치를 훼손하는 행위니까. 스스로 인정할 수 있는 행복에 눈뜨게 된 것은 엄청난 변화였다. 그것은 조금씩 독일이라는 나라에 내 몸이 적응했다는 신호이기도 했다.

연일 비가 내리다가 태양이 2주 만에 고개를 내민 화창한 일요일, 남편과 피크닉 매트 하나 달랑 들고 트램에 몸을 실었다. 근교 호숫가로 가서 집에서 만들어 온 유부초밥을 냠냠 먹었다. 비 갠 뒤라 물빛은 한층 더 맑았고, 크고 작은 나무들은 청신했다. 산들바람이 살갗을 스쳐 지나간다. 다리 쭉 뻗고 편하게 앉아 호수를 바라보며 원 없이 햇살 세례를 받았다.

마음에 작은 일렁임이 일었다. 그것은 막연히 생각했던 '충만한 삶의 결' 같은 것이었다. 모든 것이 살아 있었고 그 안에서 나는 생동했다. 왕복 트램 비용과 아이스크림 두 개, 단돈 7유로로 우리의 주말은 여유로웠고 소박했고 행복했다.

여유는
여유를 낳는다

D의 나이는 44세, 미혼. 결혼할 용의는 있지만 아이를 낳을 생각은 없다. 직업은 작가지만 정식으로 책을 출간한 적은 없다.

이 친구를 만나면서 의아했던 점은 대체 어떻게 생계를 유지하며 사느냐는 것이었다. 나는 그가 돈을 벌기 위해 일하는 모습을 본 적이 없다. 작가지만 자신의 이름으로 출판한 책이 없었고 딱히 어느 매체에 글을 기고하는 것 같지도 않았다. 그렇다고 아르바이트를 하지도 않았다. 다만 본인 명의의 작은 집이 있었다. 방이 두 개이기 때문에 한 방에는 자신이 살고 다른 한 방은 월세를 준다. 독일은 츠비셴Zwischen이라고 해서 방만 세 들어 살고 주방을 공용으로 사용하는 주거 형태가 있다. 이 동네의 츠비셴이 3백~4백 유로 선인 것을 감안하면 월세로만 살기에는 부족해 보였다. 이 역시도 주관적인 내 기준이다. 집을 소유하고 있으니 내야 할 세금도 만만치 않을 것이다. 그런데 D는 혼자서 넉넉할 것은 없지만 아쉬울 것도 없는 반백수 상태로 유유자적 생활을 유지하고 있다.

그의 일상은 글을 쓰고 화초를 키우며 가끔 친구의 고양이를 보살펴주는 것으로 채워진다. 흔히 말하는 '식물남'에 가까운 삶이다. 그렇다고 삶이 비루해 보이지는 않았다. 오히려 행복해 보였고 그렇게 생활해도 어떡해서든 삶이 굴러가는 모습은 나름대로 꽤 열심히 살아온 내게는 적잖은 충격이었다.

평범한 독일인의 가계부를 크게 뭉뚱그려보면 월수입의 3분의 1은 월세, 3분의 1은 세금으로 쓰고 나머지 3분의 1로 생활을 유지한다. 그래서 독일에서 부자가 되기란 쉽지 않다. 한탕 큰돈을 벌고자 독일에 이민 오고 싶은 사람이 있다면 버선발로 뛰어나가 말리고 싶다. 부자가 되기도 어렵지만 탄탄한 사회보장제도로 인해 극빈층이 되기도 쉽지 않은 나라가 독일이다. 대체로 이 사회에서 넓은 범주를 차지하는 중산층은 자신의 삶에 만족하며 살아간다. 이는 훌륭한 국가 정책 덕분이기도 하지만 무엇보다 삶을 대하는 방식 자체가 소박하고 긍정적이어서이다. 인생을 즐긴다는 개념이야말로 우리의 뇌리에 꽂혀 있는 '유럽=여유'라는 공식에 가장 부합하는 요소가 아닐까.

독일인들이 자주 쓰는 단어 중에 'zufrieden'이란 형용사가 있다. 주된 뜻은 '만족한'인데, 동시에 '행복한, 즐거운, 평화스러운'이란 의미도 내포하고 있다. 이 사람들의 사고체계에서 '만족하다'는 곧 '행복하다'이다.

만족滿足: 1. 마음에 흡족함.
　　　　 2. 모자람이 없이 충분하고 넉넉함.

한국어 '만족'의 뜻 역시 멋지다. 불행히도 과거 우리에게는 단어의 원래 의미와 달리 만족이라는 단어가 죄악

시된 시절이 있었다. 만족하면 행복한 것이 아니라 '도태된다'는 명제가 따라붙으면서 게으르고 나태한 자의 대명사가 되어버렸달까. 물론 안주하지 않고 발전하려는 의지는 인류 도약의 디딤돌이 됐지만, 맹목적으로 앞으로 나아가는 것이 무조건 좋은 것이라고 할 수 있을까?

나 역시 만족보다는 부족한 쪽이었다. 통장에 돈이 부족했고, 옷장에 옷이 부족했으며, 냉장고에 음식이 부족했다. 항상 모자라지 않을까를 걱정하면서 채워 넣는 데 급급했다. 심지어 글을 쓸 때도 분량이 좀 적은가 하며 다시 한 번 끼적거리는 것이 나라는 사람이었다. 미니멀보다는 맥시멀에 가까웠고, 무소유는 내 생에 절대 가닿지 못할 경지였다.

부족에 떠밀려 만족을 몰랐고 항상 결핍에 시달렸다. 나는 왜 늘 배고팠을까? 그것은 내 감정을 소홀히 한 대가는 아니었을까. D를 보며 가슴의 본능에 충실해도 삶이 엉망진창이 되는 것은 아니라는 것을 알게 됐다. 좀 빈둥거린다고 해서 세상이 멸망하지 않는다. 오히려 잘만 돌아간다는 것을, 한국을 떠나오면서 이미 한차례 깨달은 바 있다. 나 아니면 안 될 줄 알았던 직장의 내 자리는 꽤나 빨리 채워졌다. 당연했지만 왠지 자존심이 상했고 알 수 없는 얄미운 감정이 들었다.

처음에는 그가 인생을 대충 사는 것 같아 철없어 보였지만 한결같이 행복한 모습을 보며 자연스럽게 '안분지족安分知足'을 떠올렸다. 자연인까지는 아니더라도 한 번쯤 그처럼 살아보고 싶다는 열망이 강렬하게 들었다. 바꾸어 말하면 나는 여전히 내 삶에 만족하지 못하고 있다는 증거이기도 했다. 지금껏 만족은 게으름이라 여기며 밀어내기만 했다. 업무를 처리하고 또 처리했는데 또다시 처리할 게 밀려왔다. 그것은 마치 일의 공격과 같았다. 이제는 당하고만 있지 않으련다. 여유와 만족이란 이름으로 수비를 해볼 참이다. 낙천의 아이콘이라고 해도 과언이 아닌 그는 오늘도 메시지를 보내왔다.

돈이 인생의 목표라면 너무 슬프지 않니?
우리는 삶을 즐기기 위해서 태어난 거야.
그러니 공원에 햇볕 쬐러 가자.
오늘 햇살이 이번 주중에 제일 좋아.
인간은 계절의 변화를 등한시하면 안 돼.

명품백 말고
백팩

그는 검정 등산 가방에 같은 색깔의 바람막이 재킷을 입고 있었다. 트램 정류장에서 우연히 만난 C의 옷차림은 내가 봤을 땐 영락없는 등산 패션이었다.

"등산 가는 거야? 하긴 오늘 날씨가 너무 좋지?"

"아니. 학교 가는데?!"

앗, 깜빡했다. 독일인에게 등산복은 일상복임을. 그들은 국민 단체복으로 맞춘 건 아닌지 의심이 갈 정도로 사계절 내내 잭울프스킨의 검정 바람막이를 입는다. 그러

니까 독일인에게 잭울프스킨은 스킨^{skin}이다. '바람막이
+백팩'의 공식은 어린이부터 노인까지 모두에게 적용된
다.(한번은 병원에 갔는데 모든 옷걸이의 옷이 검정이었다. 자
기 옷을 찾을 수나 있을지 잠시 쓸데없는 걱정을 했지만, 내
코트가 우유 빛깔 핑크임을 자각하고 오지랖을 접었다. 차마
코트를 벗어놓을 수가 없어서 그냥 입고 있었는데, 이편이 더
튄다는 걸 뒤늦게 알았다. 아니 이 사람들, 상의도 죄다 어두
컴컴이네? 그날 나는 블랙 천국에 핑크 한 방울을 아주 확실
하게 떨어뜨렸다. 남에 대한 관심은 1도 없을 줄 알았던 독일
인의 이상한 시선을 한 몸에 받은 날이었다. '괜찮아. 내 코트
색이 예뻐서 그럴 거야. 정말 그럴 거야. 아, 대기 시간이 왜 이
리 기냐⋯⋯.')

　베를린이나 뮌헨 같은 대도시는 그나마 괜찮은데 그
외 시골로 가면 오가닉 패션이 즐비하다. 독일인은 기본
적으로 '트렌드'라는 단어 자체에 별 관심이 없는 것 같
다. 간혹 젊은 세대들이 미니백을 들고 다니기도 하고, 오
페라를 보러 가면 핸드백을 메고 온 중후한 중년 여성을
마주칠 때도 있지만, 일상에서는 90퍼센트 이상이 백팩
과 에코백이다. "유행이 뭐냐? 나는 내 갈 길 가리라." 늘

평소 메던 걸 메는 거다. 그래 뭐 그건 그렇다 치고 이 백팩, 커도 너무 크다. 대체 뭘 넣고 다니는 걸까? 호기심이 발동한 나는 좀 친해진 친구들에게 물었다.

"왜 큰 가방을 메고 다녀? 안에 뭐가 들었어?"

백팩에 대한 선호는 준비성 강한 독일인 특유의 완벽성에서 기인한다. 그들의 가방엔 별의별 게 다 들어 있다. 물은 기본인데 대부분 가지고 다니기 편한 5백 밀리리터보다 1.5리터 대병을 선호한다. 가격 면에서 큰 용량이 합리적이기 때문이다. 이 외 샌드위치 도시락(독일 사람들은 도시락을 자주 싸서 다닌다. 학원, 학교, 기차에서도 도시락을 먹는 풍경은 흔하다), 화장품(립밤, 핸드크림을 넘어서 샴푸, 린스 등도 포함), 우산, 책, 휴지 등. 어디 한 달 장기 여행이라도 갈 기세다. 가방은 그야말로 하나의 작은 집이었다.

T는 언제 무슨 일이 생길지 모르기 때문에 적어도 이삼 일 정도는 밖에서 잘 수 있을 정도로 준비한다고 했다. 살면서 갑자기 밖에서 잘 일이 얼마나 생길까 싶지만 평소 꼼꼼한 그녀의 성격에 비춰 봤을 때 이해 못 할 일도 아니었다.

가방을 패션이 아닌 필수품으로 생각하기 때문일까.

기본적으로 명품 가방이 흔하지 않다. 라이프치히가 소도시이기도 하지만 사는 동안 명품 가방을 든 사람을 본 게 손에 꼽을 정도다. 물론 독일에도 명품으로 한껏 치장하고 슈퍼카를 몰고 다니는 부자들이 존재한다. 당연히 허세 가득한 졸부도 있다. 하지만 이러한 부류가 많지 않으며 크게 두드러지지 않는다. 특히 전쟁을 경험한 세대는 그 당시 독일 사회가 워낙 빈곤했기에 절약 정신이 몸에 배어 있고, 사회적으로 명품을 달갑지 않게 바라보는 시선도 있다.

고백건대 나에게는 온갖 비싼 가방을 사며 소비에 현혹됐던 시절이 있다. 직업 특성상 만나게 되는 화려한 사람들에게 밀리고 싶지 않다는 이유로, 내 만족이라는 이유로, 옷이며 가방이며 참 많이도 샀다. 사고 싶은 것이 많은 소비의 도시, 서울에 살았던 것도 이유라면 이유일 것이다.

채운 가방만큼 욕망도 채워졌을까? 단언컨대 아니다. 채우면 채울수록 더 많은 것을 갈망하는 욕망의 화수분 속에서 십 년을 살았다. 물론 어떤 심리학자는 "여자는 멋진 가방을 들었을 때 자신감과 안정감을 느낀다"라고 설명한다. 좋은 가방을 든 순간, 가슴속에 왠지 모를 자신감이 차오른다. 매일 아침 안락한 집에서 위험한 바깥으로 나갈 때 여자들은 가방이란 무기를 들고 나간다. 나는 이 주장을 완전히 부정하진 않는다. 다만 독일인의 시선에서 보자면 왜 가방이 무기냐고 되물을지도 모르겠다. 그들에게는 가방보다 그 안에 든 내용물이 무기일 테니.

독일 패션은 긍정적인 의미의 '험블humble'로 정의하고 싶다. 스스로 만족할 줄 아는 겸손, 험블. 누가 뭐라든 나만 좋으면, 나만 만족하면 되는 험블의 마인드가 그들의 패션을 읽는 코드가 아닐까.

험블한 그들 사이에 끼여 살다 보니 예전만큼 옷에 대해 신경을 덜 쓰게 됐다. 비가 많이 오는 탓에 캐시미어 의류는 사치였고 11월부터 혹한이 시작되니 코트는 명함도 못 내민다. 한번은 하이힐을 신고 나갔는데, 수많은 돌덩이가 걷는 족족 내 굽을 가뒀다. 한 걸음 내디딜 때마다 족쇄처럼 콕 콕 콕, 굽이 돌에 박히는데 좀처럼 걸음을 옮길 수가 없었다. 내 발인데 내 마음대로 움직이지 못해. 굽이 돌에 껴서 빠지지 않아. 약속 시각은 다가와.

결국 나는 체스 말을 이동시키듯 네모난 돌 한 가운데에 굽이 들어가도록 훌쩍훌쩍 뛰며 돌바닥 지옥을 빠져

나왔다. 아, 잊을 수 없는 하이힐 환장 파티! 구두야, 미안하지만 너는 앞으로 신발장에서 무기징역!

같은 이유로 자연스럽게 옷에 대한 지출은 절반 아래로 감소했고 어떤 옷을 사고 선택하는지에 대한 개념도 달라졌다. 나에게 필요한 것과 내가 원하는 것에는 본질적인 차이가 있었다. 물건 구매에 앞서 스스로 되묻는 버릇을 만들었다.

Want vs Need.

'필요한 것' vs '원하는 것'은 여전히 마음속에서 충돌하지만 진짜 내가 원하는 것은 내 옷에 대한 타인의 평가가 아닌, 나 스스로 꽤 괜찮은 사람이라는 자각에서 오는 만족감이다. 옷을 잘 입는 사람이 아니라 옷을 멋지게 입을 줄 아는 사람이 되고 싶다. 물론 그렇다고 잭울프스킨을 스킨처럼 입을 생각은 추호도 없다. 나는 여전히 트렌치코트의 멋스러움을 사랑하고 화이트 셔츠의 단아함을 좋아한다.

맥주의 나라에서
와인 예찬

소주 맛을 알아야 진정한 어른이 된다는 말에 동의하지 않는다. 가뜩이나 쓴 인생, 굳이 쓰디쓴 소주까지 마시며 상처에 소금을 끼얹을 필요는 뭐람. 나는 술을 싫어하지는 않지만 잘 못 마신다.(어쩌면 그래서 이슬의 맑은 단맛을 모를 수도 있다.) 소주는 입에도 못 대고 맥주도 기껏해야 한 병이 주량이다. 알코올만 들어가면 얼굴에 점점 홍조가 달아오르면서 머리부터 발끝까지 시뻘게지는 사람이 바로 나란 인간이다.

한껏 부푼 희망과 설렘으로 대학에 입학했을 당시, 스무 살의 나는 술 모임이 제일 싫었다. 선배들은 저녁이면 후배들을 불러 모았다. 매일 밤 거나하게 취했고, 뭔 얘기를 했는지 기억도 안 나지만 떠들었다. 수다도 친구들끼리 해야 재미있지 윗사람과 함께 하는 건 그때나 지금이나 별로다. 게다가 선배랍시고 어지간히 신입생들에게 강제로 술을 먹였다. 나는 술을 잘 못 마신다고 몇 번을 말했지만 "마시다 보면 는다"는 말도 안 되는 주장을 내세우며 내 주량을 늘려 주겠다고 거들먹거렸다.(굳이 늘리고 싶지 않은데요.) 한사코 거절하는 나 때문에 분위기는 싸늘해졌다. 한여름인데도 남극에서 한랭전선이 툭 치고 올라왔다. 그래, 그렇다면 이참에 한 번은 보여주자 싶었다. 알코올이 들어가면 내가 어떤 괴물이 되는지.

"선배가 정 원하시면 마셔는 볼게요. 대신 뒷감당은 못합니다."

말이 떨어지기가 무섭게 누가 말릴 새도 없이 벌컥벌컥 소주를 병째 마셨다. 투명한 액체가 목구멍을 타고 흘러감과 동시에 몸에서는 강력한 거부반응이 역으로 치켜올라왔다. 마시자마자 기다렸다는 듯 곳곳에 핏기가 돌았다. 나는 머리부터 발끝까지 불타는 소시지가 되었고 우웨웩~ 돌림노래를 수십 번 부르며 화장실을 들락날락 했다.

이 사건 이후로 선배는 나만큼은 술자리에서 '열외'로 해주겠다고 공식 선언했다. 대체 그에게 무슨 권한이 있어서 열외를 운운하는지 이해할 수 없었지만, 어쨌든 술을 안 먹어도 됐으니 하룻밤의 희생치고는 꽤 괜찮은 보상이었다.

이후 나는 더욱더 술을 입에 대지 않았다. 멀어져버린 술과 나. 우리의 관계에 대해 다시 고찰해보게 된 것은 공교롭게도 독일에 살면서부터였다. 아무리 술맛이 별로라지만 분명 나한테도 '혀'라는 부위가 존재하기에 가끔 맛있는 술이 들어가면 꽤 달갑게 맞아준다는 것을 알게 됐다. 그 반가움은 대부분 반주 삼아 가볍게 곁들일 수 있는 달달한 와인이었다. 맥주의 나라에서 와인에 눈뜬 게 좀 아이러니하지만, 꼭 독일에서 맥주를 즐겨야 한다는 법은 없으니까. 아무렴 어떤가.

이 땅엔 미처 몰랐던 유럽 각국의 술들이 즐비했고 무엇보다 가격이 한국과 비교가 안 될 정도로 저렴했다. 마셔보고 별로라고 여겨져도 아깝지 않은 가격이었다. 보통 마트에서 5~10유로면 꽤 괜찮은 와인을 살 수 있는데, 이 중에는 콧대 높게도 특정 시즌에만 나오는 귀한 분들이 있다. 이게 뭐라고 일 년 내내 목 빠져라 기다리게 만든다. 모름지기 흔하면 매력이 떨어진다. 독일 맥주는 이미 많은 이가 소개했을 테니 과감히 생략하고, 알코올 취약 계층이 추천하는 달달구리 와인 리스트는 다음과 같다.

1. 리슬링 Riesling

리리리자로 끝나는 말은~, 라라라라라라라~(음료수 광고 음악), 꽃을 사랑하는 꽃의 천사 루루~

뜬금없지만 나는 단어 중에서도 'ㄹ'이 들어간 것들을 편애한다. 혀에서 떨리는 어감이 근사하면서도 발랄하다. 태생적으로 고급스러움과 깨방정을 지닌 그 이중성이 좋다. 물론 '발랄'이라는 단어 역시 ㄹ이 세 개나 들어가 있어서 아낀다. 억지라고 할 수도 있겠지만 '리슬링'도 ㄹ이 각 글자에 공평하게 하나씩 세 번이나 들어가서 좋아한다.

화이트 와인이나 레드 와인은 프랑스와 이탈리아에 양보하자. 그렇지만 리슬링만큼은 독일이다. 옥토버페스트만큼 크지는 않지만 매년 봄이면 독일 지역 곳곳에서 와인 축제를 연다. 이때 가장 많이 나오는 주종이 리슬링이다. 특히 라인 강이나 모젤 강 유역이 리슬링 주산지로 유명한데 이 강 유역의 근처 식당에서는 스테이크를 시키면 청포도가 사이드 메뉴로 나올 정도다.

청포도를 주종으로 하는 리슬링은 무엇보다 향이 다채롭고 당도에 따라 단맛과 드라이한 맛으로 나뉜다. 나처럼 술을 잘 못 먹는 스타일이라면 달달한 'Süß(쥬스)'를, 드라이한 맛을 즐긴다면 'Trocken(트로켄)'을 선택하면 된다. 리슬링의 청량함과 달콤함은 좀 과장해서 크리스털 수정을 마시는 것 같은 기분이다.(수정을 먹어본 적은 없지만.) 여기에 이육사의 시 「청포도」를 읊으며 오기택의 〈청포도 사랑〉을 들으면 금상첨화.(너무 옛날 사람 취향인가.)

2. 페더바이서 Federweißer

페더바이서는 독일의 여름 끝자락과 초가을의 문턱에만 만날 수 있는 일종의 한정판이다. 그해 처음 수확한 포도, 그러니까 숙성하기 전의 일명 'young wine'으로, 계속 발효 중이기 때문에 기포가 퐁퐁 올라온다. 반드시 냉장 보관해야 하며 절대 병을 눕혀서는 안 된다. 같은 이유로 다른 주종과 달리 비행기에 실어 수출하는 것도 안 된다, 매우 아쉽지만 또 한편으로는 그래서 각별하다.

적당한 달콤함이 일품이고 도수가 낮아서 술을 잘 못 마시는 사람들도 기분 좋게 즐길 수 있다. 아이스 와인과 비슷한데 좀 더 상큼하달까. 양파 케이크와 곁들이는 것이 정석이지만, 과일이나 피자 등 본인의 기호에 따라 안주는 마음대로.

매년 8월 중순이 되면 영화 〈콜 미 바이 유어 네임〉을 보며 페더바이서를 홀짝였다. 일종의 여름을 보내는 나만의 의식이다. 달콤한 술을 마시며 한여름 밤의 꿈과 같은 첫사랑, 청춘, 뜨거운 열기를 떠올린다. 엘리오의 마음을 따라가본다. 다시 한 번 페더바이서를 한 모금 홀짝인다. 그가 화답한다.

Right now there's sorrow (지금의 그 슬픔)
Pain (그 괴로움)
Don't kill it (모두 간직하렴)
and with it the joy you've felt (네가 느꼈던 기쁨과 함께)
È la vita (인생이 그렇죠)

3. 글뤼바인 Glühwein

내가 독일에서 제일 좋아하는 풍경은 12월이다. 크리스마스 마켓이 열리고 사람들이 삼삼오오 모여 머그잔을 손에 쥔 채 담소를 나누는 모습이 다정하고 따뜻하다. 거리의 사람들이 하나같이 손에 들고 후후 불며 마시는 것은 크리스마스의 대명사라고 할 수 있는 '글뤼바인'. 뜨겁게 해서 마시는 레드 와인의 일종인데 독일뿐만 아니라 체코, 핀란드 등 다른 유럽 국가에서도 명칭만 다를 뿐 비슷하게 볼 수 있는 술이다. 레몬이나 계피, 생강, 럼 등 취향대로 추가해서 만들어 먹는 재미가 있다. 글뤼바인에는 4~5퍼센트 정도의 알코올이 들어 있는데 만약 알코올이 싫다면 무알코올의 '푼쉬Punsch'를 골라도 된다.

이 뜨거운 술은 "향기에 취해 있으면 혀의 감촉에 배신당하고, 맛에 취해 있으면 다시 향기가 다른 쾌락을 전해준다"고 했던 무라카미 류의 표현을 떠올리게 만든다. 보라색의 미묘한 빛이 마음에 착란을 일으킨다. 자꾸 입술에 갖다 대다 보면 눈빛이 흐려진다. 여기에 크리스마스 분위기까지 몰아가면 작업주로는 최상이라 하겠다.

무엇보다 글뤼바인을 마시는 재미가 쏠쏠한 것은 컵에 있다. 독일에서는 지역별로 도시를 상징하는 그림과 그해 연도를 새긴 크리스마스 컵을 제작한다. 그 컵에다 글뤼바인을 따라주는데 보통 글뤼바인이 2.5유로, 컵 보증금이 2.5유로다. 컵은 반납해서 2.5유로를 돌려받아도 되고, 갖고 싶다면 그냥 가져도 된다. 물욕이 차고 넘치는 나는 매년 크리스마스 때마다 글뤼바인 컵을 어지간히 모았다.

4. 내추럴 와인 Natural Wine

요즘 유럽의 젊은이들 사이에서 각광받는 와인이다. 내추럴 와인은 어떤 인공적인 것도 추가하지 않은 천연 와인으로, 특히 비건에게 인기가 높다. 화학비료나 제초제, 농약 등을 일절 사용하지 않은 유기농 포도를 사용하는데, 여기까지는 유기농 와인과 거의 같다고 할 수 있다. 내추럴 와인이 유기농 와인과 다른 점은 제조할 때도 이스트나 이산화황 등 인공 첨가물을 전혀 가미하지 않는다는 것에 있다. 어떻게 보면 전통 와인 생산방식에 새로운 도전장을 내민, 그림으로 따지면 인상파의 태동, 팝아트의 시작 정도라고 할까. 뒤샹의 〈샘〉만큼은 아니더라도 깐깐하다면 깐깐할 수 있는 와인 세계에서 꽤 참신한 시도가 시작된 셈이다. 전통 와인과는 제조법이 다를 뿐 아니라 와이너리마다 특색이 있어서 라벨마저 독특한 제품이 많다. 종이를 반 정도 태워서 툭 붙여 놓는가 하면 와인 제조자의 지문을 새겨 넣는 등 각양각색의 라벨을 보는 재미도 쏠쏠하다.

보통 화이트 와인은 생선, 레드 와인은 스테이크 등 와인별로 어울리는 음식이 있다지만 내추럴 와인은 이 공식마저 파괴해 대부분의 음식과 잘 어울린다. 자신의 개성을 지키면서 다른 것들과 조화를 이룬다는 점, 형식에 얽매이지 않고 자유롭다는 점에서 내추럴 와인은 흔히 힙하다고 말하는 베를린의 힙스터들을 닮았다.

문득 떠올려본다. 만약 그때 그 선배가 강압과 원샷이 아닌 유쾌와 음미의 건배를 외쳤다면 어땠을까. 우리의 관계도 술에 대한 내 생각도 달라지지 않았을까. 모름지기 강요는 강한 거부감만 낳을 뿐이니까.

와인은 내게 예기치 못한 장소에서 만난 뜻밖의 귀인과 같은 존재다. 술이라면 질색하던 내가 어느새 와인 숍을 기웃거리고 있다. 여전히 알딸딸의 기분은 잘 모르겠지만 알딸 정도는 알게 됐다고 할까. 애주가는 아니지만 봄이면 리슬링을, 여름이면 페더바이서를, 겨울이면 글뤼바인을 꼭 챙겨 마셨다. 이들은 계절을 알리는 전령사였다. 리슬링은 옅은 핑크빛으로 물들어가는 한 떨기 벚꽃을, 페더바이서는 초록빛으로 가득한 나뭇잎을, 글뤼바인은 앙상한 나뭇가지에 기백 있게 매달려 있는 백당열매를 마시는 것만 같았다. 사시사철 다른 와인을 맞이하며, 아름다운 사계절을 제대로 누리며 살고 있다는 호젓함에 빠져들곤 했다. 온몸으로 자연을 느끼며 다디단 술을 마시다 보면 나도 모르게 인생을 예찬하게 된다.

이 글을 쓰는 지금은 따갑던 햇살이 따뜻함으로 변하는 여름의 끝자락이다. 바야흐로 페더바이서를 한 잔 기울이며 〈콜 미 바이 유어 네임〉 OST를 듣는 계절이 돌아온 것이다. 이 근사한 순간을 예찬하며 건배한다.

È la vita!

난생처음
누드 사우나

맨발의 사나이는 서막에 불과했다. 그들은 특히 내가 사는 동독에 자주 출몰했는데, 히피 느낌이 물씬 풍기는 에스닉 스타일의 옷을 입고 각종 장신구를 주렁주렁 단 채, 최소 일주일 이상은 안 감았을 것 같은 긴 머리를 둘둘 말고서는 신발은 신지 않고 맥주병 유리 조각이 도처에 흩어진 울퉁불퉁한 돌길을 활보했다. 본인은 그렇다 치고 가끔 아이들까지 신발을 신기지 않은 채 다니는 모습을 보면 위험하지 않을까, 걱정이 들 때도 있었다.

공원에는 유교걸이 놀라 뒤집힐 만한 일들이 일상적으로 연출됐는데, 상반신을 다 벗은 채 한가로이 누워 일광욕을 즐기는 젊은 여자들은 기본이고 가끔 나신으로 호수에서 수영하는 사람들도 있었다. 한번은 신문에 대문짝만하게 난 '나체 등산객 모집 광고'를 보고 화들짝 놀라 페이지를 덮어버린 적도 있다. 독일에는 일부 산에 한해서 일반 등산로와 별개로 나체 등산로가 조성된 곳이 있다. 태초의 몸으로 자연을 만끽하는(?) 등산이란다.(굳이 옷을 벗어야 자연을 느낄 수 있는 걸까.)

반라의 일광욕이나 나체 등산은 어떻게 보면 개인의 사상과 기호에 따른 것이기에 일반적인 독일의 대중문화라고 보기는 어렵다. 그래서 "와, 쇼킹하군!" 하고 한번 놀라고 말지만 사우나는 달랐다. 거의 모든 사우나를 남녀가 함께 이용하는 것은 물론이고 옷을 다 벗는단다. 뭐라고? 찜질방 옷을 안 준다고? 그럼 양머리도 안 해? 나는 어안이 벙벙해져 입을 다물 수가 없었다.(독일에서는 입이 벌어지는 일이 잦았다. 어쩐지 입이 아프더라니.) 게다가 전혀 이상할 것이 없는 일반적인 문화란다.

Textile Free. 독일 스파 시설의 운영 방침은 대부분 비슷했다. 온몸에 실오라기 하나 걸치지 않은 상태로 남녀가 함께 사우나 및 수영장을 사용한다.('우먼데이'라고 해서 여자만 입장 가능한 요일을 따로 운영하는 곳도 있지만 혼욕이 일반적이다.)

얼핏 들었을 때는 외설적으로 다가올 수 있으나, 이는 아주 오래전부터 시작된 고유의 문화다. 혼욕 사우나의 기원은 고대 로마 시대로 거슬러 올라간다. 그 시대에 이미 공중목욕탕이 등장했는데 본래 혼욕이 금지되어 있었으나 점차 남탕과 여탕의 기준이 없어졌고(대체 왜 없어졌는지), 목욕이 목적이 아닌 대화의 장, 스포츠와 같은 레저 활동을 위한 공간으로 변모했다.

오늘날 독일의 혼욕 사우나가 보편화된 것은 동베를린을 출발점으로 한다. 통일 전 사회주의 체제에 저항하는 의미로 나체 시위를 하거나 공공장소에 나체로 등장하던 문화가 사우나에 반영된 것이다. 'FFK Freikörperkultur(자유, 몸, 문화)'로 축약되는 이 문화는 '자유의 표현이자 독재에 대한 저항'이었다. 그래서 지금도 특히 동독에선 나체 시위, FFK 호수(나체 수영 가능 지역), FFK 등산(나체 등산)이 존재한다.

"우리도 누드 사우나에 가보자!"

우리 부부는 독일에 왔으니 새로운 문화를 체험해보자며 즉흥적이나 야심 차게 사우나 방문 계획을 세웠다. 우리가 간 사우나는 베를린 중앙역에서 걸어갈 수 있는 곳에 위치했는데, 번잡한 도심과 겨우 1킬로미터 남짓 떨어진 곳에 이렇게 조용한 장소가 있다는 것이 놀라웠다.

데스크 직원은 첫 방문인지 아닌지를 물어보고 이용 방법을 설명해줬다. 사우나와 수영장 이용 시에는 반드시 누드여야 하고, 그 외 공간에서는 가운을 입어야 한다. 한국의 스파처럼 팔찌를 주는데 머무는 시간에 따라 비용이 달라지고, 이 외 음식을 먹거나 추가로 수건 등을 이용하게 되면 팔찌로 태그를 한 뒤 퇴실 시 계산하는 방식이다. 물론 내부는 사진 촬영이 불가하다.

누드 사우나는 첫 관문부터 쉽지 않았다. 나를 시험에 빠트린 건 탈의실이었는데, 좀처럼 라커룸이 잠기지 않았다. 분명 방법이 있는 것 같은데, 아무리 열쇠를 돌려도 문이 계속 열렸다. 그때 한 젊은 남자가 구원투수처럼 나타났다.(당연히 다 벗은 채로…….) 성큼성큼 내게 다가오더니 세상 인자한 얼굴로 말했다.

"도와줄까요?"

순간 나는 아무 말도 할 수가 없었다. '허흑. 오 마이 갓! 엄마, 나 어떡해?!' 왜 이 상황에서 엄마가 생각나는가? 으아. 생판 모르는 남자의 몸을 이렇게 가까이서 본적은 처음이었다. 심히 당황해서 말이 제대로 안 나온다. 컥컥 헛기침만 자꾸 해댄다. 동시에 내적 갈등이 왕왕 일었다. 지금 나 역시 옷을 다 벗은 상황. 과연 나체로 이 낯선 남자와 대화란 것을 할 수 있는가?(하필 남편은 이때 화장실에 있었다.) 그렇다고 라커룸을 스스로 잠글 수 있는가? 문을 못 닫는 이상 나는 이곳에서 한 발자국도 움직일 수 없다. 어쨌든 이럴 땐 빨리 결정을 내려야 한다.

결국 옹알이하는 아이처럼 옹얼옹얼 더듬더듬 도움에 응했다.

"네… 저… 이 문 어떻게 잠가요?"

차마 눈을 마주칠 수 없어서 잘못한 것도 없는데 고개를 푹 숙였다. 얼굴을 아래로 향해도 자꾸 뭔가 눈동자에 피부색 비스름한 게 비치긴 했다. 아, 차라리 내 발을 보자, 내 발을. 발가락 끝만 뚫어져라 쳐다봤다. 나신의 나는 부끄러움과 민망함을 겹겹이 걸쳤다.

문을 잠그는 방법은 열쇠를 꽂은 채 2~3초 대고 있는 거였다. 이렇게 쉬운 방법을 몰랐다니. 찰나의 부끄러움과 민망함을 입고, 문제를 해결했으니 다행이었다. '후~

이거 쉽지 않겠는걸?' 문을 열고 들어가면 더 많은 사람이 있을 텐데 벌써 걱정이 한가득 밀려왔다. 기본료를 지불하고 되돌아 나갈까 고민도 했지만 왠지 촌스러워질 것같았다. 이왕 왔으니 한번 들어가보자!

총총 토끼 발을 하고서 안으로 들어갔다. 스파 실내는 밖에서 보는 것과 달리 규모가 꽤 컸다. 한가운데에 널찍한 풀장이 있고 그 옆으로 사우나실이 두 군데 있었다. 밖으로 나가면 더 넓은 야외 공간이 존재했다.

남편과 서로 미적미적 눈치를 보다가 일단 사우나 안으로 들어가보기로 했다. 한 오십여 명의 갑남을녀가 옷을 다 벗은 채 옹기종기 앉아 있었는데 꼭 단체로 벌을 받는 것 같기도 했고, 딱히 뚱뚱하다고 할 수는 없었지만 모두가 페르난도 보테로의 그림 속 인물들처럼 뭉뚱그려져 보였다. 다 벗고 있으니 야하다기보다 하나의 살덩어리 같았다고 할까. 장신구와 옷을 벗고 이렇게 모여 있으면 똑같은 사람일 뿐인데 겉모습은 참 많은 편견과 차별을 양산한다.

어쨌든 현재 중요한 사실은 지금 그와 나 역시 실오라기 하나 걸치지 않고 있다는 점. 즉 우리끼리도 어색하긴 어색했다. 뭔가 낯부끄럽고 괜히 민망했으며 특히 눈을 어디에 둬야 할지 몰라 당황스러웠다. 이리저리 눈알을 굴리다 그냥 눈을 감자며 눈꺼풀을 질끈 닫아버렸다. 그래도 자꾸 실눈을 뜨게 된다. 뭐지?!

스르륵~ 정적을 깬 이는 모두가 나체인 이 공간에서 유일하게 수영복을 입고 등장한 여직원이었다. 프리다 칼로 비슷하게 머리를 따서 올린 뒤 분홍색 리본 머리띠를 한 채, 신체의 절반을 가리는 엄청나게 커다란, 공작새가 귀환한 듯한 검은색 깃털 부채를 들고 유난스럽게 폴짝폴짝 들어온 그녀는 명랑한 '솔' 톤의 목소리로 말했다.

"안녕하세요. 여러분, 주목해주세요. 오늘 오신 분들은 정말 운이 좋은 사람들이에요. 지금부터 주말에만 시행하는 저희 사우나의 특별 이벤트를 할 텐데요. 쉬잇, 시크릿! 여러분만을 위한 시크릿 행사랍니다. 진행되는 동안은 바깥으로 나가실 수 없어요. 그러니 호~옥시 나가야 하는 분들은 지금 나가주세요. 나가시는 걸 말리지는 않겠어요. 하지만 장담컨대 아주 판타스틱한 체험을 하실 수 있을 거예요. 자자, 준비됐나요?"

여자가 워낙 호들갑을 떨며 말했기에 이벤트에 대한 궁금증은 증폭됐고, 게다가 무료라는데 누가 나가겠는가? 아무도 움직이지 않았다. 문득 사이비 종교에 입문한 듯 기시감이 들었다. 그녀는 일절 미동이 없는 사람들을 바라보며 역시 그럴 줄 알았다는 듯 묘한 미소를 띤 채 다시 밖으로 걸어 나갔다. 이내 녹차가 담긴 큰 양동이를 들고 들어와서 화로에 담긴 숯에 거침없이 부었다. 녹차를 머금은 숯에서 조금씩 수증기가 피어올랐다. 이어 그녀는 우아한 공작 부채로 마구잡이로 부채질을 해댔다. 사우나 안을 부산스럽게 바지런히 왔다 갔다 하면서 쉬익, 쉬익~ 소리와 함께 부채질을 연거푸 하자 갑자기 이 좁은 공간 안에 풋풋한 녹차 향이 쏴아 퍼지면서 온몸에 열이 달아올랐다.

사람들은 눈을 감고 킁킁 킁킁 녹차 향을 맡으며 "하아~" 하고 탄식의 소리를 내질렀다. 약간 약에 취한 사람 같기도 했고 흡사 소설 『향수』의 마지막 장면을 연상시키기도 했다.(그러고 보니 『향수』를 쓴 파트리크 쥐스킨트도 독일 사람이군.) 그녀는 계속해서 바람을 일으켰고, 동시에 내 몸 역시 부채질에 따라 열이 달아올랐다가 내려앉기를 반복했다. 순간 땀이 쏴악 빠지며 내 몸은 완전히 연소되었다. 이것이야말로 해탈의 경지가 아닐까 싶을 정도로 기분이 짜릿했다.

처음엔 몸이 노곤해지면서 누적된 노폐물이 빠져나가

는 것 같아서 좋았으나 시간이 지날수록 호흡 곤란이 왔다. 숨을 쉬기 힘들 정도로 사우나 안은 열기와 습기로 가득했다. 거의 가스실 고문을 당하는 듯한 힘겨움이 이어졌지만 탈출할 수가 없었다. 직원이 미리 나가면 안 된다고 주의를 주었을뿐더러 여기서 우리가 박차고 일어난다면 모두의 시선을 한 몸에 받을 것이고, 애써 채워진 열기가 문을 엶과 동시에 빠져나갈 것이 분명했기에 옴짝달싹 할 수 없었다.

발가벗은 몸이 부끄럽고 뭐고를 다 떠나서 이건 생사를 좌지우지하는 중대 사태였다. 바싹바싹 목이 말랐고 내 살들이 타들어 가는 것만 같았다. 점점 더 숨 쉬기가 어려웠다. 아, 이러다 죽는 거 아닌가? 생존의 위기마저 느꼈다. 오로지 머릿속에 '참을 인忍'만을 떠올렸다. '참아야 한다, 참아야 한다, 조금만 참자, 곧 끝날 것이다. 나는 인내심이 강한 인간이다. 기다려라, 기다리자, 기다릴 수 있다! 그런데 언제? 후우~ 참자, 참자, 참는 자에게 복이 있나니. 너는 할 수 있어. 잘하고 있어. 그래 괜찮아. 할 수 있어. 못해. 할 수 있다고. 못한다니까. 할 수 있……'

후~ 하~ 정말 더는 못 참겠다 싶은 한계점에 다다랐을 때 절묘하게도 이벤트가 끝났다. 끝나자마자 사람들은 지옥 불에서 탈출하듯이 우르르 뛰쳐나갔다.(역시 태연해 보였던 그들도 뜨거웠던 게다.) 직원이 나눠주는 녹차를 한 잔씩 마시며 가쁜 호흡을 안정시켰다. 밖에선 가운을 입어도 되었지만 그럴 정신이 없었다. 내 몸에 물을 공급하는 것이 한낱 가운보다 시급했다.

벌컥벌컥 녹차를 들이켰다. 이렇게 달콤한 녹차는 처음이었다. 생명수가 내 목덜미를 타고 내려갔다. 몸이 좀 진정되자 정신이 맑아졌다. 개운함이 온몸에 퍼졌고 피로가 씻은 듯이 풀렸다. 몸이 한결 가뿐했다. 왜 직원이 그토록 호들갑을 떨며 판타스틱하다고 사람들을 꼬드겼는지 이해가 갔다. 빈말은 아니었다.

극심한 고통과 인내, 그 뒤에 오는 환희의 순간을 보내고 나니 어느새 나도 누드 사우나에 동화됐다. 기본적으로 아무도 타인에게 신경을 안 썼기 때문에 편했다. 더군다나 대부분 우리와 비슷한 친근한 몸매의 소유자들이었다. 물론 엄청난 육체미를 자랑하는 비너스 혹은 다비드가 등장하면 본능적으로 눈이 돌아가는 걸 막을 순 없겠지만. 아무도 타인을 유심히 관찰하거나 살피지 않을뿐더러 눈치를 보지도 않았다. 사우나뿐만 아니라 마사지를 받거나 수영도 하고, 누워서 책도 보고, 야외 풀장에서 일광욕도 한다. 특히 풀밭 위 선베드에서 한가롭게 책을 읽는 사람들이 근사해 보였다. 마치 그들은 태초부터 그렇게 살아온 것처럼 느긋하고 우아했다. 옷을 다 벗었는데도 고상해 보일 수 있다니. 대체 이 자연스러움은 어디에서 비롯되는 걸까? 아무튼 독일 사람들은 신기하단 말이지. 배우고 싶군.

한번은 나체주의자 공동체를 다룬 다큐멘터리를 본 적이 있다. 대부분은 나체로 마을 내에서 생활하지만 그렇다고 옷을 입는 것이 금지는 아니다. 입고 싶은 사람은 입고 벗고 싶은 사람은 벗는다. 발 보호를 명목으로 신발만(대부분 크룩스 혹은 운동화) 신고 다니는 이도 있다. 각자 하고 싶은 대로 살되 이를 인정해주는 모습이 인상적이었다. 그들은 누드로 등장했지만, 카메라 앞에서도 자연스러웠다. 오히려 옷을 입고 그 영상을 보는 내가 왜인지 모르겠으나 얼굴이 화끈거렸다. 이 사람들이 옷을 입지 않는 이유는 어떤 기대와 제약으로부터 해방되고 싶어서란다. 나체주의자가 된 이후 옷을 고르고 사고 관리하는 일이 사라졌으니, 스트레스마저 감소했단다.

실로 옷은 많은 것을 나타낸다. 취향부터 재력, 직업까지. 내 몸을 둘러싸고 있는 모든 허울을 벗어 던지면 과연 행복할 수 있을까? 자유로울 수 있을까? 독일의 FFK 역시 전쟁과 물질문명의 타락 속에서 자연으로 돌아가고자 하는 사람들의 바람이 일구어낸 대안이자 문화다. 물론 체험까지 했지만 누드는 여전히 내가 감당하기 어려운 지점이기도 하다. 그럼에도 비가 오는 날이면 옷 따위 훌훌 벗어 던지고 마음대로 누워서 햇빛 세례를 실컷 받고, 첨벙첨벙 물놀이를 하다 온몸이 녹아내리기 직전까지 뜨거움을 맛볼 수 있는 사우나가 간절해졌다. 그 시공간은 보통의 날들 가운데 아주 생경한 내 인생의 별책부록이자 사과만 없을 뿐 아담과 이브가 살았을 법한 에덴동산, 자유로움이 넘실대는 지상낙원이었다.

그렇지만 그날 이후 우리는 단 한 번도 누드 사우나에 가지 않았다. 부끄러워서. 인간은 모름지기 아무것도 모를 때 용감한 법이다.

육체를 개방하라,
필라테스

가끔 별걸 다 독일에서 개발했구나 싶을 때가 있는데, 이를테면 '택시 미터기' 같은 것이 그렇다. 요가와 함께 인기 종목이 된 필라테스도 '필라테스Pilates'라는 이름의 독일인이 고안했다는 것을 독일에 와서 알게 됐다.

1883년 12월 9일 독일의 몬첸글래드바흐에서 태어난 요제프 필라테스는 서커스 단원으로 일했다. 1914년 제1차 세계대전이 발발하면서 필라테스와 극단은 영국의 포로수용소에 구금되었는데, 당시 상부의 지시로 2만여 명이 넘는 수감자들을 위해 신체 단련 운동을 만들게 된다. 이를 계기로 독일 송환 이후에도 건강과 신체 밸런스에 대한 연구를 계속해서 필라테스 리포머 기구를 개발하기에 이른다.

필라테스의 나라에 왔으니 한번은 배워봐야 하지 않겠는가! 곧바로 학원을 찾아 등록했다. 독일에 오기 직전 일 년가량 배운 적이 있기에 수업을 따라가는 게 그리 어려울 것 같진 않았다. 게다가 한국에서 내던 수강료의 반의 반값도 안 하는 저렴한 가격은 접수를 부채질했다.

수업 첫날, 넓은 공간과 녹음으로 드리워진 풍경, 창문을 열면 귓가에 들리는 새소리가 '역시 자연 친화적인 독일이군' 하고 나도 모르게 유럽 사대주의에 빠져들게 했다. 숨을 내쉬고, 들이쉬고, 하나, 둘, 셋, 강사의 목소리에 맞춰 요리조리 몸을 움직여본다.

애석하게도 내가 이 수업에 완벽히 몰입할 수 있었던 것은 아니다. 특히 마지막 코스에서 다 같이 눈을 감고 몸을 이완시키며 명상을 겸하는데, 이때 유일하게 또랑또랑 눈을 뜨고 강사의 동작을 뚫어져라 쳐다보는 한 사람이 있다. 그렇다. 바로 '나'다. 눈을 감으면 필라테스 동작을 볼 수 없어서 긴장의 끈을 놓을 수 없었다. 발가락을 세운

다든지, 몸은 누워 있되 등은 떠 있다든지 하는 여러 동작이 있는데, 습자지보다 얇은 내 독일어 실력으로 당최 알아들을 수가 없는 거다.(저도 눈감고 명상이란 걸 하고 싶다고요.) 마무리할 때도 강사가 내면의 평화를 찾으라면서 우당탕탕탕으로 시작해 블라블라 낮은 목소리로 조곤조곤 속삭였는데 뭐라고 하는지 알 턱이 없으니 내 속은 더 시끄럽기만 했다. 참으로 한심하기 짝이 없었으나 비굴해지지 않기로 했다. '괜찮아. 이 정도 알아듣는 게 어디야. 자고로 내면의 평화는 스스로 찾는 것이지. 암, 그렇고말고. 찾자, 찾자. 찾을 수 있다.'

안 들리는 독일어에도 불구하고 당당하게 수업에 임했던 내가 눈을 감지 않고는 못 배기는 상황은 따로 있었다.
'어디서 옷을 갈아입지?' 수업이 끝난 뒤 아무리 둘러봐도 탈의실이 없었다. 혹시 옆 교실에 있나 싶어서 슬쩍 나가도 봤지만 보이지 않았다. 고개를 젖혀 다른 사람들을 보니 그들은 그 자리에서 옷을 홀러덩홀러덩 벗어 던지고 있었다.(물론 독일의 모든 필라테스 학원이 그런 것은 아니다. 대형 스포츠 센터에는 탈의실이 있다.) 수강생 가운데는 당연히 남자도 있다. 그런데 남자도 여자도 서로를 전혀 의식하지 않고 아무렇지 않게 옷을 갈아입는 데다가 옷을 벗으면서 혹은 입으면서 일상적인 대화까지 주고받는 게 아닌가! 탈의를 하면서 굳이 할 말이 뭐가 있을까 싶지만. 에헴, 자꾸 헛기침이 나온다. 이 민망한 광경 앞에서 번민했다. 나는 역시 이방인이다. 민망함은 온전히 나 혼자만의 몫. 안 본 눈을 사고 싶은데 그 어디에도 팔지를 않네. 좀처럼 적응이 어려운 유일한 한 사람은 홀로 조용히 "안녕"을 외치고 화장실에 가서 옷을 갈아입거나 필라테스복 위에 일상복을, 그리고 민망함을 한 겹 더 입고 후다닥 그 자리를 떴다.

탈의실이 없는 것 역시 독일의 문화일 뿐이다.(그러고 보니 독일은 산부인과도 별도의 탈의실이 없다. 즉 갈아입을 옷을 주지 않는다. 무조건 치마를 입고 가시길 추천. 바지를 입고 간다면 의사 앞에서 반 나체로 자꾸 상의를 밑으로 끌어 내려야 하는…… 네, 더 이상 말하지 않겠습니다.) 앞서 언급한 FFK는 성에 대한 건전한 접근과 자연주의를 통한 인간 생활의 즐거움이라는 명목으로 오늘날까지 유지되고 있다. 그러니까 독일에서는 '성'이 은밀하지 않다. 남녀를 구분 짓지 않고, 동등한 인간의 입장이니 한자리에

서 옷을 갈아입는 것쯤은 아무 일도 아니다. 물론 머리로
는 이해한다. 하지만 나에게 남녀의 신체는 엄연히 다름
으로 구분되어 있었다. 평소 여자는 핑크, 남자는 블루와
같은 고정 관념을 극도로 싫어하는 나였지만, 그들처럼
태연히 우리는 같은 인간이라며 옷을 입고 벗고 할 자신
은 없었다. 일종의 문화 수용의 한계라면 한계일 것이다.
사우나를 통해 이미 한차례 혼욕 문화를 경험했음에도
이 부분만큼은 결코 적응하지 못했다.

독일에 오래 살았어도 영원히 넘지 못할 산은 다름 아
닌 '육체의 개방성'이었다. 그것은 절대 무너지지 않는 견
고한 벽이었다. 그렇다고 이 벽을 꼭 넘어야 할까? 인생에
는 넘지 못할 벽도 있는 법이다. 굳이 모든 벽을 기를 쓰
며 넘으려고, 툭툭 처대며 부수려고 노력할 필요도 없지
않을까. 넘지 못할 바에야 그냥 남겨두기로 했다. 따지고
보면 이 나라에 백퍼센트 적응할 필요도 없고 하지도 못
한다. 그들과 나는 생김새부터 달랐으며, 아무리 독일어
를 열심히 배운다 한들 한국식 독일어에서 벗어날 수 없
었고, 그들의 사고방식으로 생각하려 해도 흉내 내기에
불과했다.

나는 독일에 잠깐 사는 한국인일 뿐이다. 그들의 가치관을 존중하되 나한테 맞지 않는 옷을 애써 끼워 맞춰 입으려고 아등바등할 하등의 이유가 없다. 그저 나한테 잘 맞는 옷을 입고 편하게 살면 그만인 것을. 뭘 스트레스까지 받나 싶다. 필라테스를 하는 이유 역시 심신의 평화 아니던가.

여전히 강사의 주옥같은 명상 멘트를 이해하지 못하는 이방인은 홀로 깊은 명상에 잠긴다. '아 오늘은 어디로 가서 옷을 갈아입지?'

독일인의 제주도,
그곳은 마요르카

"내륙에 사는 사람은 '섬'을 좋아한다." 이 말을 들은 것은 산토리니에서였다. 온통 파랑과 하양뿐인 곳. 마리아 칼라스가 사랑했던 바^{bar}가 있는 곳. 없던 낭만과 사랑도 퐁당퐁당 생길 것만 같은 곳.

영화 〈비포 선셋〉 같은 로맨스는 아니더라도 포카리스웨트 음료수 광고처럼 청량함과 유유자적함을 기대하며 섬을 찾았건만 그것은 헛된 환상일 뿐이었다. 생각지도 못한 복병을 만난 것이다. 세상에. 섬은 중국인으로 포화

상태였다. 어딜 가나 중국인이 보였고 간판이며 메뉴판 곳곳에 중국어가 가득했다. '혹시 중국이 거대 자본으로 이 섬을 통째로 산 것은 아닐까?' 말도 안 되는 음모론까지 떠올렸을 만큼 산토리니는 중국인으로 가득했다.

레스토랑 주인인지 게스트하우스 직원인지 정확히 기억은 안 나지만 그들 중 한 명이 농담 삼아 얘기를 건넸다. 중국은 바다가 가깝지 않다 보니 그 나라 사람들은 섬을 좋아한다고. 요즘 세계적으로 멋진 섬은 중국인이 다 잠식했다며 너털웃음을 지었다. 내륙에서 태어났으되 바다보다 산이 좋았던 나는 그 말에 백퍼센트 동의할 순 없었지만, '리틀 차이나'로 불러도 반박 불가인 산토리니였기에 어느 정도는 설득력 있게 느껴졌다.

내륙에 사는 사람은 '섬'을 좋아한다는 말이 다시 수면 위에 떠오른 것은 다름 아닌 독일에서였다. 중국만큼은 아니더라도 지형적 특성상 내륙에 가깝다 보니 이곳도 바다를 보기가 어려웠다. 당일치기로 바다를 보러 갈 수 있었고 근처 마트만 가도 싱싱한 생선을 살 수 있는 한국에선 수평선에 갈증을 느끼지 않았었다. 산도 바다도 멀기만 한, 마치 원고지처럼 반듯한 흙투성이 육지에 살다 보니 그 사각형이 나를 에워싸는 듯 답답했다. 사방으로 막힌 네모 바깥으로 뛰쳐나가고 싶었고, 탁 트인 바다가 자주 그리웠다. 노트북 바탕화면에 에드워드 호퍼의 〈바닷가의 방〉을 깔고, 바다를 향해 한 걸음 내딛는 그 순간을 자주 상상했다.

유럽의 한가운데에 위치한 독일은 지정학적으로 여행하기에 좋은 나라이지만 기상천외한 악천후로 인해 다른 나라로 떠나기를 부추기는 나라이기도 하다. 그것은 이곳에서 나고 자란 독일인에게도 마찬가지인지, 그들은 여행을 좋아하고 특히 바다를 사랑한다. 여름휴가 시즌이 되면 너도나도 떠나는데, 독일인에게 가장 인기 있는 휴양지는 죄다 '섬'이다. 순위야 매년 약간씩 변동이 있지만 체감상 인기 순위는 늘 아래 세 곳이다.

1. 스페인 마요르카 2. 그란 카나리아 3. 이집트 후루가다

이 중 특히 마요르카에 대한 독일인의 사랑은 유별스러운 데가 있다. 가깝고 시차도 없는 데다 유로 화폐까지 같기에, 우리가 제주도에 가듯 마요르카를 찾는다. 국내선이 대다수인 소도시 공항에도 마요르카 직항이 있을

정도이다. 하지만 이것만으로 그들의 사랑을 설명하기엔 뭔가 부족하다. 독일인의 마요르카 사랑은 백여 년을 이어왔으니까.

이념이 대립하던 1920년대. 많은 독일인 특히 예술가와 부유한 보헤미안들이 정치적 망명지로 마요르카를 선택했다. 온화한 지중해성 기후는 심신이 지쳤을 그들에게 파라다이스가 아니었을까. 평화도 잠시, 스페인 내전을 치러야 했고, 제2차 세계대전 당시 히틀러는 마요르카마저 폭격했다. 참혹한 전쟁이 끝나고 1950년대에 이르면서 섬은 다시 관광지로 활기를 되찾는데, 처음에는 독일 상류층의 전유물이었다가 저렴한 패키지 여행 상품들이 나오기 시작하면서 오늘날에는 가장 대중적인 여행지로 자리매김하게 됐다.

정치적인 에피소드도 있다. 한때 녹색당에서 환경보호의 일환으로 일반인의 비행기 여행을 5년에 한 번씩으로 제한하는 다소 극단적인 법 제정을 주장했다.('맙소사' 가 절로 나오지만 요즘의 심각한 기후 변화를 떠올려보면 허무맹랑한 의견만도 아닌 것 같다.) 이에 슈뢰더 당시 연방 총리는, 모친이 85세인데 해마다 겨울에 한 번씩 마요르카를 찾는다, 그런 법을 만들면 다음 마요르카 방문 때는

90세가 되는데, 그때까지 기다리시라고 해야 하냐며 언성을 높였다. 물론 이 법안은 무산됐지만 슈뢰더 총리의 발언으로 마요르카는 다시 한 번 독일에서 뜨거운 감자가 되었다.

독일 공영방송에서 〈새로운 고향 마요르카Neue Heimat Mallorca〉라는 제목의 다큐멘터리를 본 적이 있다. 마요르카에서 제2의 인생을 살고 있는 독일인을 조명했는데, 공식적으로 마요르카 거주 독일인은 2만 명이 넘는단다. 아무리 이 섬을 좋아한다고 해도 여행하는 것과 머물러 사는 것은 엄연히 다른 문제이기에 장단점이 존재하지만 비교적 안정적인 삶을 사는 노년층의 경우에 거주의 만족도가 높아 보였다. 마요르카는 천혜의 환경뿐만 아니라 노년층을 위한 최첨단 의료 시설을 구축해놓고 독일의 연금 수급자들을 끌어모으고 있었다.

이 섬의 매력은 어디까지일까. 오죽했으면 독일의 열일곱 번째 연방 주라는 우스갯소리가 있을 정도다. '독일인의 사랑'은 다름 아닌 마요르카에 있었다. 언젠가 가족과 함께 무려 여섯 번째로 마요르카로 휴가를 떠난다는 친구 C에게 물었다.

"도대체 독일 사람들은 왜들 그렇게 마요르카를 가는

거야?"

"푸하하, 마요르카에 한 번도 안 가본 독일인은 없을걸? 장담컨대 최소 두 번 이상은 갔을 거야. 이유? 글쎄…… 나도 모르겠어. 그냥 마요르카잖아!"

'그냥', just라는 그 말이 이상하게 끌렸다. 마요르카는 내 여행 리스트에 없는 곳이었지만, 바다가 고팠고, 대체 왜 이 섬을 좋아하는지가 궁금했으며, 왕복 항공권 60유로라는 국내 여행보다 저렴한 가격도 심히 구미가 당겼다. 나는 못 이기는 척, 은근슬쩍 그 열렬한 짝사랑 대열에 합류해보기로 했다.

지중해 서부의 스페인령 발레아레스 제도에서 가장 큰 섬. 마요르카 공항에 발을 딛자마자 마주한 커다란 야자수와 따뜻한 밤바람은 완전히 다른 나라에 왔음을 상기시켰다. 불과 2시간 30분 거리였지만 분위기는 마치 남극에서 아프리카로 온 듯 상반됐다. 밤이 이렇게 포근하면 낮에는 얼마나 근사한 햇살이 내리쬘지 벌써 설렜다. 살면서 태양과의 만남이 이토록 기다려지기는 처음이었다. 이때 이미 나는 독일인이 왜 마요르카와 사랑에 빠졌는지 이해하게 되었다. 비행기로 두 시간만 타면 혹독한

비 지옥에서 벗어나 햇살 파라다이스를 만날 수 있다는데, 게다가 60유로라는데, 두 팔 벌려 껴안고 사랑해야지!

이 여행의 목적은 아무도 시키지 않은, 자발적으로 발생한 마요르카의 인기 비결 탐구였기에 딱히 정해놓은 일이 없었다. 요즘은 한국인에게도 꽤 유명한 관광지가 됐지만 그 당시엔 국내에서도 여행 정보가 거의 없던 때라 호텔 침대에 누워 구글로 가볼 만한 곳을 뒤적였다.

여러 홍보 문구 가운데 '꿈과 환상의 화가, 호안 미로'가 제일 먼저 눈에 들어왔다. 왠지 이 섬에서는 꿈, 환상 이런 단어들이 현실에서 발현될 것만 같은 근거 없는 예감이 발동했다. 호안 미로는 바르셀로나 출신이지만 사랑하는 아내 필라르의 고향 마요르카에서 생을 다할 때까지 살았다. 순수한 열정으로 가득했던 그 발자취를 느껴보자 싶었다. 그 밖의 일정은 태양에 맡겨볼 참이었다.

다음 날 아침, 미술관으로 가는 길. 그토록 고대했던 햇살은 이미 마중을 나와 있었다. 거의 한 달 만에 보는 해였고, 파란 하늘이었다. 하늘과 바다의 경계가 없었다. 그토록 갈망했던 수평선을 본 것이다. 이 섬의 색깔은 세상에 파랑만 존재한다고 말하는 것만 같았다. 푸름이 넘실대니 겨우내 웅크렸던 마음이 파란 물감 퍼지듯 스르

릌 풀렸다. 호안 미로는 이 파랑을 눈동자에, 가슴에 그리고 화폭에 담았겠지. 그의 작품도 좋았지만, 미술관으로 가는 길 자체가 꿈결을 걷는 듯 환상적이었다. 그야말로 스페인은 날씨 맛집이었다. 시린 1월에도 꽃이 피는 곳이니까……. 분홍, 노랑, 보라 꽃들이 골목 곳곳에 앙증맞게 자리하고 있었다. 예쁘기도 하여라. 매일 맑음인 날씨와 지천으로 널린 꽃들. 이 섬에선 무엇을 해도 좋을 것 같았다. 아니, 무엇을 하지 않아도 좋을 것 같았다.

날씨 외에 또 다른 요인을 굳이 찾는다면 편의성이 아닐까 한다. 보통 외국에 왔음을 느끼는 첫 번째 배경은 색다른 환경, 두 번째는 외국어일 것이다. 그러나 마요르카에서는 두 번째 원칙이 보란 듯이 깨졌다. 할로! 당케! 여기서도 독일어 저기서도 독일어, 독일어가 내 귓전을 울린다. '여긴 스페인인가 독일인가. 중국이 산토리니를 샀고 독일이 마요르카를 산 게 틀림없다.'

워낙 독일인이 많이 찾다 보니 호텔이며 레스토랑이며 웬만한 관광지에는 독일어 안내 표시가 있었고 직원들 역시 독일어를 자유롭게 구사했다. 호텔 커피머신에는 Coffee, Kaffee, 출입구에는 Entrance, Eingang, 아주 세세한 부분도 놓치지 않겠다는 듯 영어와 함께 독일어가

깨알같이 씌어 있었다. 그렇다 보니 독일인들은 자기 나라인 양 마음껏 독일어를 쓴다. 거침이 없다.

호텔 조식 때 만난 한 독일 아주머니는 누가 봐도 동양인인 나에게 독일 땅이 아닌 스페인 땅에서 독일어로 커피머신 작동법을 물었다. 설명해주긴 했지만, 보통 이런 상황에서는 영어로 물어보는 게 일반적일 텐데, 대체 나의 무엇을 보고 독일어로 질문했을까? 잠깐 물음표를 던져보는 사이 그녀가 원하는 커피가 자욱한 연기를 뿜으며 치이익~ 나왔다. 아주머니는 나를 보며 "당케, 당케! 슈퍼 당케!" 온갖 수사 어구를 남발하며 고마움을 표현하더니 갑자기 박장대소를 했다. 별로 웃을 만한 일은 아닌 것 같은데, 이럴 땐 딱히 맞장구치기도 계면쩍다. 알고 보니 너무 간단한 걸 물어봐서 민망했던 건지, 여행지에서 이뤄낸 작은 성공이 그녀를 웃게 한 건지 모르겠지만 나는 후자가 아닐까 추측했다.

일상에서는 아주 당연한 행위가 여행지에서는 특별한 일이 된다. 커피 주문을 완벽하게 했을 때, 대중교통을 제대로 탔을 때, 한 번에 목적지를 찾았을 때, 그런 작은 성공이 알알이 모여 커다란 기쁨을 선사한다. 그 사소한 만족이 차곡차곡 쌓여 여행의 추억이 된다. 그래 맞다. 그녀도 나도 이곳에서만큼은 세세한 색다름에도 놀라워하고 감동할 수 있는 같은 여행자다.

그동안 독일인 특유의 무뚝뚝함이 참 싫었다. 그들은 자국민, 나는 외국인이다 보니 서로의 처지가 달랐고 이방인을 대하는 특유의 오만함이 느껴질 때 '내가 여길 뜨면 다시 오나 보자!'라며 으르렁댔다. 그러나 마요르카에서 만난 독일인은 여행자라는 동질감 때문일까, 아니면 이 섬의 비현실적인 아름다움이 빚어낸 마술일까, 하나같이 밝고 유쾌하고 친절했다. 그래서 모두를 돌아보게 했던 아주머니의 호들갑스러운 웃음이 좋았다.

분위기 탓인지 그날 아침, 남편도 뜬금없이 속마음을 고백했다. 언젠가 내가 지나가는 말로 "있잖아. 행여나 한국으로 돌아가서 초반에 일이 잘 안 풀려도 지금처럼 즐거운 모습으로 살자. 너무 조바심 내지 말자"라고 말한 적이 있다. 무심결에 뱉은 말이었는데 그에게는 큰 힘이 됐는지 연거푸 고마움을 쏟아냈다.

사실이 그랬다. 한국으로 돌아가면 또래 친구들보다 한참 뒤처질 것임을 안다. 우리는 집도 없고 차도 없고 자식도 없다. 완벽한 무無의 상태에서 남과 비교하면 결과는 무조건 참패다. 희한하게 비교는 하면 할수록 사람을 비참하게 만드는 전술을 갖고 있다. 백퍼센트 이기는 방법은 아예 싸움을 시작하지 않는 거다. 모두 다른 사람인데, 각자의 길과 속도가 있는데, 똑같은 루트를 설계해놓고 누가 빨리 가나 경주를 하는 것은 처음부터 잘못된 게임이지 않은가. 세상이 좀 치사한 것 같기도 하다. 이날 약속했다. 정 비교할 거면 스스로와 하기로. 독일에 오기 전의 나와 지금의 나, 결혼하기 전의 나와 지금의 나, 어제의 나와 오늘의 나. 그리고 마요르카에 오기 전의 나와 후의 나…….

섬은 늘 같은 자리에 있지만 드나드는 사람들의 이야기는 끝이 없다. 말년의 쇼팽은 상드와 함께 파리에서 마차로 대륙을 통과해, 배를 타고 마요르카에 당도했다. 그 유명한 '빗방울 전주곡'이 바로 이 섬에서 탄생했다. 세간의 따가운 시선을 피할 수 있었던 유일한 사랑의 도피처에서 예술은 빛났다. 천재 화가 호안 미로에게는 따뜻한 사랑을 보여준 창조의 영감이었고, 하 수상하던 시절에 수많은 보헤미안에게는 영혼의 안식처였던 곳. 오늘날 독일인에게는 비타민D와 같은 푸근한 고향이 된 마요르카.

내륙의 민족이 섬을 좋아한다는 말은 맞았다. 땅을 딛고 사는 외로운 사람들은 섬을 찾는다. 육지와 바다 사이, 내가 살던 세상과 멀어지되 완전히 끊어지지는 않는 그 경계의 아슬아슬함은 묘하게도 고립감과 함께 위로를 준다. 밀물과 썰물이 섬을 오간다. 일상에 치여 파랗게 멍든 자국들을 쓸어간다. 그 자리엔 파란 희망이 돋는다.

영롱한 바다 빛깔이, 중세풍 담장에 내리쬐는 햇살이 자꾸만 발길을 사로잡는다. 첫눈에 반한다는 말을 믿지 않았던 나는 이 섬에 와서야 믿게 되었다. 사랑하면 닮는다고 하는데, 어느새 내 마음은 쪽빛 바다를 닮아가고 있었다. 독일인의 그 곡진한 사랑이 궁금해 마지않던 한 이방인은 어느새 같은 항로를 항해하고 있었다.

저도 행복 정도는
가져보겠습니다

　우리 동네에서 가장 근사한 장소를 꼽으라고 한다면 나는 단연 '행복 나무'를 말할 것이다. 슈만과 브람스, 위대한 두 음악가의 사랑을 한 몸에 받았던 여인, 클라라의 고향 라이프치히. 그녀의 이름을 딴 클라라 파크에는 행복을 기원하는 '행복 나무'가 있다. 언제 누가 '행복 나무'라고 지었는지 알려진 바 없지만, 지금은 구글 지도에도 나오는 명소다.

　나무에는 한국의 서낭당처럼 행복을 기원하는 메시지

들이 열매처럼 주렁주렁 매달려 있다. 건강, 사랑, 꿈 등을 바라는 익숙한 쪽지들이 주를 이루는 가운데, 형형색색의 실리콘 재질을 띤 낯선 물건이 눈에 띄었다. '아니 대체 이게 뭐지?' 나뭇가지 곳곳에 이질적으로 매달려 있는 그것은 다름 아닌 공갈 젖꼭지였다.

이곳의 부모들은 아이가 세상에 태어나면 처음으로 물었던 공갈 젖꼭지를 나무에 매단다. 그리고 작디작은 생명의 건강과 행복을 기도한다. 찬란한 햇빛과 보드라운 바람에 나부끼는 쪽쪽이들을 보면 쪽쪽쪽 뽀뽀를 해주고 싶을 정도로 사랑스럽다. 가히 '행복 나무'로 칭할만하다. 늘 같은 자리에서 사계절을 오롯이 견뎌내며 사람들의 행복을 지켜주고 있으니까. 이 나무의 존재는 사랑은 행복의 모태임을 증명하는 것만 같다. 그래서인지 몰라도 이곳에서만큼은 어떤 주술적인 힘에 의해 행복한 정기가 뿜어져 나오는 것만 같다.

'행복 나무Glücksbaum'. 독일어로 '글뤽Glück'은 행복과 행운 두 가지 뜻을 함께 담고 있다. 이 단어는 아주 멀리 한국이라는 땅에서 행복을 찾아 기어코 독일까지 온 내게 묻고 있었다. 행운의 네잎클로버를 찾는 데 정신이 팔려 정작 곁에 있는 행복은 모른 채 살아가고 있는 것은 아닌지. 세잎클로버의 꽃말이 '행복'이란 걸 알고 있는지.

독일에 사는 동안 자주 행복에 대해 고찰했다. 아니 더 솔직히 말하면 행복한 척 연기했다. "독일에서 잘 지내?" 누군가가 물어오면 자동응답기마냥 "좋다"고 답했고, 각종 SNS에 행복의 의미를 곧잘 써보곤 했다. '한국은 바쁨, 독일은 여유'라는 프레임으로 예전의 나와 지금의 나를 비교하며 진정한 자아를 찾은 알량한 지식인처럼 행동했던 것도 같다. 그것은 모순이고 위선임을 안다. 그럼에도 항변을 하자면 한국을 떠나온 내 선택을 합리화하기 위해서는 꾸역꾸역 행복을 밀어 넣을 수밖에 없었다.

한국에 살던 나는 행복했었나? 잘 기억이 안 난다. 행복하지는 않았지만 그렇다고 불행하지도 않았다. 웬만해서는 불행을 잘 느끼지 않는 내 성격상 아마 한국에 살았더라도 어느 정도는 잘 살았을 것이다. 그런 내가 독일에서 자주 삶의 수면 위에 행복을 띄웠던 것은, 그래야 살수 있었으니까, 그래야 버틸 수 있었으니까……. 그러니까 나는 그럴 수밖에 없었다. 행복을 찾아야 했다.

삶의 질이라는 건 지극히 주관적이기에 잣대를 놓고 비교할 수 없겠지만 독일에서의 형편은 부족하지 않았으되 풍요롭지도 않았다. 5만 원짜리 크림을 별 부담 없이 사던 서울 여자는 10유로짜리 화장품 앞에서 한참을 고민했다. 그 크림이 뭐라고 삶이 5분의 1쯤 쪼그라진 것 같았다. 그것은 전진은 못할지언정 정지도 모자라 후퇴하고 있다는 열등감이었다. 아주 사소한 소비의 변화에 기민하게 반응하는 내가 찌질해 보였지만 인정할 수밖에 없었다. 나는 지극히 속물적인 인간이다. 지금 이곳에서 물질적인 것을 채우지 못한다면, 정신적인 것이라도 잔뜩 채워서 초라해지고 싶지 않았다. 매일 해야 하는 일처럼 '행복하다'고 주술을 걸었다. 그것은 가진 것 없는 내가 스스로에게 줄 수 있는 유일한 위로 혹은 기백이었다.

'당신은 행복한가요?'

아리스토텔레스는 행복에 관심이 많았다. 그의 철학이 일반적인 행복론과 달랐던 것은, 인생의 행복을 즐거움과 화려함에 두는 것은 어리석고 유치하다고 비판했다는 점이다. 이 논리대로라면 나는 매우 어리석고 유치한 사람이다. 행복은 그의 말처럼 겉으로 보이는 것에만 있는 것이 아니니까. 즐거움과 화려함을 떼어놓고 보니, 모두가 갖고 싶어 하는 행복을 쟁취하는 일은 생각보다 쉬웠다. 돈이면 다 되는 세상에서 돈이 있어도 가질 수 없는, 그러나 돈이 없어도 가질 수 있는 것이 행복이니까.

행복, 할 만한데?!

한번은 '행복 나무' 근처에 있는 'B'라는 이름의 레스토랑을 간 적이 있다. 수많은 이름 중 왜 하필 알파벳 하나로 덩그러니 상호를 정했을까? 궁금증을 참지 못하고, 계산할 때 직원에게 물었다.

"B는 어떤 의미입니까?"

그녀는 알 듯 말 듯한 미소를 띠며 도리어 내게 물었다.

"글쎄요. 어떤 뜻일까요?"

"음…….(이런 질문에는 왠지 근사한 답을 해야만 할 것 같은 의무감을 느낀다. 직업병인가.) 길 이름이 베토벤 슈트라세Beethovenstrasse라서?(독일에는 괴테 슈트라세, 케테콜비츠 슈트라세 등 예술가의 이름을 딴 길이 많다.) 아니면 혹시 행복을 뜻하는 라틴어 '베아티투도beatitudo'의 약자일까요?"

"당신은 이미 알고 있군요. 그게 바로 B의 의미예요."

이 무슨 선문답 같은 소리인가. 대체 내가 뭘 안다는 거지? 혹시 그녀는 명상이나 불교 등에 심취해 있는 것은 아닐까?

"그게 바로 B의 의미다." 두고두고 곱씹어보게 만드는 말이었다. 행복이야말로 내가 이미 알고 있는 것, 내 안에 있는 것일지도 모른다. 라틴어 베아티투도는 '베오^{beo}'라는 동사와 '아티투도^{atitudo}'라는 명사의 합성어다. '베오'는 '행복하게 하다'라는 의미이고, '아티투도'는 '태도나 자세, 마음가짐'을 의미한다. 즉 베아티투도는 '태도나 마음가짐에 따라 행복할 수 있다'는 뜻인 셈이다.(한동일, 『라틴어 수업』참고.)

그토록 갈구했던 행복은 내 행동에 달려 있음을, 단어의 탄생 배경이 설명해주고 있었다. 행복은 추구하는 만큼, 딱 그만큼만 온다. 같은 의미에서 행복에 집착할수록 멀어진다는 오래된 주장은 틀렸다고 생각한다. 행복에 대한 집착이야말로 행복해지는 방법이 될 수도 있다.

나는 행복을 좇는 그 길에서 타인의 삶을 자주 훔쳐봤다. 가끔은 낯선 독일인들의 얼굴에서 신기루처럼 느껴졌던 행복이 보였다. 일요일 오전, 공원에 의자와 테이블을 가져와 영화 속 한 장면처럼 아침을 먹는 노부부, 갓난아기와 함께 풀밭 위에서 요가 수업을 받는 엄마들, 나란히 자전거를 타고 나들이를 떠나는 가족, 줄타기와 공놀이만으로 즐거운 젊은이들, 호텔 수영장이 아니더라도 어디서든 신나게 물놀이를 하는 아이들……. 그들의 입에서,

손에서, 다리에서, 온몸에서 행복이 배시시 흘러나왔다.

딱히 설명하기는 어렵지만 독일인은 특별한 능력을 갖춘 것도 같다. 그러니까 그들은 별것 아닌데도 근사해 보이게 만드는 재주가 있다. 공 하나 가지고 노는 것뿐인데 그게 뭐라고 재미있어 보이고, 어디서 주운 것 같은 거적때기를 걸쳤는데도 그렇게 힙해 보일 수가 없다. 독일 음식이 엄청 맛없다는 건 나도 알고 당신도 알고 전 세계인이 아는데 정작 그들이 먹는 걸 보면 맛있어 보인단 말이지. 대체 그 비결은 뭘까? 아무튼 정말 신기한 재주를 가진 민족이다. 결국은 이게 사대주의일지도 모르겠지만, 이 사람들을 보면 볼수록 더 행복해지고 싶다는 욕망을 느끼는 것은 부정할 수 없다.

나는 행복하고 싶다. 행복에 관해서만큼은 마음껏 향락과 사치를 부리고 싶다. 행복해지기 위해서라면 무엇이든 하겠다. 언어에는 주술적인 힘이 있다고 하지 않던가. 계속 '행복'을 곱씹는다면 어떤 방법으로든 행복에 도달할 수 있을 것이다. 행복 나무에 소원지를 달아본다.

"저도 행복 정도는 가져보겠습니다."

IV

그렇게 우리는 서로의 별이 되었다

South와 North의 경계를 무너뜨리는 〈고향의 봄〉

"Where are you from?"

여행이든 거주이든 외국에 나온 사람이라면 가장 많이 듣는 질문일 것이다. 여기서 한국인에게는 늘 추가 질문이 따라붙는다. "North Korea? South Korea?" 지겹도록 들은 이 말. 북한 사람들의 여행이 자유롭지 않다는 걸 알면서도 그들은 왜 궁금해할까? 정확한 이유는 알 길이 없으나 참으로 일관되게, 귀에 못이 박히도록 받은 질문이다.

한번은 이 레퍼토리가 지겨웠던 남편이 장난삼아 "나 북한에서 왔는데?"라고 되받아친 적이 있다. 상대는 갑자기 폭소를 터트리더니, 박수를 위아래로 치는 김정은 특유의 제스처를 취해 좌중을 웃게 만들었다. 입꼬리는 웃고 있었지만 마음 한구석은 씁쓸했다. 분단의 상황이 희화화된 것 같았다고 할까. 타국에서 만난 내 나라는 고국에 살 때보다 때로는 더 뜨겁고 때로는 더 차갑게 다가왔다. 세계 유일의 분단국가라는 오명은 당연히 늘 차가운 쪽이었다. 삼성, 현대, 오징어 게임, BTS 등 긍정적인 이미지도 많아졌지만 여전히 대다수의 외국인들은 '한국' 하면 북한 그리고 전쟁을 가장 먼저 떠올린다.

나는 우연히 북한을 가본 적이 있다. 2004년, 노무현 대통령 시절은 금강산 관광을 비롯해 남북 교류가 꽤 활발하게 이루어진 시기였다. 당시 대학생이던 나는 호기심에 대학생 남북교류사업에 지원했는데 운 좋게 합격하면서 4박 5일간 북한을 여행할 수 있었다. 간혹 독일에서 친해진 사람들에게 그 경험을 들려주며 어느 정도 그들의 궁금증을 충족시켜주었다. 당시 찍었던 사진을 몇 장 보여줬고, 북한에서 금기시되는 행동들—가령 어떤 풍경이

나 사람을 가리킬 때 검지로 '저기 봐!'를 하면 안 되는데, 이는 지도자 동지 모욕죄에 해당한다—을 알려주면 내가 무슨 통일 투사라도 된 것처럼 반짝반짝 빛나는 선망의 눈빛을 보냈다.

통일과 북한은 독일인과 대화하게 되면 한 번쯤은 도마 위에 오를 수밖에 없는 주제다. 우리와 비슷한 역사를 갖고 있기에 대체로 남북 상황에 관심이 많다. 뼈아픈 분단을 경험한 그들은 한국의 상황을 궁금해한다.(생각보다 독일 젊은이들은 국내외 정치에 관심이 높고 토론을 즐긴다. 한번 주제가 도마 위에 오르면 밤새도록 설전을 벌이기도 한다. 100분 토론은 기본. 1,000분 토론도 어렵지 않아 보인다. 입이 메마를 예정이니 립밤은 필수로 준비하자.) 더욱이 라이프치히는 구동독의 중심지이자 학생과 지식인들을 주축으로 한 독일 통일의 도화선이 된 지역이기에 정치 참여도가 꽤 높은 편이다.(이런 이유로 라이프치히와 5·18 민주화의 산실 광주는 자매결연을 맺었다. 광주는 남편의 고향이기도 해서 이렇게 또 우리는 독일과의 연결고리를 하나 만들었다.)

다만 통일이란 것은 참으로 복잡 미묘한 것들이 얽히고설켜 있어서 독일 역시 베를린 장벽이 무너진 지는 오래지만 그들 사이에 마음의 벽은 여전히 자리하고 있다. 굳이 우리의 상황과 비교하자면 북한 격이라 할 수 있는 동독 사람들은 같은 나라 안에서도 '2등 시민'으로 차별받는다고 인식한다. 학교 때문에 서독에서 동독으로 이사 온 친구 C의 어깨에는 은근히 서독, 특히 뮌헨에서 왔다는 자부심이 배어 있었다.(베를리너는 거의 고유명사가 되어버렸지만 사실 독일 내에서 부러움을 사기로는 뮌헤너가 압승이다. 부동의 독일 부동산 1위를 지키고 있는 뮌헨에 산다는 것은 매우 부자라는 것을 의미하니까.) 늘씬한 키에 금발 머리, 미국 어학연수를 다녀온 덕에 유창한 영어를 구사하는 그녀는 유행에 민감했고 세련된 이미지를 폴폴 풍겼다. 오가닉 패션이 대세인 동독 사람들과는 달랐다. 그녀는 나에게 동독 사람들은 마음이 차갑다는 둥 서울에 살다 온 너에게 이 시골이 얼마나 갑갑하겠느냐는 둥 연민까지 보냈다.

외국인인 내 눈에도 동독은 촌스럽고 가난하다는 이미지가 있었다. 가치관, 교육 수준, 소득, 집세 및 생활 물가 등 많은 부분에서 서독과 동독은 차이가 난다. 같은 이유로 학생들은 동독 대학을 졸업해도 서독에서 일하기를 희망한다. 나야 남편의 학교 때문에 지역 선택의 여지가 없었지만, 거주지를 고를 수 있다면 외국인이 살기엔 개방적이고 영어가 상대적으로 잘 통하는 서독이 더 편할 수도 있겠다 싶었다. 물론 집세 및 생활 물가는 동독이 월등히 저렴해서 지역마다 장단점이 존재한다.

통일 이후 독일은 여러 사회적 갈등과 문제들을 겪고 있지만, 하나됨을 후회하거나 부정하는 사람은 보지 못했다. 그들이 비교적 자연스럽게 하나가 될 수 있었던 데에는 '교류'의 역할이 크지 않았을까 싶다. 과거 분단 체제 속에서도 우리와 달리 동독과 서독은 편지와 소포를 허용했다. 1968~1988년 사이에 서독에서 동독으로 18억 통, 동독에서 서독으로 22억 통의 편지가 발송됐다. 베를린 장벽을 무너트린 것은 가족과 친구 사이에 오간 그 수많은 편지가 아니었을까. 그 염원이 모여 일구어낸 통일은 독일 역사상 가장 위대한 성과라고 자부할 만했다.

독일에서 보낸 숱한 기념일 중 유일하게 부러운 날은 '10월 3일 통일 기념일'이었다. 아마 나뿐만 아니라 독일에서 이 국경일을 보낸 많은 한국인이 비슷한 생각을 했을 것이다. 한인 사회에서 매년 주최하는 '통일 정기 연주회'가 그 증거다. 라이프치히는 독일 통일의 분수령인 동시에 바흐, 바그너, 멘델스존 등 엄청난 음악가들을 배출한 음악 도시이다. 이 두 가지 공통분모가 만나 매년 가을이면 '통일 희망 한인 음악회'를 연다.

나는 서독에서 온 C를 데리고 한국의 문화도 보여줄 겸 음악회에 참석했다. 그녀에게 한국의 여러 모습을 보여주고 싶었다. 통일의 염원을 담은 연극과 무용, 음악이 이어졌는데, 이날 내 마음을 이끈 것은 차세대 유망주의 슈베르트 가곡도, 기교 넘치는 피아노 연주도 아닌 〈고향의 봄〉이었다. 이상하게 외국에서 듣는 〈아리랑〉과 〈고향의 봄〉은 심장을 아릿하게 만든다. 까닭은 모르겠지만 나처럼 애국심이 깊지 않은 사람도 그 멜로디가 흘러나오면 조국을 향한 뜨거운 피가 끓어오른다. 참가자 전원이 무대에 나와 합창을 하는데, 맨 앞자리의 한국 할머니 세 분께서 나란히 어깨동무를 하고 노래를 따라 부르시는 모습이 유독 눈에 띄었다. 저 어르신들은 어떤 연유로 이 먼 땅까지 오셨을까. 유학? 파독 간호사? 이유는 중요치 않았다. 질곡의 역사 속에서 한국인으로 이 땅에서 꿋꿋하게 살아오셨다는 것 자체만으로도 경이로웠다.

"나의 살던 고향은 꽃피는 산골……" 구슬프지만 힘 있는 목소리였다. 눈을 감고 부르면 저 멀리 고향으로 나를 데려다줄까. 왼쪽으로 오른쪽으로 함께 움직이는 어깨들이 울고 있었다. 그 움직임과 목소리에는 헤아릴 수 없는 애환과 그리움이 묻어났다. 잊을 수 없는 〈고향의 봄〉이었다. 그날의 우리는 모두 판문점의 봄이 평양의 가을로 이어지길 소원했다.

공연이 끝나고 헤어지는 길, C가 툭 내 어깨에 손을 걸치더니 내뱉는다.

"이야, 한국인들 대단하다. 독일에서 이런 음악회를 열다니 말이야. 한국에도 우리처럼 꼭 통일 기념일이 생기길 기도할게."

그녀와 헤어지고 나서 인적 드문 정류장에 앉아 트램을 기다렸다. 그곳엔 헤어짐을 아쉬워하는 커플이 있었다. 남자가 손가락을 창문에 대고 스윽 스윽 무언가를 쓰더니 연신 손을 흔든다. 여자 역시 수줍은 미소를 띠며 손짓에 화답한다. 사랑의 밀어를 속삭이는 모습은 늦가을의 차가운 공기를 한층 따뜻하게 해주었다.

문득 세상을 평화롭게 만드는 것은 진부한 얘기지만 그래도 '사랑'이 아닐까 싶었다. 일평생 다른 곳에서 살아온 너와 내가 사랑으로 하나가 된다. 남과 북도 그러했으면 좋겠다. 사랑으로 하나가 되는 그날이 오면 너와 나, 남과 북, 좌파와 우파의 모든 경계 따위는 허물어지고 다 같이 어깨춤을 추었으면 좋겠다. 〈고향의 봄〉을 부르시던 세 할머니가 살아생전에 그 광경을 보실 수 있었으면 좋겠다. "우리도 통일 기념일이 생겼어!" C에게 자랑하는 그날이 왔으면 좋겠다. 그랬으면…… 좋겠다.

무스타파는
바다를 보았을까

 도무지 잊을 수 없는 이름이 있다. '무스타파.' 우리나라의 김씨처럼 흔한 이름인지 우연의 일치인지 모르겠으나, 내 기억에는 두 명의 아프가니스탄 출신 무스타파가 살고 있다.

 서른, 나는 아무도 없는 곳, 그 누구의 간섭도 없는 곳으로 떠나고 싶었다. 알 수 없는 삶의 무상함을 느껴 도망치듯 배낭을 쌌다. '그래 터키로 토끼는 거야.'(터키는 2022년 '튀르키예'로 국가명을 바꿨지만 그 당시에는 터키였기에 그대로 표기한다.) 늘 함께 여행을 다녔던 친구 P와 단지 나라 이름에 끌려 훌쩍 비행기에 몸을 실었다. 우선 이스탄불에서 사프란볼루, 카파도키아까지 가기로 했다. 중간에 터미널에서 잠을 자며 일곱 시간을 기다렸고, 버스로 열 시간을 달려 도착한 이상한 행성, 카파도키아.

4세기, 극단적 고행을 추구하는 수도승들이 종교적 박해를 피해 숨어 살던 이곳은 오늘날에는 〈스타워즈〉의 촬영 장소로도 유명하다. 그 옛날 수도승들이 감행했을 극한 상황을 체험해보고자 거의 동굴이라고 할 수 있는 전통 게스트하우스에 묵어보기로 했다.(동굴과 다른 점이 있다면 침대 하나만 덩그러니 있다는 것 정도일 것이다.) 그곳의 이름은 절묘하게도 Nirvana, 열반이었다.

멀리 한국에서 온 우리를 안내한 직원은 아프가니스탄 출신의 무스타파. 키는 한 165센티미터 정도 됐을까. 덩치는 왜소했고 눈도, 코도, 입도 모든 것이 다 작았다. 어려 보였고 한편으로는 어리숙해 보이기도 했는데, 그럼에도 그 당시 IS가 유럽 전역을 두려움에 떨게 했기에 나는 그가 이슬람 국가 출신이라는 것 자체만으로도 꺼려졌다. 이런 내 마음을 아는지 모르는지 무스타파는 비수기에 방문한 여행자를 무척 반갑게 맞이했고 극진히 대접해주었다. 필요한 건 없는지, 궁금한 건 없는지, 방이 춥진 않은지 살뜰히 챙겼다.(추위에 대한 그의 걱정과 배려는 매우 타당한 것이었다. 옛 모습을 그대로 간직한 동굴집은 미친 듯이 추웠다. 지내는 내내 돌 틈 사이를 헤집고 들어오는 사나운 바람을 무방비 상태로 맞아야 했다. 체험은 무슨 얼어 죽을 체험, 밤새도록 시린 손을 호호 불어가며 이곳을 예약한 내 손가락을 저주했다. 열네 시간의 비행 동안 한시도 말을 쉬지 않던 우리였는데 이곳에서만큼은 침묵했다. 입과 혀가 얼어붙어 말을 할 수 없……)

얼음장처럼 춥고 어두컴컴한 돌집에서 이틀을 어찌어찌 버티고, 떠나기로 한 전날 밤. 무스타파가 쭈뼛쭈뼛 다가오더니 저녁을 사겠다고 했다. 그때까지도 나는 그에 대한 의심의 눈초리를 거두지 않았다. IS의 일원일지 모른다는 미심쩍음뿐만 아니라 관광객을 상대로 한 사기꾼들이 기승을 부린다는 말을 숱하게 들었기 때문이다. 느닷없는 식사 제안에 편견 레이더가 즉각 작동한 것은 당연지사. '드디어 올 게 왔군. 레스토랑에서 만나자고? 무슨 꿍꿍이지? 바가지 씌우려고 그러는 거 아냐? 여자라고 만만하게 보는 거냐? 절대 안 속아 넘어간다! 두고 보라지!' 이런 내 마음을 아는지 모르는지 같이 온 P는 반색하며 "당연히 좋지! 뭐 먹어?"라며 곧바로 약속을 잡는 게 아닌가. 동행인인 나와 상의라도 할 것이지, 이 순간 그녀가 얼마나 야속했는지 모른다.

어쩔 수 없이 약속 자리에 나가긴 했지만, 나는 시종일관 무스타파를 경계하며 피곤하다는 핑계로 대화도 하지 않고 음식도 먹는 둥 마는 둥 했다. 심드렁한 내 태도에도 아랑곳없이 그는 연신 웃으며 저녁뿐만 아니라 디저트까지 대접했다. 자신의 고향에서 자주 먹는 음식이라며 라이스 푸딩을 소개했는데, 이는 내 호기심을 자극했다. 쌀로 만든 푸딩이 있다니! 한 숟가락 뜨려는데 그가 말했다.

"우리 어머니께서 자주 만들어주시던 음식이야. 아프가니스탄에서는 아직도 아궁이에 불을 피워 밥을 짓는데, 저녁때면 굴뚝 연기를 타고 음식 냄새가 온 동네에 진동해. 아…… 그 냄새가 얼마나 좋은지 몰라. 그중에 가장 그리운 건 바로 이 라이스 푸딩이야. 그래서 너희에게 소개해주고 싶었어. 나는 항상 엄마가 보고 싶어."

내 머릿속에 아프가니스탄은 땅에는 지뢰가 하늘에는 전투기가 날아다니는 나라이지만 그에게는 아련한 고향이었다. 미처 거기까지 생각이 가닿지 못했다. P까지 싸잡아 미워한 내가 계면쩍었고 그녀의 열린 마음에 경외

심마저 들었다. 무스타파는 냄새로 고향을 기억하고 있었다. 해 질 녘의 태양이 타들어 가는 냄새, 굴뚝 위로 연기가 아스라이 퍼질 때면 코끝을 스치는 구수한 밥 짓는 냄새, 영원히 잊지 못할 엄마 냄새…….

그제야 스무 살 남짓한 앳된 얼굴의 무스타파가 눈에 들어왔다. 한국이었다면 한창 학교를 다닐 나이. 연애도 하고, 공부도 하고, 하고 싶은 것이 무진장 많을 청춘. 무스타파에게 꽃다운 스물은 없었다. 가족을 부양하기 위해 혈혈단신 타국에서 돈을 벌어야 했다.

나는 차마 라이스 푸딩을 삼킬 수 없었다. 이슬람 종교에 대한 편견, 가난한 나라에 대한 선입견이 목을 옥죄여 왔다. 그동안 나름 진보적인 사고를 가진 사람이라고 스스로를 평가했던 내가 끔찍했다. 그저 책으로만 세계 정세를 읽었을 뿐, 말로만 인류 평화며 평등을 외쳤을 뿐, 실상은 편견으로 가득한 편협한 인간일 뿐인데……. 대놓고 말은 못 했지만 미안했다. 그에 대한 의심으로 가득 찼던 이틀이 부끄러워 다시는 오지 않겠다고 다짐한 차가운 동굴 속으로 숨고만 싶었다. 더 안타까운 건 그렇다 한들 내가 그에게 해줄 수 있는 게 아무것도 없다는 사실이었다. 무스타파의 꿈, 돈을 벌어 고향의 가족을 데려오고 싶다는 그 꿈을 응원하는 것밖에는……. 그것밖에는.

"우당탕탕~ 드르륵 드르륵~"

무더운 여름, 어학원 맞은편 건물은 공사 중이었다. 독일은 한국처럼 35도에 육박하는 더위는 드물기에 에어컨 역시 드물다. 그날은 이상기후 때문인지 더워도 너무 더웠다. 모두가 찜기 속의 찐빵이 되어 눅눅해져 가고 있었다. 우리는 선택해야 했다. 소음을 참으며 문을 계속 열어 둘 것이냐, 더위를 참으며 문을 닫을 것이냐. 선생님은 거수로 결정하자고 했고, 거의 폭격에 맞먹는 굉음이었기에 나를 비롯한 대다수가 문을 닫는 데 동의했다. 그때 내 옆에 있던 무스타파가 귓속말을 했다.

"사실 난 저 소리 아무렇지도 않아. 다들 손을 드니까 응했지만 말이야. 우리나라에선 매일 총소리가 들려. 그뿐이니, 가끔은 대포 소리도 들리고, 폭탄도 터지고, 하루도 조용하지 않았어. 펑~ 쾅! 우두두두두두~"

"……."

이럴 땐 뭐라고 말해야 하나. 딱히 대꾸할 만한 단어가 떠오르지 않았다. 독일은 유럽에서 가장 많은 난민을 수용한 국가다. 그렇다 보니 아프가니스탄, 시리아 등에서 온 난민들을 자주 만나게 된다. 특히 어학원에는 한 반에 한두 명은 꼭 있고, 많을 때는 절반 이상을 차지한다. 처음에는 쉬는 시간에도 매트를 깔고 기도를 하는 그들이 어색했고, 남편이 데려다주고 데리러 오는 부르카를 쓴 여자들이 생경했지만 점차 익숙해져 갔다. 개중에는 수업 시간마다 엎드려 자거나 선생님에게 비협조적인 이도 있었으나, 우리 반에서 18세로 최연소였던 무스타파는 누구보다 열심히 독일어를 배웠다. 어리다 보니 귀여움을 독차지했고, '주말 그릴' 등을 주최해서 친목 도모에 톡톡한 역할을 해내는 분위기 메이커였다. 그 당시 나는 반에서 무스타파와 제일 친했는데, 늘 그가 내 옆자리에 앉기도 했거니와 카파도키아 여행 이후 색안경을 쓰지 말자는 스스로의 다짐도 작용했던 것 같다. 나는 첫 번째 무스타파에게 저지른 과오를 반복하고 싶지 않았다.

총소리가 익숙하다는 말은 나를 멈칫하게 했다. 그는 어떻게 어린 나이에 홀로 독일에 왔을까. 얼마나 총성을 자주 들었으면 귀를 찢는 요란함이 아무렇지 않을 수 있을까. 칼같이 라마단 금식을 지키며, 쉬는 시간마저 기도로 반납하는 그들이 믿는 신은 대체 어디에 있는 걸까.

침묵이 주는 어색함도 잠시, 우리는 계속 수업 진도를

따라가야 했다. 그날은 동음이의어를 배웠다. 독일어 단어 중에 See는 두 가지 의미가 있다. 남성관사가 붙으면 호수(der See)를, 여성관사일 경우 바다(die See)를 뜻한다. 선생님은 이 두 단어를 헷갈리면 안 된다고, 시험에 자주 나온다며 그림까지 그려가며 설명했다. 바다와 호수가 엄연히 다르다는 것은 누구나 알 텐데 왜 그림에 사진까지 보여주며 열심이신 거지? 처음엔 의아했다. 그러나이것은 바다와 호수를 직접 본 사람에 한해서 쉬운 개념이었다. 어학원은 세계 각국의 인종이 모여 독일어를 배우는 장소였고, 선생님은 바다를 한 번도 보지 못한 사람이 있을 수 있다는 걸 알고 있었던 것이다. 이런 내 마음을 꿰뚫어 보기라도 한 듯 옆에 있던 무스타파가 말했다.

"카이, 난 있잖아. 우리 가족이 독일에 올 수만 있다면 제일 먼저 바다를 보러 가고 싶어. 여기서 북쪽으로 가면 바다가 있다지? 나는 한 번도 바다를 본 적이 없어. 너는 본 적 있니? 진짜 그렇게 넓어?"

바다를 한 번도 본 적이 없다는 말은 총소리가 익숙하다는 말보다 더 낯설었다. 우리나라는 삼면이 바다라고 자랑하는 것도 우스웠다. 바람 쐬고 싶을 때면 하릴없이 찾곤 했던 바다가 누군가에게는 미지의 세계와 같은 곳일 수 있다니. 가족과 함께 바다를 보러 가는 것이 일평생의 꿈이라니. 호수처럼 크고 맑은 그의 눈동자를 바라보면서 알 수 없는 죄책감의 심연에 빠져들었다. 이번에도 내가 그에게 해줄 수 있는 일은 없었으니까. 바다는 아주 아주아주 정말정말정말 넓고 푸르다고. 꼭 너희 가족이 다 같이 그 멋진 광경을 볼 수 있길 바란다고 말해줄 수밖에 없었으니까.

아마 독일에 살면서 두 번째 무스타파를 만나지 못했더라면 그 이름은 카파도키아의 추억 정도로만 기억됐을 것이다. 한국에서 자국민으로 살았더라면 이토록 오랫동안 난민에 대해 골몰해보지도 못했을 것이다. 목숨을 걸고 사선死線을 넘은, 가족과 다시 만나 알콩달콩 사는 것이 꿈인 두 무스타파. 그들은 자기 일이 아니고서는 무덤 덤하기 짝이 없던 한 사람에게 팽그르르~ 작은 돌멩이를 던졌다. 제발 무심해지지 말아달라고. 이슬람에 대한 편견만큼은 타파해달라고.

물론 그때도 지금도 내가 직접적으로 해줄 수 있는 일은 없다. 그렇다고 접어둘 수만도 없다. 그들의 고통에서 끝나는 문제는 아니니까. 어쩌면 편견보다 더 무서운 것이 무관심일 테니까. 동시대를 살고 있는 세계 시민으로서 책무를 가져야 하지 않을까. 그렇다면 내가 할 수 있는 일은 무엇일까. 공동체 의식을 넓혀 갈 수 있는 방법은 없을까. 솔직히 여전히 모르겠다. 아무것도 안 할 수는 없어서 글을 쓴다. 그나마 내가 제일 잘할 수 있는 일이어서.

어학원에서 무스타파를 만난 것이 2018년이었다. 그리고 2021년 그의 고향 카불에서 다시 한 번 참사가 일어났다는 소식을 접했다. 안부가 궁금해 연락을 해보려 했지만 왓츠앱에 그는 없었다. 무스타파는 잘 지낼까. 가족들은 안전할까. 바다를 봤을까. 바다는 이토록 아름다운데, 그 누군가는 여전히 고통받고 있을 거라고 생각하면 파리해진다.

적요와 역동의 언저리, 외로운 인간 CCTV

'눈이 마주친 것 같은데 아닌가.' 눈길이 스치려는 찰나 행여나 어색해질까 고개를 돌렸다. 코로나 이후 집 안에 멍때리며 앉아 있는 시간이 급격하게 늘면서, 작업을 하다가 집중이 잘 안 될 때면 창밖을 바라보는 습관이 생겼다. 도로변에 있는 건물 구조상 맞은편 건물의 사람들이 보일 때가 있었고 나는 예기치 못한 풍경의 규칙성을 발견했다.

할머니 할아버지들은 마치 약속이나 한 듯 비슷한 시

간에 창틀에 몸을 기대고 턱을 괸 채 골똘히 바깥을 응시했다. 딱히 뭔가를 하지는 않는다. 담배를 피우거나 그저 멍하니 바라보는 것이 전부다. 이 행위는 사색을 빙자한 감시다. 두 시간 간격으로 창밖을 관찰하는 정찰대, 그들은 말로만 듣던 독일의 '인간 CCTV'였다. CCTV의 나라라고 해도 과언이 아닐 만큼 아파트, 편의점, 학교, 골목 곳곳에 감시의 눈이 분포하는 한국과 달리 독일에서는 오히려 카메라를 찾는 것이 더 어렵다. 기껏 해봐야 대형 마트나 백화점 정도다. 대신 아파트 및 건물의 경우 소위 인간 CCTV라 불리는 이들이 광범위하게 포진해서 치안을 담당하고 있다.

좋게 말하면 이웃에 관한 관심, 나쁘게 말하면 지나친 간섭이라고 할 수 있는 인간 CCTV는 특히 동독 지역에서 두드러지게 나타난다. 과거 사회주의 체제의 구동독 시절, 정부는 '슈타지Stasi'라는 이른바 비밀경찰 제도를 운용했다. 비밀경찰은 대부분 민간인이었고, 교묘하게 이웃이 이웃을 감시하게 만들었다. 요즘 어르신들의 경우 어느 정도는 그때의 습관이 남아 있다고 볼 수 있다.

물론 카메라 사각지대인 독일에서 인간 CCTV들이 역할을 톡톡히 해내는 것도 부정할 수 없는 사실이다. 차량 내 블랙박스가 드물어서 교통사고 시 목격자로서 증인 역할을 담당할 뿐만 아니라(독일에서는 기본적으로 차량 블랙박스가 흔하지 않다. 물론 법적으로 설치는 가능하고 사고 시 증거자료로 제출할 수 있다. 다만 자신이 관여하지 않은 사고 현장이나 행인을 촬영하는 건 불법인데 이 기준이 모호하다. 주마다 교통법이 다르므로 잘 알아보고 설치해야 한다.) 강력한 준법정신을 가동해 이웃이 쓰레기를 딴 곳에 내다 버리진 않았는지, 건물 내 규칙을 어기지는 않았는지 명명백백 밝혀낸다. 투철한 신고 기능까지 탑재해서 이웃에게 다정한 주의를 주기보다는 조용히 바로바로 경찰에 신고하는 기지를 발휘한다.

독일 작가 루이제 린저는 이탈리아에 사는 이유에 대해, 독일에서 불법 주차를 하면 독일인은 즉각 경찰에 신고하지만 이탈리아인은 경찰이 언제 불법 주차 단속하는지 알려주기 때문이라고 답한 바 있다. 이 절묘한 비유라니! 갑자기 이탈리아에 살고 싶어지네?

이웃을 감시하는 인간 CCTV가 약간은 불편했지만 한편으로는 연민도 갔다. 결국엔 그들도 외로웠던 것 같아서. 외로운 사람들이 넘치는 세상이니까. 홀로 있는 집

안이 적적해서, 창밖을 바라보는 것 외에는 딱히 어떤 소일거리도 없어서, 한없이 늘어지는 시간을 견딜 수 없어서……. 누구에게도 말할 수 없는 적요함을 시시때때로 움직이는 거리의 역동을 통해 메우고 싶었던 것인지도 모를 테니.

나도 가끔은 멍하니 창밖을 바라봤다. 신호등이 빨강에서 초록으로 바뀐다. 사람들이 횡단보도를 건너간다. 아무 일 없다는 듯 유유히 일정한 보폭으로 나아간다. 다시 빨강으로 신호가 바뀌면 이번엔 자동차들이 쌩쌩 지나간다. 천천히 굴러가는 자전거 바퀴들은 삶이 그럭저럭 잘 굴러가고 있다고 말한다. 규칙적으로 지나가는 찰나의 순간들을 보고 있노라면 묘하게 평화가 깃든다. 세상이 썩 나쁜 것 같지만은 않다.

어르신들 역시 나와 비슷한 생각을 했으리라 짐작해본다. 엄마 손을 잡고 아장아장 걸어가는 아이의 잔망스러운 발걸음을 보며, 트램 정류장에 잠시 앉았다 날아가는 나비를 보며, 아침 7시면 베이커리에서 어김없이 풍기는 빵 냄새를 맡으며, 삶의 역동성을 포착한다. 나 혼자 살아가고 있는 것이 아님을, 각개 전투를 벌이고 있는 것처럼 보여도 세상은 다 같이 모여 둥글게 둥글게 원을 그리며 돌아가고 있음을, 그들과 나는 창문으로 들어오는 날것들의 공기를 통해 이 사실을 함께 느끼고 있었다.

언젠가는 오후 1시가 지났는데도 건물 맞은편의 할아버지가 나타나지 않았다. 분명 평소 같으면 나오실 시간인데, 내심 걱정이 일었다. 나도 모르는 사이 일상 한 모퉁이에 그가 들어와 있었다. 혹시나 무슨 일이 생겼을까. 괜스레 초조함으로 창밖을 예의 주시했다. 아주 한참 시간이 지났을까. 드디어 유리문 사이로 할아버지가 얼굴을 내비쳤다. 휴~ 무의식적으로 안도의 한숨이 나왔다.

가만 보니 그의 모습은 평소와 달랐다. 혼자가 아니었다. 손자로 보이는 아이를 한 손에 안고 있었다. 그날만큼은 창틀에 몸을 의탁하지 않았다. 바깥을 관찰하지도 않았다. 담배도 피우지 않았다. 언뜻 미소를 띠고 있는 것 같기도 했다. 그는 창문을 활짝 열고 다시 거실로 돌아갔다. 아마 가족이 방문했나 보다. 그랬다. 인간 CCTV가 작동하지 않는 날은 외롭지 않은 날이었다.

킥보드, 말, 슈퍼카……
장래 희망은 힙한 할머니

기차로 1시간 30분. 내가 사는 라이프치히에서 베를린까지 가는 데 걸리는 시간이다. 두 시간이 채 안 되는 가까운 거리지만 두 도시의 격차는 비교 불가다. 베를린에는 우리 동네엔 없는 대형 백화점이, 각종 클럽이, 멋진 갤러리들이 있다. 시골에서는 아무리 열심히 구글링해도 찾아볼 수 없는 루프트 탑 카페도 즐비하다. 무엇보다 그곳은 소위 '힙하다'고 부르는 베를리너들의 성지다.

시골에서 자란 나는 공원 산책이 여가 생활의 90퍼센

트를 차지하는 소도시 생활이 꽤 적성에 맞는다고 여겼지만, 역시 인간은 스스로를 잘 안다고 착각하는 바보다. 평소 인지했던 것보다 나란 사람은 더 깊이 도시에 길들여진 여자였다. 가끔은 좀이 쑤셔서 뚫어버리고 싶을 정도로 삶이 무료했다. 화려한 조명 아래 멋진 옷을 걸친 사람들이 모여 있는 세련된 카페에 미치게 가고 싶었다. 도시의 휘황찬란함이 그리웠다. 그럴 때면 베를린행 기차에 몸을 실었다. 지루한 소도시 생활을 알 턱이 없는 한국의 친구들은 베를린에 간다고 하면 "아니, 바람 쐬러 베를린에 간다고? 이야~ 힙하다 힙해!"라며 부러움 가득한 메시지를 보내곤 했다. 나는 힙의 ㅎ에도 못 따라가지만 고루하기 짝이 없는 시골살이에 대한 보상으로 그들의 부러운 시선을 은근슬쩍 만끽했던 것도 같다.

'힙하다.' 요즘 참 자주 하는 말이다. 영어 'hip'과 '하다'를 합친 이 정체불명의 단어는 언젠가부터 세련된, 혹은 자유로움을 지칭하는 마법 같은 수식어로 자리 잡았다. 특히 베를린은 '힙하다'라는 동사와 동의어 같은 도시다. 베를린이 힙스터들의 도시가 될 수 있었던 것은 예술의 도시가 아니라 '예술가의 도시'이기 때문이다. 'Poor but

Sexy', 정말이지 섹시한 슬로건으로 전 세계 가난한 예술가들을 불러 모은 이 도시는 자신만의 스타일을 추구하는 자유분방한 힙스터들로 가득하다.

베를린의 편집숍에는 콧대 높은 조명과 정돈된 디스플레이가 없다. 회색 콘크리트 벽에 값비싼 명품 가방들이 무심하게 툭툭 걸려 있다. 멋을 낸 것 같지 않아서 도리어 멋져 보이는 아이러니의 연출. 클래식이 아닌 EDM 디제잉과 기본 1천 유로가 넘는 상품들 사이로, 3유로라는 편안한 가격에 판매되는 커피의 공존. 쇼핑 온 사람보다 노트북을 켜고 일을 하거나 음악에 맞춰 춤을 추거나 책을 보거나 수다를 떠는 사람들이 더 많은 이곳은 꽤 기묘한 장소다.

이런 베를린의 멋진 공간들과 베를리너들이야말로 우리가 으레 떠올리는 독일의 힙함이겠지만, 뭐랄까 고유성의 측면에서는 2퍼센트 부족하다는 느낌이 든다. 이미 발화하는 것만으로도 '힙함'이 느껴지는 베를린과 베를리너란 단어는, 일종의 태생적 금수저 같다고나 할까.

내 눈에 비친 독일의 진짜 힙스터들은 도시든 시골이든 어디에서나 만나게 되는 은발의 세대들이었다. 언뜻 노년과 '힙함'은 어울리지 않아 보이지만 그 이질감이 오히려 그들을 더 힙하게 만들었다.

더운 여름날이었다. 와야 할 트램이 좀처럼 오지 않았다. 대중교통 지연은 이제 일상다반사가 됐지만, 태양이 지글지글 불타오르는 오후였기에 짜증 지수 역시 끓어 넘쳤다. 트램이 오는 방향만 목 빠져라 바라보는데, 슝슝슝 바퀴가 매끄럽게 굴러가는 소리가 났다. 65세 이상은 되어 보이는 할머니께서 킥보드를 타고 정류장으로 유유히 오고 계셨다.

머리는 대충 묶은 뒤 페이즐리 문양의 터번으로 둘둘 말았고, 비취 빛깔의 목걸이가 주름진 목에서 영롱하게 빛나고 있었다. 양팔에는 왠지 세계 곳곳을 여행하며 샀을 것 같은 각양각색의 팔찌들이 주렁주렁 달려 있었는데 묘하게 조화로웠다. 바지인 듯 치마인 듯 분간이 어려운, 아라비안나이트를 연상케 하는 하의에 반스 검정 운동화는 패션의 화룡점정. 킥보드를 의자 옆에 툭 세우고선 트램을 기다리는 그녀는 저 멀리 지구 밖을 여행하다 온 사람 같았다.

할머니의 패션을 침 흘리며 뚫어져라 바라보긴 처음이었다. 힙하다.

밤새 내린 비 탓일까. 좀처럼 잠을 이루지 못하고 뒤척이다 새벽 산책을 나갔다.

"히어엉~ 힝힝힝."

'뭐지?' 이것은 21세기의 일상에서 좀처럼 들을 수 없는 소리였다. '대체 무슨 소리지? 산짐승이라도 내려온 것일까? 설마 멧돼지의 습격? 여기 나밖에 없는데? 공격당하면 어떡하지?' 온 신경을 곤두세우고 조심스럽게 고개를 힐끗 돌린 찰나 내 동공은 커질 대로 커졌다. 보고 있으면서도 과연 제대로 본 건지 두 눈을 의심했다. 세상에?!

"이럇, 이럇!"

한 중년 커플이 각자 말을 타고 내 쪽으로 향해 돌진하고 있었다. 나는 짐짓 놀라 오솔길 끝으로 물러섰다. 하마터면 왕과 왕비로 착각해서 머리를 조아릴 뻔했다.

독일에서 말은 흔하다. 어릴 때부터 승마를 배우는 아이들도 많고, 관련 동호회가 즐비하며, 경찰들이 말을 타고 순찰을 돌 만큼 일상에서 자주 보는 동물 중 하나다. 하지만 이 새벽 숲속에서 말이라니! '잠이 덜 깼나?' 다시 한 번 두 눈을 비비고 봤지만 확실했다. 두 사람은 동화 속 왕과 왕비처럼 희뿌연 안개 속을 우아한 속도로 지나갔다. 순간 타임머신을 타고 중세 시대로 회귀한 줄 알았다. 백마, 은발, 안개……. 온통 하얗기만 한 시공간에서 할머니의 빨간 스카프만이 선명하게 내 눈동자에서 나부꼈다. 가히 압도적인 아우라를 풍겼던 붉은색의 휘날림은 오래도록 잔상에 남았다.

그들이 시야에서 사라질 때까지 한참을 멍하니 서 있었다. 여전히 꿈길인 것만 같다. 힙하다.

마지막은 고급 스포츠카에 관한 이야기다. 독일은 자동차 강국이지만 벤츠를 타는 2030세대는 매우 드물다. 물론 가끔 젊은이들이 일부러 굉음을 내며 초스피드로 지나가는, 꼴사나운 꼴을 연출하기는 한다. 그렇지만 독일에서만큼은 대부분의 슈퍼카는 청년이 아닌 노인의 전유물이다.

바람이 선선하게 불기 시작하는 5월이면 독일의 은퇴자들은 배우자와 함께 오픈카에 몸을 싣고 가벼운 리넨 폴로셔츠 차림에 레이벤 선글라스를 쓴 채 바람에 스카프를 휘날리며 한낮의 드라이브를 즐긴다. 점잖은 옷차림과 상반되게, 차들의 색깔은 빨강, 노랑, 파랑 등 강렬하다. 속도는 내지 않는다. 미풍을 타며 리드미컬하게 스쳐지나간다. 그 찰나는 삶을 잘 살아온 사람만이 즐길 수 있는 말년의 풍요였다.

산들바람이 내 코끝을 간질인다. 힙하다.

대표적으로 세 부류를 꼽았지만 이밖에도 감탄사를
절로 불러일으키는 힙스터들이 많았다. 매일 아침, 같은
벤치에 약간 비스듬하게 기댄 채 다리를 꼬고 조간신문
을 보는 할아버지, 호숫가에서 비키니를 입고 일광욕을
하는 할머니, 베레모를 쓰고 기타를 치며 포크 송을 부르
는 나이 지긋한 거리의 악사 등 그들은 좀처럼 어울릴 것
같지 않은 기품과 자유를 동시에 입고 있었다. 그래서 힙
해 보였다.

'힙하다'는 영어와 한국어의 합성어지만 워낙 일상에
서 통용되다 보니 국어사전에도 등재되어 있다. '고유한
개성을 지니면서 동시에 최신 유행에 밝고 신선하다'는
뜻이다. 사전적 의미를 읽고 다시 한 번 독일의 어르신들
을 떠올려본다. 음, 역시나 이 단어에 매우 부합한다. 유
행이야 조금만 관심을 가지면 따라갈 수 있지만, '고유한
개성'이라는 것은 켜켜이 쌓아온 삶의 흔적으로부터 묻
어나온다. 청춘이라는 강력한 충분조건을 가진 젊은 베
를리너들보다 긴 세월 자신만의 삶을 영위하며 고유성을

확장해온 어르신들이 더 힙해 보이는 이유다.

저명인사가 아닌 일상에서 닮고 싶은 윗세대가 많은 이 나라가 솔직히 좀 부럽기도 했다. 독일은 힙스터 보유 국이었으니까. 동시에 평범한 시골뜨기 아줌마에게 힙스터란 쉽지 않은 영역임을 다시 한 번 일깨워주는 계기가 되기도 했다. 단순히 노력한다고 되는 경지는 아닌 것 같아서. 게다가 힙한 사람들은 죄다 무언가를 타고 있네? 킥보드, 말, 슈퍼카…… . 나는 킥보드도 못 타고, 말은 더욱더 못 타고, 슈퍼카는 당연히 없을뿐더러 운전도 잘 못한다.(대체 잘하는 게 뭐냐?) 힙스터는 얼어 죽을 힙스터, 햄스터처럼 배만 볼록 나온 꼰대는 되지 말자며 자체 협상을 강구해보지만 이상하게 포기가 안 된다. 뭐 돈 드는 것도 아닌데 꿈이라도 꿔보자. 꿈은 많을수록 좋다는데. 장래 희망 칸에 호기롭게 써본다.

"힙한 할머니가 되고 싶어."

특별한 것이 아니라
당연한 거야

"엄~ 저기요우! 제가 뉴요크에서 먹던 Taste, 아뉘에
효."

뭐라는 거냐? 웬 왈왈? 응징하고 싶었지만 그는 손님,
나는 한낱 알바생. 어쩔 수 없이 다른 샌드위치로 바꿔주
기를 수십 번. 대학생 때 강남역 뱅뱅사거리 '서브웨이'에
서 아르바이트를 한 적이 있다. 그 당시 우리나라에 갓 지
점이 오픈했을 때여서 소위 강남 유학파 출신들이 추억
을 운운하며 매장을 찾곤 했는데, 그들 중 한 3분의 1은

진짜 한국말을 못 하는 건지 일부러 저러는 건지, 어눌하게 한국어를 하면서 불만을 표시했다. 패스트푸드의 표준화된 맛이 다르면 얼마나 다를까. 신선도가 떨어지는 채소 외의 모든 재료는 본사에서 온다. 그런데도 그 맛이 아니라면 그것은 분위기 혹은 기분 탓일 거다. '네가 좋아하는 미국에 가서 사드세요'라는 말이 혀끝까지 치밀어 올랐다 들어갔다.

학교에 다닐 때도, 프로그램 제작차 각계 지식인들을 만났을 때도 비슷했다. 1970년대 미국이나 독일, 프랑스 등에서 유학한 교수나 예술가들은 하나같이 젊은 시절에 공부했던 나라를 찬양했다. 물론 이국적인 정취를 누비며 청춘을 만끽했을 테고, 다른 문화를 접하면서 견문을 확장했을 것이다. 하지만 그들은 대부분 특출하게 공부를 잘했거나 좋은 집안에서 자랐기에 당장 먹고살기도 힘든 시절에 외국물을 먹을 수 있었을 터. 그렇다 보니 저변에는 '나는 너희와 태생적으로 달라'라는 모종의 우월함이 깔려 있었다. 매번 한국은 후진국, 서양은 선진국으로 나누는 사고방식도 불편했다. 본인들이야 개발도상국 시절에 유학을 갔으니 한국과는 비교가 안 됐을지 몰라도 지금은 사정이 달라도 한참 다르다. 우리도 충분히 먹고살 만해졌고 파리, 뉴욕에서 한 달 살기를 할 정도로 해외여행이 자유로워졌으며, 어떤 부분에서는 한국이 훨씬 뛰어난 점도 많았다. 한마디로 세상이 바뀌었는데 여전히 라떼를 벤티 사이즈로 마셔대는 그들이 약간은 꼰대처럼 보였다.

평소 일부 지식인들의 사대주의가 못마땅했던 나는 독일로 오면서 이 나라의 문화를 충분히 느끼되 "어우, 독일에서는 안 그래요"와 같은 밉살스러운 말은 해대지 말자고(누가 시키지도 않았는데) 다짐했다. 오히려 "니네가 잘 살아봤자 얼마나 잘 사냐? 내 나라가 최고야"라는 애국심을 부러 숨기지 않았다. 돌이켜보건대 이런 유치한 결심도 결국 꼰대들의 우월의식과 비슷한 열등감의 산물이었다.

애초에 팔짱을 끼고 봐서인지 초반 독일살이는 불평불만투성이였다. GDP 수준으로 보나 세계적 위상으로 보나 경제적으로 한국은 독일에 크게 뒤처지지 않는다. 오히려 라이프 스타일은 우리가 훨씬 앞서 있다. 독일에선 2G 휴대폰은 기본이거니와 애니악을 연상케 하는 고철 컴퓨터를 쓰는 이도 있었다. 동네 카페나 소규모 상점은 카드 결제가 안 되는 곳이 많았다. 인터넷은 느려 터져서 특히 비바람이 불면 끊기기 십상. 독일에서 스타벅스는 커피를 마시는 곳이 아니라 빠른 인터넷 문명을 누릴 수 있는 곳이다. 온라인 뱅킹은 즉시 이체가 아니라 다음 날 상대방 통장으로 입금된다.(세상에!) 각종 공과금 및 통지서는 이메일이 아닌 우편으로 온다.(Deutsch Post가 망하면 어떻게 될까?) 코로나 록다운 때는 화상 수업 시스템 미비로 선생님이 이메일로 숙제만 내주는 학교도 꽤 있었다. 나는 한국에서 방송작가로 일할 때 '스마트 교육' 다큐멘터리의 선진 사례로 독일을 소개한 바 있다.(시청자 여러분께 사죄합니다.)

다큐멘터리란 모름지기 한국과의 비교 대상이 있어야 했고, 해외 우수 사례는 늘 독일이었다. 어쩌면 수박 겉핥기식으로 잘 알지도 못하면서 유럽 강국이라는 이유로 독일을 운운했던 것은 아닐까. 언론이 만들어낸 환상에 나 역시 불을 지핀 것만 같아 죄책감마저 일었다. 타임머신을 타고 '응답하라 1997'로 회귀한 것은 아닌지 자주 고개를 갸우뚱했다. 독일의 아날로그적인 삶은 낭만보다 불만과 짜증에 가까웠다. 대체 왜 이 나라를 선진국이라 명명하는 것일까? 독일의 첫해는 이 고민으로 보냈다.

아마 독일살이 2년 차였던 때로 기억한다. 이른 가을, 인근 드레스덴의 작센스위스Sächsische Schweiz로 등산을 갔다. 등산로는 가파르지 않았지만 그렇다고 쉽지도 않았다. 헉헉대며 올라가는 동안 생수 한 병 챙기지 않은 나를 수십 번 나무랐다. 한국처럼 약수터가 한두 곳 정도는 있을 줄 알았건만, 아무리 올라가도 물웅덩이 하나 보이지 않았다. 아니 인공적으로 만든 조형물 자체가 거의 없었다. 자연을 그대로 보전하는 것에 가장 큰 의미를 두는 이 나라 사람들은 그 흔한 운동기구 하나 갖다 놓지 않았는데 오히려 그편이 좋았다. 날것 그대로의 자연과 공존하려는 모습이 돋보여서. 어쩌면 이 지점이 내가 독일의 선진 의식을 느끼게 된 출발점이 아니었을까 싶기도 하다.

벌게진 얼굴에 땀을 뻘뻘 흘리며 타오르는 갈증을 안고 겨우 고지에 도착했지만 정상을 만끽할 정신이 없었다. 목이 타들어 갔다. "물! 물! 물!" 다급하게 주위를 둘러보니 기념품 등을 파는 상점과 레스토랑이 보였고, 저편에 약수터 비슷한 곳이 눈에 띄었다. '그럼 그렇지. 하나는 만들어놨네?!' 사막 속 오아시스를 발견한 것처럼 허겁지겁 달려갔으나, 기대는 단번에 무너졌다. 산은 산이요 물은 물이라고 했는데, 물은 물이되 그 물은 사람을 위한 물이 아니올시다. 그럼 누구를 위한 것?

'개를 위하여 für Hund.'

"뭐라고? 개? 그러니까 개한테만 무료 제공이라고?! 맙소사!"

이 무슨 개 풀 뜯어먹는 소린지, 어이가 없었다. 이런 나를 놀리기라도 하듯 아주 큰 하양 까망 달마시안이 얄 밉게도 물을 찹찹찹 참으로 맛있게 들이켜고 있었다. 헉, 개부럽다! 살다 살다 개가 부럽긴 처음이다. 허탈한 마음을 안고 터덜터덜 상점으로 발걸음을 옮겨 생수를 사 마셨다. 좀처럼 갈증이 가시지 않아 하산하자마자 바로 보이는 레스토랑에서 바나나 맥주를 주문해 벌컥벌컥 들이켰다. 술을 잘 못 마시지만 이날의 바나나 맥주 맛은 잊을 수가 없다. 달콤한 향내와 풍부한 거품, 적당한 알코올 도수, 시원한 목 넘김까지 모든 것이 완벽했다.(작센스위스에 가신다면 배 선착장 입구에 바로 보이는 레스토랑에서 바나나 맥주를 꼭 드셔보세요. 바나나 맥주에 반하나 안 반하나☺)

내 혀를 흥분시킨 바나나 맥주를 뒤로하고, 개를 위한 샘터는 생각할 거리를 던져주기에 충분했다. 이는 개에게 산을 개방했으며, 개를 데리고 오는 등산객이 많다는 뜻이자 그만큼 동물을 소중히 여긴다는 의미도 될 것이다. 산뿐만 아니라 독일인의 삶 곳곳에 동물을 아끼는 마음이 그득하다. 이미 반려견 의무 등록은 제도화된 지 오래고, 관련 세금도 걷는다. 모든 마트에는 쇼핑하는 동안 개를 묶어둘 수 있는 장소가 존재하고, 대형 쇼핑몰의 경우 개 입장이 안 되는 곳도 있지만 허용될 시 무료로 사료를 제공하는 곳도 많다. 가히 세계 최초로 동물보호법을 제정한 나라답다.(제정자가 히틀러인 건 역사의 아이러니지만.) 독일은 말 그대로 개들에게 개좋은 나라다.

동물뿐만 아니라 아이, 임산부, 장애인 등에 대한 배려와 따뜻한 시선 앞에서 자주 마음이 몽글몽글해졌다. 가령 노키즈존은 그 어디에서도 본 적이 없다. 오히려 어디든 아이들을 위한 장소가 존재했다. 대학의 교내 식당에도 별도의 키즈존이 있는데, 석·박사를 공부하는 부모들은 아이들을 데려와 같이 밥도 먹고 공부도 한다. 오페라 하우스에서는 매달 엄마들을 위한 음악회를 운영한다. 관람 시간 동안 직원이 아이들을 돌봐준다. 버스, 트램, 기차 등 모든 대중교통에는 장애인 좌석이 마련되어 있고 계단이 없다. 유모차, 휠체어가 손쉽게 오르고 내릴 수 있어야 하니까. 그래서 시내에서도 휠체어를 타고 쇼핑하는 장애인을 흔하게 볼 수 있다. 도심의 길은 모두가 편리하게 이용할 수 있어야 한다는 가치관이 영롱하게 빛났다. 장애인의 교통권이 확실히 보장되는 나라, 거창하고 복잡한 정책이나 금전적인 지원은 별도로 하고, 약자를 생각하는 마음이 사회 전반에 자리 잡고 있는 걸 목도한 뒤에야 나는 비로소 '선진국'이라는 단어를 떠올렸다.

어떻게 보면 특별하다고 생각했던 일들이 독일에서는 '당연'했다. 누군가를 돕는 일은 인정받고 칭찬받아야 할 일이 아니라 '마땅히 그렇게 해야 하는 일'이었다. 시민의 의무와도 같은 것. 나눔이 당연하고, 어린이를 아낌없이 사랑하는 것이 당연하고, 장애인을 배려하는 것이 당연하고, 동물을 보호하는 것이 당연한 세상. 이 당연함이 감동적으로 다가오는 것은 당연함이 지켜지지 않는 세상이 존재하기 때문이다. 타인에게 마음자리를 내어주는 것이 특별하지 않은 곳. 모든 사람의 인격을 존중하는 곳. 바로 독일이라는 나라를 뒷받침하는 가치관이었다.

편리함의 측면에서 보자면 독일에서의 삶은 매우(꼭

'매우'라는 부사를 붙이고 싶다) 불편하다. 하지만 갑질 논란, 부조리한 사회적 관행 혹은 시스템 미비가 불러온 인재人災로 마음이 불편한 일도 없다. 몸의 불편과 마음의 불편, 둘 중 어디에 비중을 두느냐가 선진국의 척도가 될 수도 있지 않을까.

나는 여전히 해외 생활 경험자로서의 어쭙잖은 우월함을 경계한다. 괜히 으스대며 "제가 독일에서 먹던 학세 맛이 아닌데요" 이런 말은 절대 하고 싶지 않다.(혹시라도 제가 그러면 강력하게 응징해주세요.) 그렇다고 열등감에서 나왔을지 모를 무조건적인 독일 비판도 삼갈 참이다. '독일인'을 개개인으로 보자면 욕도 나오고 미소도 나온다. 별의별 인간이 다 있는 세상이니까. 다만 '독일'이라는 사회는 꽤 멋있고, 자주 따뜻했다.

서로의 별을
찍어준 시간

눈치작전이 시작됐다. 분명 저 눈빛은 나를 봤는데, 아니 더 정확히 말하면 사진 찍는 나를 봤는데. 저분을 찍어주고 우리도 찍어달라고 할까? 먼저 말을 걸어볼까? 아니야, 원하지 않을 수도 있잖아? 이까짓 사진이 뭐라고 갈팡질팡 고민한다. 결국 나보다 외향적이고 너스레를 잘 떠는 남편이 침묵을 깬다.

"사진 찍어드릴까요?"

이 말이 떨어지기가 무섭게 그들은 반색하며 연신 고

개를 두세 번 끄덕인다. 곧이어 마치 기다렸다는 듯, 어디서 왔는지부터 시작해 날씨, 장소에 관한 이야기가 박격포처럼 터진다. 우당탕팍툭툭……(뭐라는 거지?) 경험상이럴 때는 야, 슈퍼! 악소?!(Ja, Super! Ach so?!) 이 3종 추임새만 넣어줘도 어찌어찌 대화가 이어진다. 아주 신비한마법의 주문 같은 독일어다. 생활 독일어 별 다섯 개!

구동독의 사회주의 체제 때문인지 동독 사람들은 아직까지 외국인을 대하는 게 어색하다. 가벼운 인사야 하나의 문화이기에 "할로!" 하고 곧잘 주고받지만, 누군가로부터 사진을 찍어달라고 부탁받아본 적은 단 한 번도 없다. 더군다나 그들은 나와 달리 '인생 사진'에 의미를두는 것 같지 않고, 특히 초상권에 민감하기에 찍고 찍히는 문화 자체가 보편적이지도 않다. 레스토랑에서 음식을 찍는 사람도, 카페에서 여러 각도로 커피 사진을 담는손님도, 길을 가다가 하늘이 아름답다고 휴대폰을 꺼내는 이도 '나'뿐.

대체로 사진에 심드렁하지만 찍히는 것에는 굉장히 민감한데, 개인의 얼굴뿐만 아니라 음식이나 꽃과 같은 전혀 뜻밖의 사물에도 적용되어 적잖이 나를 당황케 했다.

한번은 독일에 여행 온 친구가 빵집에 진열된 빵을 찍

는 찰나, 우당탕팍퓌툭~ 직원에게 엄청난 욕을 먹어야 했다. 왜 허락 없이 사진을 찍느냐는 거다. 프레첼 하나 괜히 잘못 찍었다가 된통 혼난 이 상황이 좀 억울했다. 빵을 훔친 죄로 19년간 감옥살이를 해야 했던 장발장은 얼마나 원통했을까. 당황한 친구는 얼굴이 새빨개졌다. 한국 같았으면 홍보 차원에서라도 사진 찍기를 독려했을 법한데, 도리어 찍지 말라니. 영업 규정상 그렇다손 치더라도 그 차가운 말투와 행동은 우리에게 찐 상처를 남겼다.

같은 이유로 넷플릭스 드라마 〈에밀리, 파리에 가다〉를 보며 가장 의아했던 것은(장소가 독일이 아닌 프랑스이긴 하지만) 그녀가 파리 사람들을 심지어 노상 방뇨하는 모습까지 찍어서 인스타그램에 올리는 장면이었다. 독일이었으면 아마 너 신분증 내놓으라고, 당장 경찰서 가자고 한바탕 난리가 났을 거다.

실제로 남편이 나에게 알려주려고 트램 안에서 검표원이 검표하는 뒷모습을 찍다가 발각된 적이 있다. 다짜고짜 초상권 침해라며 경찰서에 가자고 하는데, 그날 엄청난 추위에도 불구하고 그는 등에서 식은땀이 흘러내렸단다. 남편은 독일 대중교통 이용법을 아내에게 알려주기 위해서였다고 해명한 뒤 눈앞에서 사진을 지우고 나서야 집으로 돌아올 수 있었다. 호환마마만큼 무서운 기억이다. 독일에서 사진은 조심 또 조심해야 한다.

초상권에 엄격한 그들이지만 추억을 남기는 가족사진에 한해서는 꽤 적극적인 것 같다. 우리가 "찍어드릴까요?" 하고 제안하면 싫다고 한 사람은 없었다. 여기서 중요한 건 서로의 목적인 사진일 텐데, 그들 역시 '두 번째 찍은 사진이 항상 최고'라며 열과 성의를 다해 두세 번씩 찍어주지만 결과물은? 음…… 도대체 뭘 찍은 거지?

사진도 찍어본 사람이 잘 찍는다. 우리가 찍어준 사진을 보면 하나같이 만족해하며 엄지 척을 한다.(내가 봐도 잘 나왔다.) 슈퍼Super! 톨Toll! 찬사가 쏟아진다. 내가 찍힌 사진은 별로여도 그들이 좋아하는 모습을 보면 씨익 웃게 된다.

'선의'라는 것은 참 경이롭다. 누가 먼저 말을 걸면 어떠랴. 작은 손을 내밀었을 때 그들과 나 사이의 경계가 무너지고 소소한 추억이 생긴다. 한번 말 트기가 어려워서 그렇지 시작했다 하면 정 많고 푸근한 아줌마 아저씨로 변신하는 것은 동독 사람들의 특징이기도 하다.(특유의 무뚝뚝함이 수줍음이라는 걸 알게 되기까지 꽤 많은 상처와 회복의 시간이 필요하다는 것이 문제라면 문제겠지만.) 언젠가부터 남편과 나는 독일 사람들이 불친절하다고 불평하기 전에 이 사회에 들어온 사람은 우리니까 먼저 마음을 열자는 데 뜻을 모았다. 마음 열기의 일환이 사진 찍어주기였고 어느새 가족, 연인, 여고 동창생 등 많은 사람의 추억을 담는 데 일조했다.

한번은 이 도시에서 꽤 유명한 호숫가 벤치에 앉아 있을 때였다. 한 중년 여성이 부자父子의 모습을 찍어주는 게 보였다. 아들과 남편은 무표정한 표정으로 어정쩡하게 포즈를 취하고 있었고, 어머니는 어떻게 해서든 두 사람을 담고 싶어서 고군분투 중이었다. 이를 본 남편은 "내가 가서 찍어줄까?" 하고 물었다. 나는 만류했다. 아들로 보이는 이가 우락부락한 체격에 프랑켄슈타인을 떠올리게 하는 험상궂은 외모를 하고 있었기에 괜한 해코지를 당할까 봐 무서웠다.

"하지 마. 우리한테 찍어달라고 한 것도 아니잖아. 그냥 가만히 있어. 저 남자 너무 무섭게 생겼어."

그는 자신도 한 덩치 한다며 근거 없는 자신감을 내보이더니 사진을 찍어주겠다고 나섰다. 순간 아주머니의 표정은 먹구름에서 벗어난 해님처럼 빛났다. 구세주를 발견한 듯한 그 환한 미소는 남편을 말리던 나를 옹졸하게 만들었다. 그녀는 곧바로 카메라를 던져주고 쪼르르 달려가 엄청난 덩치의 두 남자 사이에 앉았다. 여전히 세 사람의 표정은 어색했는데 남편이 캐제^{Käse}(치즈)를 연신 퍼붓자 그제야 웃기 시작했다. 그 예쁜 순간은 찰칵 카메라에 담겼다. 그녀는 계속해서 분더바^{Wunderbar}(멋지다)를 외치며 한동안 물끄러미 사진만 들여다봤다. 분더바! 분더바! 어찌나 듣기가 좋던지, 그 말을 만질 수만 있다면 한번 만져보고 싶었다. 따뜻하고 부드러울 것 같았다.

아주 옛날에 산 것으로 보이는 올림푸스 카메라에 담긴 한 장의 추억……. 카메라는 빛바래고 낡았지만 소중한 하루를 간직하고 싶은 엄마의 마음은 영원히 낡지 않을 것이다. 다신 오지 않을 순간을 기억하고 싶은 바람이 초여름 날의 싱그러운 날씨만큼이나 빛났다.

어릴 때는 기록하지 않아도 기억할 수 있다고 믿었다. 하지만 나이가 들수록 기록이 기억을 이긴다는 생각이 든다. 우리는 퇴화하는 기억을 되살리기 위해 기록하는 것인지도 모른다. 오지랖 넓은 남편을 둔 덕분에 수많은 사람의 사진을 찍어줬다. 시간이 지날수록 그들의 모습은 희미해져 갔지만, 주고받은 말들은 공중에 흩어져버렸지만, 찰칵, 행복한 순간을 담은 그 시공간만큼은 반짝반짝 빛나는 별들로 내 기억에 머물러 있다.

'행복한 시간 보내', '아름다운 주말!', 서로 사진을 찍어준 뒤 시시콜콜하지만 따뜻한 대화를 주고받던 순간이 잔잔하게 반짝이며 은하수처럼 흘러간다. 인류 최초로 은하수를 발견한 이는 갈릴레이지만 그 이전에도 이후에도 별의 강은 쉼 없이 흘렀다. 때로 이 하늘, 저 하늘, 각자의 행로로 운행할지언정 모든 별은 같은 하늘 아래에서 반짝인다.

누군가는 '인간은 별이 남긴 먼지'라고 했지만, 나는 '인간이야말로 별'이라고 믿고 싶다. 우리가 이따금 하늘을 올려다보는 이유는 별이었던 그 시절이 그리워서가 아닐까. 독일을 떠올리면 머리 위로 수많은 별이 보인다. 다정한 가족사진을 보고 태양처럼 웃던 그 아주머니의 미소와 '분더바!'의 나직함이 밤하늘의 은하수처럼 무리 지어 지나간다.

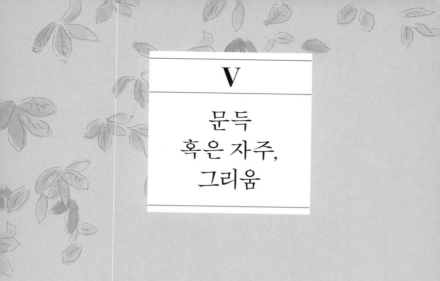

V

문득
혹은 자주,
그리움

그리움, 태생적으로
적응을 모르는 존재

철새는 달을 나침반 삼아서 고향을 찾는다. 연어는 냄새로 강을 거슬러 귀향하는 길을 찾고, 귀뚜라미는 소리로 자신의 집을 표현한다. 우리 인간은 명절을 나침반 삼아 고향으로 돌아가지 않나 싶다. 그곳에는 언제나 고향을 지키고 계신 부모님과 유년 시절의 추억들이 자리한다. 그 풍요로운 흔적들을 누리지 못한 지 오래다.

"고향 땅이 여기서 얼마나 되나."

추석 아침, 남편의 흥얼거림을 들으며 독일과 한국의

거리를 계산해봤지만 멀기만 했다. 거리와 그리움은 비례한다. 한국에서 서로 부대끼며 살 때는 미처 생각하지 못한 가족에 대한 애틋함이 독일에서는 자주 찾아왔다. 특히 명절에는 밀도가 더 짙었다.

이상하게 추석과 설이 다가오면 엄마가 힘들다 힘들다 하면서도 부치던 '전'이 간절했다. 온 집 안을 기름 냄새로 도배하던 각종 전이 머릿속을 가득 채웠다. 나는 이쑤시개에 햄, 버섯, 맛살, 단무지 등을 나란히 꽂고, 엄마 옆에 쪼그리고 앉아 갓 구워진 전을 홀랑홀랑 집어먹곤 했다. 우리 집 전의 마지막 주자는 매운 청양고추를 팍팍 넣은 새우 부추전이었는데 그 고소하면서도 매콤 알싸한 개운한 맛은 막걸리를 불렀다.

"한잔할까?"

"조오치~"

말은 그렇게 하면서도 술을 잘 못하는 우리 모녀는 사이다를 각각 한 잔씩 따라 짠~ 부딪치며 그날의 전 부치기를 마무리했다. 별로 특별할 것 없는 순간을 이토록 그리워하게 될 줄은 몰랐다. 그날의 우리를 더듬어본다. 킁킁~ 그날의 냄새를 떠올려본다. 엄마 냄새가 미치게 맡고 싶다.

향수병의 향鄕은 '시골 향'으로 태어난 곳을 가리키는 말이지만, 동음이의어로서 향기 향薌도 해당된다고 생각한다. 고향 냄새가 지독히 그리워, 어떤 이들은 재료를 구하기도 힘든 독일에서 각종 명절 음식을 만들어내는 신공을 발휘한다. 나 역시 초반에는 산적이며 명태전이며 열심히 레시피를 찾아서 구워봤지만, 뭐랄까 우걱우걱 먹어 치우고 나면 괜스레 더 처량해져 그마저도 관두고 평일처럼 보내버렸다.

날 좋고 풍요로워 "더도 말고 덜도 말고 한가위만 같아라" 하고 말했지만 독일에서 보내는 추석은 설명하기 힘든 적적함으로 가득했다. 명절은 향수병이 가장 강렬하게 발동하는 시기였다. 몇 년이 지나면 맷집이 잡힐 줄 알았지만 그리움이란 태생적으로 적응을 모르는 존재였다.

"향수병은 어떤 느낌이야?"

언젠가 친구가 물었을 때 나는 대답했다.

"글쎄, 대학교 입학하고 나서 처음으로 고향 집에 갔다가 돌아왔을 때 그 어색한 자취방의 공기 있잖아. 뭔가 막막하고 서글픈 기분. 여기가 내 자리가 아닌 것 같은데 있을 수밖에 없는, 그런 기분이랑 비슷하다고 해야 할까. 그렇다고 돌아갈 수는 없어. 나는 여기서 뭔가를 해내야만 하거든. 가슴이 밧줄에 묶인 듯 갑갑한데 밖으로 나오지 못하고 계속 그 안에서 발버둥 쳐. '병'이라는 단어가 붙긴 했지만, 딱히 당장 고쳐줄 특효약 같은 게 없으니 더 답답하고……."

　향수병이 들이닥친다 해도 별수 없다. 그나마 명절과 연말은 경험상 예고편이 있었지만, 기습처럼 느닷없이 공격해 올 때는 막아낼 도리가 없어 더 번민했다. 어떻게 보면 비행기로 열 시간이면 가는 거리지만, 향수병의 발병과 동시에 독일과 한국의 거리는 이어질 수 없는 아득한 곳에 있었고, 나는 차가운 공기가 부유하는 나라에서 정처 없이 떠도는 방랑자가 되었다.

　그렇다고 눈물이 펑펑 나는 것도 아니었다. 목 저 아래에서 깊은 무언가가 올라왔다. 목젖이 뜨거워 목이 멨다. 애써 넘겨보지만 다시 차올라 성대에 눈물이 맺혔고 말이 나오지 않았다. 눈이 우는 것이 아니라 목이 울었다. 목울음은 터져 나오지 못하고 맺히기만 했다. 차라리 목 놓아 울기라도 하면 시원하기라도 했을 텐데 결이 다른 감정이었다. 목에서 흘린 눈물은 다시 가슴으로 내려가서 고였다. 더 이상 배출 지점이 없는 눈물은 그 상태로 답답하게 머물며 심장을 조여왔다. 삼십 년 넘게 살면서 처음으로 사무치는 그리움의 의미를 체득했다. 그리움의 대명사는 고향이었으며 곧 엄마였다. 결국 향수병=엄마가 성립되는 셈이다.

나는 몰랐다. 매일 밤마다 미아가 된 상실감에 빠질 줄은. 하루에도 수십 번씩 엄마 사진을 들여다볼 줄은. 이유 없이 엄마가 떠올라 멍하니 앉아 있을 줄은. 트램에서 나란히 손잡은 모녀를 보고 남몰래 눈물을 훔치게 될 줄은. 갑자기 남편을 붙잡고 엄마 생각이 난다고 벌겋게 눈시울을 붉힐 줄은. 독일어 작문 시간에 엄마에 대해 쓰다가 파란 잉크가 종이 곳곳에 번지게 될 줄은. 엄마가 없는 나라에 산다는 것이 이토록 사람 마음을 미어지게 할 줄은. 엄마가 이 정도로 보고 싶을 줄은…… 정말로 몰랐다.

나는 진정한 바보였다. 엄마의 마음이 얼마나 넓은지 몰랐고, 마찬가지로 엄마를 향한 내 마음조차 몰랐다. 사랑은 부재할 때 더 크게 존재한다. 엄마를 향한 사무치는 그리움이 가슴에 박제됐다. '사무치다'는 표현은 내 그리움의 넓이와 깊이를 대변했다. 사무치는 그리움으로 가슴이 붉게 타버렸다. 그것은 꺼지지 않는 활화산이었다.

Meine Mutter ist mein Held.

Die Mutter ist die Erde.

Ich wuchs in deiner Erde auf.

Ich trieb zarte Knospen,

die zu kleinen Blumen erwuchsen.

Die Mutter, du bist vollkommen Wunderbar.

Es ist so schon, das Land der Mutter.

나의 어머니는 나의 영웅입니다.

어머니는 대지입니다.

나는 당신의 땅에서 성장했습니다.

나는 여린 싹을 틔웠고, 작은 꽃으로 자라났습니다.

어머니, 당신은 완벽하게 훌륭합니다.

어머니의 나라는 아름답습니다.

—독일어 작문 시간에, 2019년 11월 19일

우리가 함께한 시간,
함께할 시간

엄마의 얼굴은 사색이 되었다. 소매치기가 많다고 소문난 프랑스 스트라스부르 대성당 앞. 좀 전까지만 해도 촬영을 하느라 정신없었던 듯한데 엄마의 휴대폰이 사라졌다. 주말 오후였고 관광객이 바글바글했기 때문에 눈 깜짝할 사이에 누가 가져가도 모를 일이었다. 엄마는 유럽 여행을 오신다고 아주 오래된 휴대폰을 신상으로 바꾸기까지 했다. 값나가는 기기는 소매치기의 표적이 되기에 너무나 좋았다.

분명히 엄마가 사진 찍는 것을 본 나는 믿기지 않았다. 계속해서 바지며 재킷 주머니를 뒤적여보아도 찾을 수가 없었다. 성당 관리인에게 도움을 요청해보았지만 예상대로 어떤 조치도 취해줄 수 없다는 단호한 답이 돌아왔다. 그토록 소매치기 조심하라고, 휴대폰 잘 챙기라고 귀에 못이 박히도록 이야기했건만……. 값비싼 최신식 휴대폰과 지금까지 찍은 사진들이 없어져버릴 것을 생각하니 속상했다. 순간 짜증이 일었다. '엄마는 왜 아이처럼 뭘 잃어버리고 다니시는 걸까?' 유유히 흐르는 스트라스부르 강가에 격양된 성미를 흘려보내려고 노력했다. 석 달이나 준비하고 오랫동안 기다려온 우리 가족의 첫 유럽 여행이 이렇게 악몽으로 기록되려나 싶던 찰나, 엄마의 외침이 들려왔다.

"찾았다!"

휴대폰은 다름 아니라 엄마의 핸드백 바깥쪽 포켓에 있었다. 천만다행이었지만 버럭 화를 낼 뻔했다. 엄마는 태어나서 처음으로 유럽 땅을 밟았다. 딸이 어떻게 사는지 궁금했지만 사정상 몇 번이나 계획을 세웠다 취소했다를 거듭한 끝에 2년 만에 성사된 방문이었다. 오래 기다린 만큼 반갑고 애틋하면서도 한편으론 지금까지의 여행과 완전히 결이 달랐다.

과거에도 우리 모녀는 해외여행을 꽤 했다. 그때는 별다른 특이점이 없었는데, 이번에는 유독 엄마가 아이처럼 느껴졌다. 내가 알고 있는 엄마의 모습이 아니었다. 여행 기간 내내 내가 보호자고 엄마가 자식이 된 것 같은, 착각이라고 믿고 싶은 혹은 정말 그렇게 바뀌었을지도 모른다는 기분이 들었다.

우선 약봉지가 엄청나게 많았다. 그동안 엄마한테 무슨 일이 생긴 것일까? 매번 가지고 온 복용 약이 없어졌다며 허둥지둥 찾았고, 여행 가방 정리조차 쉽게 하지 못했다. 게다가 여행을 다니면서 엄청난 질문을 쉴 새 없이 쏟아냈다. 가령 가시오가피가 나무 위에 저렇게 많은데 왜 가만히 내버려 두는지, 땅이 이렇게 넓은데 왜 농사를 작게 짓는지, 독일은 왜 이렇게 비가 자주 오는지……. 딱히 내가 답하기 어려운 애매한 질문들이었다. 아시아권만 여행을 해보셨으니 신기한 것도 궁금한 것도 많았을 테지만, 일일이 답하는 것에 좀 지쳤다. 이런 내 마음을 눈치채셨을까. 저녁에 잠자리에 들기 전 엄마는 나직이 말씀하셨다.

"우리 딸랑구 어릴 때 엄마가 참 마이 데꼬 다녔는데,

이제 역할이 바뀌뿟네. 그때 네가 질문을 어찌나 마이 했던지 답해주는 것도 곤혹이었다 아이가. 내가 딸한테 자꾸 쓸데없는 질문을 한다. 할마씨 늙어서 주책이다. 준비하느라 힘들었을 낀데 자꾸 귀찮게 해서 미안해."

질문에 답하는 게 뭐 그리 어려운 일이라고, 싫은 티를 냈을까. 이내 죄송해졌다. 무엇보다 엄마 말씀처럼 어느 순간 모녀의 역할은 바뀌어 있었다. 한국에서 자주 뵀을 때는 그 변화를 체감하지 못했다. 2년 만에 만난 엄마의 모습에서 그동안 함께하지 못한 공백이 느껴졌다. 나도 늙어가고 있었고 엄마는 더 빠르게 늙어가고 있었다. 세월에도 가속도가 붙는다. 어쩌면 이제는 함께한 시간보다 함께할 시간이 더 적을 수도 있다. 멀리 떨어져 지내다 보니 이 사실이 더욱더 뼈아프게 다가왔다. 내가 무슨 부귀영화를 누리겠다고 늙어가는 엄마 얼굴도 못 보고 이렇게 먼 나라에 떨어져 사나 싶어서 서러웠다. 할 수만 있다면 엄마의 노화를 외면하고 싶었다.

여행을 하는 동안 앞으로 우리에게 주어진 시간은 얼마나 될까, 생각에 잠길 때마다 엄마의 찰나를 카메라에 담았다. 다행히도 엄마는 사진 찍는 것을 좋아했다.

"너네는 앞으로 더 좋은 데 갈 기회가 많겠지. 엄마는 시간이 없다. 사진을 마이 남겨놔야 된다. 언제 또 이런 데 올 수 있겠노."

무슨 사망 선고라도 받은 사람처럼 말하느냐며 엄마에게 핀잔을 주었지만, 이 말은 두고두고 나를 울렸다. 정말이지 이번 여행은 다시 없을 소중한 시간일 수도 있었다.

겨우 보름을 지내다 가셨지만 그 흔적은 오래갔다. 보따리장수처럼 한국에서 갖가지 음식들을 공수해 오셨기에 밥을 먹을 때마다 엄마를 떠올릴 수밖에 없었다. 진공 포장기까지 구입해서 일일이 포장해 온 김치와 갖가지 반찬들, 무조건 국산을 먹어야 한다며 동네 방앗간에서 직접 짠 참기름, 햇볕에 며칠을 말린 고사리까지 무엇 하나 정성이 들어가지 않은 것이 없었다. 음식도 음식이지만 무엇보다 내 가슴을 미어지게 한 것은, 엄마가 꼬깃꼬깃 핸드백에 넣어 가지고 온 택배 운송장이었다.

독일에서 집을 구한 직후 한국으로 택배를 보낸 적이 있었다. 영양제, 샴푸, 화장품 등 소소한 제품들을 써보시라고 보냈는데 엄마는 그 당시 택배 상자에 부착된 운송장을 버리지 않고 2년이나 간직하고 있다가 이번에 들고 오신 것이다. 행여나 공항에서 나를 못 만나면 그 주소로

딸 집을 찾아오시려 했다고.

별걱정을 다 한다면서 쓸데없이 왜 이걸 가져왔냐고 투덜거렸지만, 엄마가 한국으로 돌아가신 후에도 나는 운송장을 차마 버릴 수 없었다. 그 너덜너덜해진 종이를 보면서 몇 번이나 눈물을 흘렸는지 모른다. 떨어져 사는 게 못내 죄송해서, 짧은 순간일지라도 엄마에게 성마른 화를 냈던 내가 못나서, 엄마의 마음을 다 알지 못해서……. 과연 내가 엄마 마음을 완벽히 알 수 있는 날이 오기는 할까? 늘 엄마 마음은 헤아릴 수 없는 저 아득한 곳에 있었다. 나는 그 사랑을 한껏 받고 자랐으며 먹고 먹어도 모자라 계속해서 베어 먹고 있다. 내가 엄마에게 드린 것은 그에 비하면 한없이 모자라고도 모자랐다.

딸이 보낸 물건들이 아까워서 쓰지도 못하고, 저녁마다 내 사진과 글을 보는 것으로 하루를 마무리하시는 엄마. 조금이라도 SNS에 슬픈 기색이 느껴지면 잠 못 이루다 독일 시간에 맞춰 전화하시는 엄마. 당신의 존재로 나는 외롭지 않고 의젓하게 살아갈 수 있었다. 우리가 앞으로 함께할 시간이 얼마나 될지 아무도 모른다. 비록 그 속도를 붙잡을 수는 없겠지만, 나는 시간의 농도만큼은 좀 더 진하게, 온도는 더 뜨겁게 보내고 싶었다.

독일에서 엄마가 그리울 때면 보내주신 사진들을 자주 들여다봤다. 제일 먼저 눈에 들어온 것은 어느 봄날 엄마가 절에 달아놓은 연등이었다. 달라이 라마가 "종이 한 장에서 구름을 본다"고 했듯 나는 사진 속 작은 연등에서 엄마의 마음을 봤다. 연등을 단다고 소원이 이루어질 것이라고는 믿지 않는다. 하지만 매일매일 자식을 생각하는 엄마의 마음은 절대적으로 믿는다. 만약 소원이 성취된다면 그것은 부처님 때문이 아니라 간절함에 대한 보상일 것이다.

저 연등 속에서 엄마의 마음이 반짝거린다. 엄마가 미치도록 그리운 날, 나는 그 반짝거림으로 살아간다. 걸어서도, 자전거로도, 자동차로도 갈 수 없는, 오직 비행기에만 의지해야 갈 수 있는 8천5백 킬로미터라는 어마어마한 거리에 떨어져 살지라도, 우리는 늘 서로 연결되어 있다. 언제나 같은 자리에 계신 엄마로부터 나는 일어설 힘을 얻는다. 다시 내 마음이 이 땅에 적응하기를 기다린다. 한국에서 나를 기다리시는 엄마의 마음처럼.

내 영혼의
구원자!

우리 집은 그릇 맛집이었다. 사람들은 하나같이 가희네 하면 음식보다 그릇을 먼저 떠올렸다. 엄마는 내가 아주 어릴 때부터 그릇 애호가였는데, 외할머니에게 물려받은 그릇, 쌈짓돈으로 사 모은 그릇, 선물 받은 그릇 등 각각의 사연을 가진 소중한 그릇들이 몇십 년째 찬장을 지키고 있다. 집에 놀러 올 때마다 각양각색의 그릇에 놀라워하던 친구들과 달리 정작 딸인 나는 좀 심드렁했다. 사람도 아닌 한낱 물건을 뭘 저렇게까지 애지중지 다루시는지 좀처럼 이해할 수 없었다.

1990년대에 많은 주부의 마음을 빼앗았던, 절대 깨지지 않는다고 광고했던 코렐 그릇 세트를 처음 장만한 날. 엄마의 입가에는 미소가 떠나지 않았다. 실로 그리 웃는 모습은 오랜만이었다. 반나절 내내 그릇들을 반들반들 윤이 나게 닦아서 신줏단지 모시듯 찬장에 배치하기를 여러 번. 정리가 다 끝났는데도 한동안 눈길을 떼지 못하던 엄마의 모습이 선하다. 녹록지 않은 형편에 오랫동안 모은 돈으로 마련한 그릇이었으니 그 무엇보다 소중한 물건이었을 것이다.

지금은 '나를 위한 선물'이라는 명목으로 물건을 소비하는 것이 전혀 이상하지 않은 시대지만 그 시절의 엄마들은 대부분 본인을 위해서는 단돈 천 원도 허투루 쓰지 않았다. 코렐 그릇 세트는 힘들게 살아온 엄마가 스스로에게 딱 한 번 통 크게 쏜 선물이었음을 지금은 안다. 욕망하는 인간에게 때로는 물성이 자존감을 채워주기도 하는 법이니까.

하지만 청소년이라면 누구나 달린다는 그 질풍노도를 열심히 뛰고 있던 그때의 나는 엄마를 헤아리지 못했다. 외려 유난스러운 그릇 사랑에 쓸데없는 반발심이 들었다.

그깟 그릇이 대체 뭐라고 저러시는 건지, 음식은 맛만 좋으면 되는 거 아닌지, 그 돈으로 내 용돈이나 좀 올려주지 싶었다.

결국엔 고약한 심보를 터트렸다. 외출하신 틈을 타 몰래 그릇들을 바닥에 때구루루 굴려봤다. 깨지지 않았다. 너무 약하게 굴렸나 싶어서 한 번 더 세게 내동댕이쳐봤다. 광고가 거짓말은 아니었는지 여전히 견고했다.(늦었지만 코렐의 기술에 감사함을 전합니다.) 아무 일 없었다는 듯 그릇을 다시 엎어 놓았다. 어디서 나온 객기였는지 대체 왜 그랬는지 지금도 이유를 모르겠다. 그냥, 엄마의 소중한 것을 한번 깨뜨려보고 싶었다. 사춘기 여중생의 마음은 참으로 이해할 수 없는 것투성이다.

십 대의 마음만큼 알 수 없는 것이 우리네 인생일까. 그릇을 깨고 싶어 안달 났던 중학생은 유부녀가 되자 온갖 접시들을 사 모으기 시작했다. 신혼 초에 도진 그릇 병이 앤티크의 천국, 독일에 오면서 도무지 고칠 수 없는 불치병으로 안착했다.

한국에서는 비싸서 엄두도 못 냈던 독일 그릇, 빌레로이앤보흐Villeroy & Boch가 벼룩시장의 찌그러진 상자에 방치된 채 나를 기다리고 있었다. 그것도 단돈 3유로에. 이 상황은 말 그대로 진흙 속의 진주를 발견한 것과 같았다. 백마 탄 왕자가 악마의 성에 갇힌 공주를 구해줄 때 흡사 이런 기분을 느꼈을까. '오, 아름다운 그릇이여! 내가 널 구했도다! 이제는 나와 꽃길만 걷자.'

그릇에도 그 나라의 문화가 반영된다는 측면에서 봤을 때 빌레로이앤보흐는 독일과 닮았다. 화려함보다 단순함에 가깝지만 그렇다고 투박하다고 볼 순 없다. 1748년부터 시작된 오래된 역사답게 서머데이Summer Day, 알트 룩셈부르크Alt Luxemburg, 알트 스트라스부르크Alt Strassburg 등 시리즈도 다양한데 하나하나 명칭과 이미지가 참 잘 어울린다. 가령 서머데이는 여름 들꽃을 닮았다. 시원시원하고 밝아서 지지고 볶기 힘든 여름날, 간단한 음식 차림에 쓰기 좋다. 가끔 여름이 그리운 겨울에 해사한 색감으로 위무를 건네주기도 한다.

서머데이보다 좀 더 낮은 채도에 고상한 꽃으로 장식된 알트 스트라스부르크는 자연스럽게 동화 속 마을 같은 프랑스의 소도시 스트라스부르를 떠올리게 만든다.(스트라스부르는 잠시 독일 땅이었던 적이 있다.) 소박한 독일 감성에 좀 더 우아한 프렌치 감성을 한 방울 툭 떨어뜨린 느낌이랄까. 시리즈별로 고유성을 갖고 있지만 이것 저것 섞어 써도 전혀 이질감이 없다. 금박 테두리 장식이 없어서 식기세척기에도 끄떡없는 실용성까지 합리적인 독일인을 쏙 빼닮았다.

빌레로이앤보흐를 필두로 카흘라, 라이헨바흐, 바바리아 등 예쁜 그릇 브랜드는 수두룩했고, 벼룩시장은 한껏 부풀어 오른 내 욕망을 저비용으로 충족시킬 수 있는 절호의 기회였다. 잘만 고르면 말도 안 되는 가격에 앤티크 그릇을 장만할 수 있었으니까. 언제부턴가 벼룩시장이 열리는 날짜를 체크하는 것이 중요한 일과가 됐다.

독일의 벼룩시장은 상인들이 전역을 돌며 정기적으로 여는데, 마켓에도 콘셉트가 있어서 그릇이나 가구가 나올 때도 있고 육아용품, 책 및 CD, LP 등이 주가 되는 날도 있다. 당연히 나의 공략은 단 하나, '그릇'.

수집의 목적도 있지만 벼룩시장은 꽤 지루한 주말을 책임져주는 든든한 놀이터이기도 했다. 독일은 일요일이면 모든 상점이 문을 닫았고, 내겐 친구가 거의 전무했기에 할 일이 없었다. 이곳에서의 주말은 24시간을 밀대로 밀 수 있는 만큼 늘려서 지겨움과 한 몸이 되어 방바닥에 대굴대굴 굴러다니게 만드는 재주가 있었다.

지루함의 틈바구니에서 만나는 오래된 그릇들, 처음 보는 희귀 아이템, 상인들과 주고받는 몇몇 우스개 농담은 꽤 곰살맞은 즐거움이었다. 탕진잼을 가장 재밌고 신나게! 게다가 실전 독일어까지 구사해볼 수 있는 유익함이 겸비된 장소가 독일의 벼룩시장이었다.

주말 오전 10시쯤 열리는 벼룩시장은 오후 4시만 돼도 폐장 분위기이기 때문에 일찍 가야 좋은 물건을 낚을 수 있다. 한시적 마켓으로 변신한 널찍한 경마장 초입부터 상인들이 좌판 형식으로 물건을 쫙 깔아놓는다. 독일 상인들은 그 특유의 무뚝뚝한 민족성 때문인지 몰라도 딱히 호객 행위를 하지 않는다. 기본적으로 손님의 질문에 응대는 해주지만 오면 오는 거고 가면 가는 거지 하는 식이다. 각자 책을 보거나 커피를 마시거나 자기들끼리 수다를 떤다. 유난 떨지 않음, 각자 할 일은 묵묵히, 가끔은 인간미가 없다고 느껴지는, 아 그래, 이게 독일이지!

무신경한 그들 사이로 덕후는 매의 눈을 가동한다. 어떤 그릇이 나왔는지 재빠르게 스캔한다. 대부분이 더럽기 짝이 없지만 흙이나 먼지가 묻은 것은 세척만 잘하면 지워지니 문제 될 것이 없다. 꼼꼼히 살펴봐야 할 것은 금이 갔거나 딱 봐도 지워지지 않을 것 같은, 가령 제작 과정에서 실수로 생겼을 태생적 얼룩이다. 대략 커피잔은 한 세트에 3~5유로면 살 수 있고 그릇 세트는 종류에 따라 천차만별이지만 독일 상인에게도 흥정은 가능하다. 즉 잘만 하면 엄청난 득템을 할 수도 있다는 뜻이다.

평소 자주 티격태격하는 그와 나도 이때만큼은 부부 공갈단(?)으로 대동단결한다. 독일어도 연습할 겸 두꺼운 낯짝을 들이밀며 깎아달라고 온갖 교태를 부렸다. 서당 개 삼 년이면 풍월을 읊는다더니 어느새 남편도 흥정에 바람잡이를 자처했다.

한번은 그가 지천에 널린 마로니에 열매 세 개를 들고 오더니 마치 보석이라도 가져온 듯 의기양양하게 상인에게 말했다. "이거 받으시고 3유로 깎아주세요."

평소 우리 부부는 흥정에서만큼은 합이 잘 맞는다고 생각했지만, "여보 이건 아니야!" 저 남자는 천진한 것인가, 생각이 없는 것인가, 부끄러움은 나의 몫인가. 대체 왜 저러나 싶어 당황했지만 같은 편끼리 적 앞에서 싸울 수는 없는 법. 적당히 허허허 거짓 웃음을 지으며 흘깃 상인의 반응을 살폈다. 어이가 없었는지, 밑지는 장사는 아니었는지, 의외로 그는 너털웃음을 짓더니 흔쾌히 3유로를 깎아주었다. 마로니에 열매가 통할 줄이야.

상인들(특히 할머니)은 남편이 한마디만 해도 뭐가 그렇게 재미있는지 거의 자지러질 듯 웃었다. 독일 사람들을 웃기기는 쉽다. 평균적인 유머 감각 지수가 낮아서인지 약간의 위트도 직방으로 통한다. 어쩌면 이 나라 개그맨들은 살아남기 쉬울지도 모르겠다.(그 반대인가.)

흥미로운 사실은 이런 어이없는 아무 말 대잔치를 우리 부부뿐만 아니라 상인들도 가끔 한다는 것이다. 어느 날은 하르츠 산(마녀의 전설로 유명한 지역)에서 내려온 마녀인 듯 검은 망토를 두른 범상치 않은 외모의 할머니를 만났다. 챙이 넓은 검은 모자와 빗자루만 갖췄다면 완벽한 환생이었을 것이다. 그릇을 팔고 있었는데, 대부분 음식용이 아닌 벽에 거는 액자용이었다. 예쁘긴 했지만 벽장식을 별로 안 좋아하는 나는 만지작만지작하다 내려두고 발걸음을 옮기려 했다. 그런데 그 순간! 할머니께서 내 팔을 꽉 붙잡았다.(앗! 여긴 마녀의 집인가.)

"할로! 할로! 예쁜 부인. 이걸 왜 안 사? 집에 벽이 없는 것도 아니잖아?!"

일순간 웃음보가 터졌다. 그렇다고 틀린 말도 아니었

다. 벽이 없는 집은 없지 않은가! 그들과 나 사이를 가로막고 있던 견고한 벽이 와르르 무너지는 것 같았다. 이런 개그는 또 받아쳐야 제맛.

(전화 받는 시늉을 하며) "아, 방금 저희 집 벽이 무너졌다고 연락이 와서요. 빨리 가봐야 해요."

"우하하하하하하하."

서로 배꼽이 빠지도록 웃었다. 아무래도 다음 날 배꼽을 사러 가야 할 것 같다. 상인들과 주고받는 헐렁한 농담은 하루의 기분을 제법 리드미컬하게 만들어주었다.

전리품을 잔뜩 안고 벼룩시장을 다녀온 날이면 흥얼흥얼 콧노래를 부르며 안 쓰는 오래된 냄비에 물과 베이킹 소다를 붓고 팔팔 끓여 소독했다. 그날 저녁은 응당 우리 집에 새로 오신 손님이 식탁 위에 오른다. 어떤 이들의 손을 거쳐 내 수중으로 왔는지 모르지만, 다양한 경우의 수를 따져 상상해보곤 했다. 백 년 전 이 그릇은 고성의 만찬에서 사용됐을까, 한 평범한 가정에서 데일리 식기로 쓰였을까, 너무 아껴서 한 번도 꺼내보지 못한 채 장식장에만 두고 보다가 숨을 거둔 할머니의 유품일까.

여러 이야기가 포개지고 포개진 그릇에 나의 맛있는 나날을 포갰다. 봄이면 달콤한 아스파라거스를 스트라스부르크에 얹었고, 여름에는 무화과를 서머데이에 일렬종 대로 맞춰놓았다. 가을이면 푹 삶은 노란 호박 수프를 파란 트루바두르에 담았으며, 겨울에는 슈톨렌을 하얀 바바리안 슈만에게 살포시 올려주었다.

때로 계절과 상관없이 밀려오는 답답한 독일살이의 '화'는 그릇 틈에 끼워 넣었다. 가지런히 정리된 그릇을 보노라면 이상하게 상념이 가라앉으며 평온을 되찾곤 했다. 가끔은 그릇을 꺼내서 가만히 바라보며 실실 웃었다. 쓰담쓰담 만져도 봤다. 모르는 사람이 봤다면 실성한 여자로 오인하기 십상이었겠지만 그 순간 나는 순도 백퍼센트 사물이 주는 행복을 만끽했다. 미니멀 라이프를 추구한다면서 물건들을 버려도, 물성이 주는 쾌락만큼은 결단코 버릴 수 없었다. 인정한다. 내 인생에 무소유는 글렀다. 세상에 이렇게나 예쁜 것이 많은데, 그냥 누리고 살련다. 이런 재미라도 있어야 하지 않겠는가. 이제야 지겹도록 코렐 세트를 바라보던 엄마의 마음을 온전히 이해할 수 있게 됐다.

나에게 그릇 사랑의 유전자를 물려준 장본인인 엄마가 독일에 오셨을 때도 목적은 하나였다. 그릇! 2주간의 일정 동안 벼룩시장과 백화점을 누비며 여행용 가방 두 개 전체를 오롯이 그릇으로만 꾹꾹 채웠다. 못 말린다 싶었지만 나 역시 부추겼음을 고백한다. "엄마, 이건 사야 해." "이건 가져가야지." 모전여전이 따로 없었다. 엄마가 한국으로 가기 전날 밤, 엄청난 그릇들을 에어캡으로 둘둘 싸며 둘이서 깔깔~ 호호~ 밤새도록 그릇 예찬을 했다.

"어쩜, 이건 무늬가 볼수록 매력 있네."

"이 손잡이 자태 좀 봐라, 얘. 무슨 한 마리 학 같지 않나? 훨훨~ 날아간다."

그날 밤, 우리 모녀는 마지막이 못내 아쉬워 행여나 쏟아질 눈물을 에어캡으로 꽁꽁 막으려 했던 것인지도 모르겠다. 때때로 찬장에 가득한 자기들을 보면서 나의 평생 자기, 엄마를 떠올렸다. 코렐 그릇을 때구루루 굴리던 철부지 딸은 엄마가 보고 싶어 또르르 눈물을 흘렸다.

독일에 살면서 가장 마음을 쏟은 사물은 그릇이었고, 가장 위로받은 물건 역시 그릇이었다. 하도 여기저기 휘이휘이 들쑤시며 만나러 갔더니 가장 많은 에피소드를 낳은 것도 그릇. 가장 재미났던 장소 역시 그릇과 나를 만나게 해준 벼룩시장이다. 할 수만 있다면 벼룩시장만 뚝

떼어내 한국으로 가져가고 싶다.(벼룩시장도 수출이 되나
요?☺) 내 사전에 한해서만큼은 '가장'이라는 최상급이
가장 잘 어울리는 단어는 '그릇'이다. 그러니까 그릇은 그
냥 그릇이 아니다. 지리멸렬한 독일살이의 구렁텅이에서
나를 구해준 구원자! 영혼의 단짝! 어찌나 다정하게 놀았
던지 싫증 한 번 난 적이 없다.

그 사랑도
당연한 것은 아니야

　불현듯 걱정이 쏟아질 때가 있었다. 아무 일도 일어나지 않았음에도 괜한 가정법을 써보며 불안을 키웠다. 타국에 산다는 것은 고국이란 땅을 딛고 살 때보다 훨씬 더 무거운 걱정거리를 안고 사는 일이기도 했다. 기우의 대명사는 대부분 '가족'이었다. 내가 독일에 있는 동안 엄마가 아프면 어떡하지? 우리 식구 중 누구 한 명에게 불상사가 일어나면 어떡하지? 어떡하지? 어떡하지……? 일어나지도 않은 일에 물음표를 붙여 안테나를 곤두세운 건, 예기치 못한 사고에 재빠르게 대응하지 못하는 '거리' 때문이었을 것이다.

'드르륵 드르륵 드드드륵⋯⋯.'

휴대폰 진동 소리가 신경질적으로 울렸다. 보이스톡이었다. 문자가 아닌 전화는 왠지 모르게 불길하다. 지인들은 대부분 시차를 고려해 문자를 먼저 보냈다. 급한 일이 아니고서야 전화를 잘 하지 않았다.

발신인은 동생이었다. 조카와의 영상통화 외에는 딱히 전화를 잘 하지 않는데, 무슨 일일까. 싸한 기분을 애써 외면하며 전화를 받았다. 아니나 다를까 저 너머에서는 다급함이 들려왔다.

"누나! 엄마 수술하셔야 한대! 어떡해?"

다짜고짜 수술을 운운하는 동생의 말에 아연했다. 차근차근 설명해달라고 재차 말했더니, 엄마의 엉치뼈 쪽 척수가 1.5센티미터 정도 흘러내려서 수술을 해야 한다는 것이다. 병원에서는 시술에 가깝다고 설명했지만, 이런 일이 처음인 우리 가족에게는 대수술과 다를 바 없었다. 평소에는 약간의 발 저림 외에 큰 통증을 느끼지 못하셨다는데 갑자기 허리 디스크가 속수무책으로 터져버린 것이다. 사실 '갑자기'라는 말은 무심의 방패와 같은 것이다. 무관심했던 우리 모두가 만든 구실 같은 것. 자식들은 각자 살기 바쁘다는 이유로 엄마의 건강을 챙기지 못했고, 엄마 역시 아프다는 몸의 신호를 별일 아닐 거라며 애써 외면했다. 그 무심함을 어떻게 해서든 면피하고 싶어서 우리는 '갑자기'에 빚을 진다.

전화를 끊자마자 불안한 마음에 허리 디스크에 관해 알아보았다. 보통 쪼그리고 앉아 있는 잘못된 자세 탓이 크단다. 대체 엄마는 쪼그리고 앉아서 뭘 그렇게 하셨던 것일까. 한 해 정성 들여 키운 자두를 선별한다고, 자식들 먹을 김치를 담근다고, 화장실이며 거실이며 온 집 안을 반들반들 윤이 나게 청소한다고……. 그러고 보니 엄마는 일평생 쪼그리고 앉아서 무언가를 하셨다.

팔다리를 오그려 몸을 작게 옴츠린 엄마를 떠올렸다. 갑자기 '쪼그리다'라는 동사가 미치게 싫어졌다. 글자를 조각내어 갈기갈기 찢어버리고 싶었다. 엄마가 아프신데 아무것도 못 하는 상황에 화가 났다. 나는 딸이라는 역할 앞에 쪼그라들었다. 내가 할 수 있는 일이라고는 병원비를 부쳐주고 영양제를 보내주는 것밖에 없었다.

오도카니 쭈그리고 앉아 멍하니 창밖을 바라봤다. 하늘은 물감을 풀어놓은 듯 유난히 파랬고 공활한 기류 속에 바람만이 윙윙 귓전을 울렸다. 폐부에 선득함이 파고들었다. 몸이 움츠러들었고, 눈물이 왈칵 쏟아졌다. 남편을 붙잡고 엉엉 울었다. 그는 독일행을 결정했다는 이유 하나만으로 자주 내 마루타가 되어야 했다. 당사자는 억울했겠지만, 나로서도 어쩔 수 없었다. 독일에 있지 않았더라면 지금 당장 엄마한테 달려갔을 텐데, 라는 생각뿐이었으니까. 그는 말없이 눈물을 받아주었지만 별 위로가 되지 못했다. 어떻게도 할 수 없다는 상황 자체가 견디기 힘들었다. 무력했다. 또다시 원론적인 의문이 치고 올라왔다. 나는 왜 여기 있는가. 사랑하는 이를 지켜주지도 못할 거면서. 안절부절 걱정이 다 무슨 소용인가. 숱한 '그럼에도'를 품고도 독일에서 살아갈 수 있었던 마음의 지지대가 부러진 날이었다.

마음 졸인 수술은 한 시간 만에 끝났다. 메마르고 거친 엄마의 목소리를 들었을 때, 나는 또 한 번 무너졌다. 통화의 첫마디가 "괜찮다"가 아닌 "미안하다"였기 때문이다. 엄마는 왜 항상 미안할까. 왜 미안하고 미안하고 또 미안할까. 대체 왜? 오히려 미안한 건 '나'여야 했다. 수술을 앞둔 엄마의 손 한 번 잡아드리지 못했다. 차가운 수술대 위에서 얼마나 외로우셨을까. 세상 모두가 날 외면할 때도 엄마는 늘 내 손을 꽉 잡아주셨는데, 나는 정작 엄마가 날 필요로 할 때 곁에 없었다. 전화기밖에 들 수 없는 내 양손이 무용해 보였다. 두 손을 마주 잡을 때의 감촉, 엄마와 딸만이 느낄 수 있는 그 따스한 촉감이 그리웠다. 가슴이 아릿했다. 어쩌면 이제 시작일지도 모른다는, 앞으로 병원 신세를 지게 될 일이 더 많아질 수도 있다는 사실에 더더욱 울울했다.

기우와 달리 하루하루 시간이 지날수록 엄마의 목소리는 밝아졌다. 낯선 이에게는 좀처럼 말을 먼저 건네지 못하는 나와 달리, 엄청난 친화력을 가진 엄마는 그새 병실의 모든 사람과 친해졌다. 낮에는 같이 산책을 하고 배달 음식을 시켜 드시며 연락처까지 주고받았다. 일명 '병실 동기'란다. 푸하핫.

차츰 회복해가는 엄마를 보며, 가끔은 궁금했다. 대체 그 무한 긍정의 힘은 어디에서 나오는 것일까? 엄마의 삶은 결코 밝지 않았다. 오히려 잿빛투성이에 가까웠다. 그렇다면 엄마는 장막으로 가려진 어두움마저 빛으로 감싸 안는 특유의 따뜻함을 태생적으로 타고난 것일까. 초등 학교 1학년 때 엄마 얼굴이 해와 같다고 생각한 적이 있 다. 백일장 대회에 나가 처음으로 쓴 동시가 「엄마 얼굴 해님 얼굴」이었다. 나는 특히 엄마가 웃을 때 해님처럼 보 였다. 어쩌면 그때 이미 엄마에게서 영원히 고갈되지 않 는 태양의 에너지를 느꼈던 것일지도 모른다. 아니 맞다. 엄마는 태양이다. 지금도 그 강렬한 빛으로 병을 이겨내 고 계시니까.

태양 없이는 피울 수 없는 꽃처럼, 내 삶 역시 엄마 없 이는 존재할 수 없었다. 세상에 비치는 햇살의 존재가 당 연하듯 엄마는 언제나 형형하게 나를 비출 것이라고 믿 었다. 엄마가 해주는 밥이 당연했고, 자식들 공부시키느 라 남 밑에서 허드렛일을 하는 것이 당연했다. 딸뿐만 아 니라 사위가 좋아하는 음식까지 만들어서 독일로 보내주 는 수고 역시 당연했다. 태어남과 동시에 받기만 한 엄마 의 사랑이 너무나 당연해서, 태양이 구름 사이로 들어갈 수도 있음을, 비바람에 휘청거릴 수도 있음을 몰랐다.

대관절 세상에 당연한 것이 있기는 한 걸까? 엄마도 처 음부터 엄마로 태어난 것은 아니다. 다만 내가 태어남으로 인해서 엄마의 모든 수고가 당연한 것이 되어버렸다. 바보 같은 나는 모태에서 아주 멀리 떨어져 나와서야, 건재할 거라고 믿었던 태양이 쓰러지고 나서야, 엄마의 존재 역시 결코 당연하지 않음을 깨닫는다. 무심의 계절을 보낸다. 더 많이 사랑해야 할 계절이 온다.

이 노을이 그리워 마음이
타오르는 날이 오겠지

어쩌다 보니 네 번째 드레스덴이었다. 첫 번째는 2017년 여름, 이제 막 도착한 이방인을 위해 친구 S가 계획해서 떠나온 여행이었다. 그때까지만 해도 여전히 독일에 온 게 못마땅했던 나는 주선자에게는 미안했지만 모든 것이 시들했다. 제2차 세계대전 당시 폭격에도 온전히 위상을 지킨 '군주의 행렬'도, 바로크 양식의 걸작이라 불리는 '츠빙거 궁전'도, 엘베 강을 바라볼 수 있는 최고의 뷰 포인트로 꼽히는 '브륄의 테라스'도 그 무엇도 내 마음을 사로잡지 못했다. 괴테는 드레스덴을 '유럽의 테라스'라며 극찬했다는데, 대체 왜?! 무슨 근거로?! 훌륭한 사람의 말이 다 맞는 건 아니지. 대문호의 의견에 동의할 수 없다며 격하게 고개를 절레절레 내저었다.

나름 독일에서의 첫 여행이었으나 남편과 사진 한 장 찍지 않았다. 외려 안개 자욱한 엘베 강을 보며 휘황찬란하게 반짝이는 한강을 그리워했다. 맘 편히 돗자리 하나 툭 깔고 닭 다리를 뜯으며 칠성사이다를 원샷 하고 싶을 뿐이었다.

두 번째 방문은 한국에서 온 친구와 동행했는데 그날은 야속하리만치 눈보라가 휘몰아쳤다. 목화솜처럼 찬찬히 예쁘장하게 내리는 눈이 아니라 음습한 비와 차가운 바람을 동반한 거친 눈이었다. 독일의 가장 큰 행사라고 할 수 있는 크리스마스 마켓에, 크리스마스 케이크의 대명사인 '슈톨렌'의 고장이라는 최적의 조건을 갖추었음에도 기괴한 날씨가 주는 불쾌함을 이길 수는 없었다. 인파에 끼여 후후 글뤼바인을 불어 마시며 마켓을 배경으로 사진도 찍었지만 좀처럼 흥이 나지 않았다. 웃고 싶지 않은데 웃어야 하는 피에로처럼 즐거운 척 위장했다. 여기까지 온 경비가 아까워서, 겨우 시간을 내어 독일까지 온 친구를 실망시키고 싶지 않아서, 친구의 일일 가이드라는 의무감에서……. 훗날 그녀 역시 드레스덴이 딱히 좋았다거나 특별하게 느껴지지 않았단다. 살 떨리게 추웠던 공기만 또렷이 기억하고 있었다. 정말이지 이상하게 뼛속이 아렸고 시렸던 날이었다.

세 번째는 부모님이 독일에 오셨을 때인데 이번엔 진눈깨비 같은 비가 종일 내려 기분을 축축 처지게 했다. 가족과 함께해서 기뻤지만 일 년에 3분의 2 이상은 이런 날씨를 이고 지고 사는 나를 안쓰럽게 여기는 엄마에게 괜스레 미안했다. 불행 중 다행인 건 유럽의 궁전이 처음이었던 엄마는 한껏 고양되어 즐겁게 사진을 찍으셨다는 점일 것이다.

누군가는 이렇게 불평불만이 가득한데 왜 드레스덴을 세 번이나 갔느냐고 반문할 수 있겠지만, 우선 날씨는 예측불허니까 제외. 우리 집에서 당일치기로 가기에는 가장 볼거리가 많은 관광지이자, 기찻값이 비싼 독일에서 지역 티켓이라는 가성비 좋은 표로 비교적 저렴하게 다녀올 수 있다는 이점이 있었다. 이번엔 다르겠지 하며 괜한 운에 기대를 걸었던 것도 한 2퍼센트 정도는 작용했으리라.

특별히 좋은 기억이 없는 드레스덴. 다시는 안 갈 줄 알았던 그곳을 또 가게 될 줄은 몰랐다. 바야흐로 네 번째다. 이유는 요하네스 페르메이르Johannes Vermeer 때문이었다. 2021년 드레스덴 미술관 연구팀이 베일에 싸여 있던 페르메이르의 〈열린 창가에서 편지를 읽는 여인〉을 350여 년 만에 복구했다. 이 역사적인 소식은 전 세계 미술 애호가들의 발길을 끌어당겼다. 평소 그를 좋아했던 나 역시 '이건 놓칠 수 없다'며 새벽밥을 먹고 부리나케 달려갔지만 아쉽게도 매진인 바람에 그림을 볼 수 없었다. 그렇다고 여기까지 왔는데 그냥 가기엔 아쉬웠다.

"뭐하지?"

내 물음에 남편은 왜 그런 걸 질문하느냐며 아주 당연하다는 듯 답했다.

"뭐하긴. 그냥 햇볕이나 쬐는 거지."

그의 말에도 일리가 있는 것이 처음으로 드레스덴에서 해를 본 날이었다.(이런 걸 보면 하늘이 대책 없이 무심하지는 않다.) 9월의 끝자락, 공기는 차가웠지만 잘 익어가는 사과마냥 발그레해진 햇살은 달콤했다. 일렁이는 빛의 그림자에 양 볼이 살짝 간지러웠다. 네 번째 방문에 이르러서야 괴테의 찬사에 약간은 동의하게 됐다. 훌륭한 사람은 괜히 훌륭한 사람이 아니다. 남편과 츠빙거 궁전이 한 눈에 보이는 벤치에 나란히 앉았다. 이번엔 그가 넌지시 내게 물었다.

"곧 한국으로 돌아갈 텐데, 가면 잘 적응할까?

"뭘 미리 걱정해. 여보, 애태우지 마. 살만 태워."

"푸하하. 그래, 날씨 조오타~"

보여줄 듯 말 듯 종적을 감추고 있다가 몇 번의 악천후 끝에 드디어 근사한 날씨를 보여준 이 상황은 마치 어두운 터널에서 시작해 종국에는 빛을 찾아가는 우리의 독일살이를 파노라마처럼 보여주는 것만 같았다. 처음 드레스덴에 왔던 날을 돌이켜보았다. 그때 내내 뾰로통했던 나, 잔뜩 날이 서 있던 나, 모든 것이 을씨년스럽기만 했던 나를……

언젠가 '교차 문화 적응 이론'에 대한 글을 읽은 적이 있다. 해외에 살게 되는 사람들 대부분은 초기에 새로운 문화에 대한 기대감으로 '허니문기'를 경험한다. 시간이 지날수록 인종차별, 언어 문제 등 현실적인 장벽에 부딪히며 '좌절기'를 맞닥뜨린다. 보통 일이 년 정도의 시간이 지나면 현지 언어와 관습 등을 배워가면서 '적응기'를 맞이하게 된다. 이후 본국으로 돌아간 뒤의 재적응 과정도 비슷한 형태를 보인단다. '컬처 쇼크'라는 개념을 만든 인류학자 칼레르보 오베르그Kalervo Oberg는 이 모든 과정을 제대로 통과한 사람은 '통합기', 즉 새로운 문화의 일부가 됨과 동시에 자신의 고유한 문화를 유지할 수 있게 된다고 설명한다. 특히 마지막 '통합기'는 읽기만 해도 쉽지 않은 경지로 느껴졌다. 내 정체성을 오롯이 지키면서 그들과 조화를 빚어내기란 얼마나 어려운 일인지.

공교롭게도 같은 장소를 일 년에 한 번씩 방문하며 '교차 문화 적응 단계'에 따라 달라지고 있는 내 감정을 만났다. 허니문기–좌절기–적응기–통합기의 순서로 보자면 내 경우에 허니문은 애초에 없었고, 좌절기와 약간의 적응기만을 수십 번 오락가락했다. 그러나 적어도 이 순간만큼은 온전히 적응기를 맞이한 것은 아닐까 싶을 정도로 햇살이 따사로웠다. 점차 심장이 간질간질 주홍빛으로 물들어갔다. 그 순간, 나는 먼 훗날 이 고운 빛깔이 그리워 마음이 붉게 타오르는 날이 오지 않을까 예감했다.

우리는 이 땅에 적응하기 위해 부단히 쓰러지고 또 일어서기를 반복했다. 돌이켜 본다는 것은 감히 생각조차 못 할 정도로 독일에서의 삶은 끊임없는 전진이었다. 목표를 이뤄야 한다는 강박 관념은 뒤를 돌아볼 작은 틈조차 허락하지 않았다. 그렇게 4년이 흐르고 나서야 곱씹어 볼 여유가 생겼다. 약간은 느긋해진 마음으로 지난날을 되돌아본다. 과거를 재생하는 '회상'의 시간이 이렇게 따뜻한 위로를 줄 수도 있구나……. 새삼 고마웠다. 때로 거친 포르테로, 안온한 안단테로, 경쾌한 포르테시모로 수많은 순간이 각양각색의 음색으로 울려 퍼졌다. 가느다랗게 얼기설기 엮인 가을빛 사이로 지난날들의 음표가 넘나들었다.

그때 고생 많았어.

앞으로는 더 좋아질 거야.

그럼.

분명히 그럴 거야!

햇살이 감귤처럼 익을 때까지 우리는 정답게 이야기를 나누었다.

하하호호~ 깔깔낄낄~

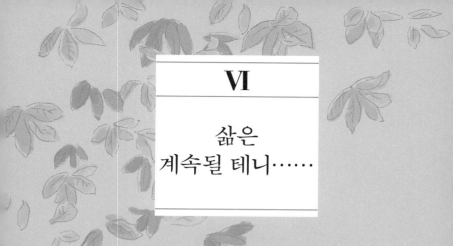

VI

삶은
계속될 테니……

절망한 날보다 설렌 날이
더 많았으니까

— 마스크의 사회학

어렸을 때 영화 〈마스크〉를 좋아했다. 한 열 번은 넘게 다시 본 것 같다. 마스크만 쓰면 초인적인 힘을 발휘하는 주인공 짐 캐리를 보며 그런 마법의 장비 하나쯤 갖고 싶었다. 주인공을 따라 하겠다고 얼굴에 초록 물감을 뒤범벅으로 발랐다가 안 지워져서 엄마한테 혼쭐이 난 기억도 있다. 영화 〈마스크〉뿐만 아니라 〈슈퍼맨〉, 〈아이언맨〉, 〈스파이더맨〉 등 영화 속의 많은 영웅은 복면으로 얼굴을 가린다. 그것은 신비로운 분위기를 자아내기도 하고 대체 어떤 사람인지 베일을 벗겨보고 싶게 만든다.

영화와 달리 일상에서 마스크는 익명성으로 인해 부정적인 뉘앙스를 풍기는 물건이기도 하다. 더욱이 테러를 경험한 유럽에서는 마스크를 쓰면 테러리스트를 떠올리거나 심각한 질병에 걸린 사람으로 오인하기 십상이다.

코로나 유행 초기, 당연히 마스크를 써야 한다고 했던 한국과 달리 독일에서는 마스크의 효과를 두고 찬반 논란이 분분했다. 그들은 일반인이 마스크를 쓰는 것 자체에 거부감을 가졌다. 독일 정부뿐만 아니라 국민 여론도 둘로 나뉘었다.

글쎄, 나는 한국인이어서가 아니라 마스크가 코로나 감염 예방에 도움이 된다고 믿었기에 초반부터 열심히 썼다. 더 솔직히 말하면 만약 여기서 코로나에 걸린다면 이 혼란의 정국 속에서 과연 외국인인 내가 치료를 잘 받을 수 있을까에 대한 두려움이 컸다. 무조건 살아남아야 한다며 결의를 다졌고 마스크는 나를 지켜주는 거의 유일무이한 수단이었다.

시간이 흐를수록 코로나 공포보다 더 참기 힘들었던 것은 마스크에 대한 서양인의 시선이었다. 어떤 이는 마스크를 쓴 나를 보고 인상을 찌푸렸고, 지나가던 할머니는 눈이 거의 뒤집힐 정도로 놀래서 가던 방향을 휙 바꿔 저 멀리 돌아갔다.(해치지 않아요.) 내가 심각한 바이러스 보균자가 된 것 같았다. '내가 너희에게 강요하지 않듯, 너희도 나에게 강요하지 마.' 속으로는 이렇게 수천 번 외쳤지만 단 한 번도 대놓고 말하지 못했다. 하늘 아래 우린 모두 같은 인간이지만, 국가라는 제도권 아래 외국인과 자국민의 처지는 하늘과 땅 차이만큼이나 달랐다.

코로나 상황이 악화 일로로 치달으면서, 마스크 미착용 시 벌금을 부과하겠다는 정부의 지침이 내려지자 시선이 달라지기 시작했다. 독일인은 벌금이나 규칙에 굉장히 민감하다. 마스크가 없는데 어떻게 쓰느냐, 마스크 강요는 인권 침해다, 라며 난리를 치던 사람들도 벌금이라는 법 앞에서는 온순한 양으로 둔갑했다. 법이 무서운 걸까? 돈이 아까운 걸까? 이유는 모르겠지만 독일인은 끝내주게 규칙을 잘 지킨다. 다들 어디서 구했는지 일제히 마스크를 썼다. 한편으로는 다행이었고 한편으로는 어이가 없었다. 물론 한 켠에선 '노 마스크' 시위 역시 계속됐다.

서양인은 인권을 목숨만큼 소중히 여긴다. 나도 안다. 인간으로서 누려야 할 권리가, 자유가 얼마나 중요한지. 하지만 인권도 살아 있어야 누릴 수 있는 것이 아니냐고 되묻고 싶었으나, '나에게는 마스크를 쓰지 않을 자유가 있다!'라는 무기 앞에서는 그 어떤 논리도 방패가 될 수 없었다. 마스크는 독일에서 사는 동안 가장 적나라하게 동서양의 인식 차이를 보여준 사물이었다.

되돌아보면 마스크로 인해 차이가 불거졌을 뿐 모든 것이 달라도 너무 달랐다. 사소하게는 '감'이란 모름지기 깎아 먹는 과일인 줄 알았는데 이 사람들은 껍질째 먹었다. 질기지 않나? 껍질이 건강에 좋나? 호기심에 딱 한 번 먹어보고 바로 뱉어버렸다. 질겅거리면서도 까끌까끌한 식감 때문에 도무지 목으로 삼킬 수 없었다.

감과 달리 사과는 나에게도 껍질째 먹을 수 있는 과일이다. 와우, 겨우 공통점을 하나 찾았네. 어랏? 그런데 이번엔 깎는 방식이 다르네? 위에서 아래로 사과를 깎는 그들은, 나의 사과 돌려깎기 신공에 눈이 휘둥그레졌다. 어찌나 신기해하던지 내가 갑자기 마술사라도 된 기분이었다. 왠지 이 쇼를 계속 보여줘야 할 것만 같은, 그 누구도 시키지 않은 의무감이 차올랐다.(뭐든지 열심히 해야 한다는 강박감은 대체 어디서 온 걸까요? 어머니?!) "자자 날이면 날마다 오는 게 아닙니다. 돌리고 돌리고~ 짜잔!" 그날 나는 사과를 거의 한 박스나 깎았다.(사과 퓌레를 만드는 날이었다.)

삶은 달걀은 더욱더 놀라웠다. 그냥 한 번에 팍 껍질을 다 까서 한입에 쏙 넣는 게 제맛인데, 독일식은 뜻밖이었다. 달걀 껍데기 윗부분만 마치 뚜껑 따듯 나이프로 절단해서 숟가락으로 파먹는다. 요거트를 떠먹듯 살살 파서 조금씩 오물오물 먹는 게 정석이다. 성격 급한 나는 저거 감질나서 언제 다 먹나 싶었지만 조급함을 꾹꾹 억누르며 조신하게 달걀을 떠먹었, 아니 파먹었다.

서로 다른 점들을 열거하자면 끝이 없다. 마스크는 그중 하나에 불과했고 단지 그 파동이 좀 컸던 것뿐이다. 일평생 다른 교육과 환경, 가치관 속에서 살아온 그들과 나는 서로를 완벽하게 이해할 수 없음을 안다. 다만 그럴 수도 있겠거니, 서로를 헤아려주었으면 한다. 어쨌든 편견과 차별은 상처를 남기니까.(지금도 마스크를 쓴 나를 싸늘한 눈빛으로 응시하던 할머니를 잊을 수가 없다.) 다름을 인정하기, 좀 더 확장하자면 '외국인을 이해하지 못하는 그들로부터 무덤덤해지기'는 해외살이에서 멘탈이 탈탈 털리지 않도록 도와주는 일종의 지지대였다.

그 시절 영화 〈마스크〉가 유난히 재미있었던 것은 내재된 욕망을 마음껏 분출하는 주인공에게서 느낀 대리만족이 아니었을까 한다. 마스크만 쓰면 내성적인 사람도 한순간에 로맨티스트로, 개그맨으로 변신할 수 있다는 설정은 억압을 터트려주는 묘한 희열이 있었다. 학업 스트레스가 엄청났던 십 대의 나는 좋은 성적을 받아야 한다는 압박감, 모범생이어야 한다는 부담감에서 벗어나 주인공의 일탈을 열렬히 응원했다.

독일에 살면서 마스크를 쓰지 않는 사람들을 욕했지만(물론 속으로) 한편으론 십 대 때 동경했던 짐 캐리처럼 나는 이방인이라는 마스크를 쓰고 새로운 문화와 풍경을 열심히 즐기기도 했다. 다른 사람의 시선을 의식하지 않고 입고 싶은 대로 옷을 입고 너저분하게 대충 머리를 질끈 묶고 볼일을 보러 나갔다. 페디큐어를 안 하면 발가벗은 느낌이 들어 발마저 그렇게나 장식을 해대던 도시 여자는 맨발톱에 민낯으로 외출해도 전혀 어색하지 않은 사람이 혹은 자연인이 됐다. 툭하면 여행을 떠나는 나를 현실감 떨어지는 인간으로 평가하던 불편한 남의 시선에서 벗어나 더 열심히 돌아다녀도 보았다.

때로 이질적인 문화는 차가운 칼로 폐부를 찌르듯 가

습을 후벼 팠지만, 시시때때로 조우하는 이국적인 풍경은 심장병이 걱정될 정도로 자주 심쿵하게 만들었다. 마스크로 인한 스트레스는 지금 생각해도 몸서리쳐지지만, 이방인이라는 마스크를 쓰고 내 마음대로 살아본 시간은 그 무엇과도 바꿀 수 없는 짜릿함을 주었다. 그러니까 총합으로 보자면 결코 나쁘지 않았다. 절망한 날보다 설렌 날이 더 많았으니까.

관계의 적정 온도는
몇 도일까

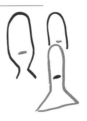

나는 독일에서 무소속이었다. 학교에 다니는 것도 아니고 직장이 있는 것도 아니었다. 어학원을 다니며 글을 쓰는 꽤 단조로운 일상이 이어졌다. 간혹 외롭긴 했지만 외로움이란 모름지기 스스로 짊어져야 할 무게라 여겼다. 기본적으로 나는 혼자 있는 것을 꽤 즐기는 편에 속했다. 다른 관점에서 보자면 한국에서 워낙 관계 스트레스에 시달렸다 보니 이곳에도 저곳에도 속해 있지 않은 지금 상황이 묘한 편안함을 주기도 했다.

에이브러햄 매슬로$^{Abraham\ Maslow}$가 '욕구 위계론'으로 설명했듯이 인간은 누구나 외로움과 소외감을 싫어하고 타인과 접촉하면서 친밀한 관계를 맺고 싶어 하는 욕구가 있다. 그렇지만 수만 겹의 생애 한가운데에서 무소속이 편한 시기도 한 번쯤은 있어야 하지 않겠는가. 나는 단출한 혼자만의 시간이 쓸쓸하기보다 다붓했다.

물론 독일에서도 일상 생활을 하다 보면 자의 반 타의 반으로 이런저런 관계가 형성되곤 했다. 그 인연들은 현재 진행형인 경우도 있지만(이것은 매우 특별한 축에 속한다) 얼룩진 만남 혹은 흔적조차 찾을 수 없는 허무함으로 사라질 때가 훨씬 더 많았다. 교육, 직장, 학교 등 여러 가지 이유로 독일에 오가는 사람들을 만났다. 좋은 관계를 유지한 이도 있지만, 정착기에 필요한 정보나 도움만 쏙 받고 얌체처럼 연락을 끊은 이들도 있다.(흥! 잘 먹고 잘 사세요. 저도 잘 살게요.)

처음엔 그런 사람들이 야속했다. 대체 나는 무슨 오지랖으로 낯선 이에게 한국 음식을 나눠주고, 관공서를 따라가주며, 내 일인 것처럼 그들의 골치 아픈 고민을 들어준 것일까. 삼십 년 넘도록 몰랐던 내재된 박애주의를 아주 양껏 발휘했더랬다. 내가 이렇게 착한 사람이었다니.

뭐 우쭈쭈 칭찬까지 바란 건 아니지만 고작 돌아온 게 배신이다 보니 묘한 상실감이 들었다. 같은 한국인이라는 이유로 퍼주기만 했던 내가 미련 곰탱이 같았다.(나는 스스로 여우라고 생각하는 곰이었다. 미련 곰탱이 아줌마.)

이런 일이 잦아지면서 '혹시 나한테 문제가 있는 건가?'라고 자문하는 자아비판의 나날이 이어졌고, 새로운 관계를 향한 문은 열릴 듯 말 듯 삐걱삐걱 소리만 내다 점점 더 좁아져 갔다. 소심해진 자발적 경계인은 어느 순간부터 상처받기 싫다는 이유로 아예 마음의 문을 걸어 잠가버렸다.

그러다 코로나가 휘몰아쳤다. 상황이 좀처럼 개선될 기미를 보이지 않자 많은 사람들이 독일을 떠났다. 비자가 만료돼서, 취업이 잘 되지 않아서, 일하는 회사가 문을 닫아서, 일파만파 퍼지고 있는 유럽의 코로나가 염려돼서, 그나마 몇 안 되는 지인들을 비롯해서 불특정 다수의 한인이 한국행 비행기에 몸을 실었다. 남편의 일정상 독일에 남기로 한 나는 완벽한 혼자가 됐다. 자의적으로 고독에 빠져드는 것과 타의에 의해 고립에 처해지는 것은 완전히 달랐다.

'고립'이란 지독하게 무서운 단어였다. 두렵고 막막했

고 무엇보다 적요했다. 어두컴컴한 동굴 속에 오도카니 앉아 있는 시간이 늘었다. 많은 사람이 뚫고 지나간 어둠의 장벽에 나만 뒤처져 내팽개쳐진 것 같았다. 지금까지 만난 인연들의 얼굴이 터널 속을 통과하듯 휘리릭 지나갔다. 그래, 다들 각자의 길과 방향이 있는 거지. 떠날 사람은 떠나고 머물 사람은 머무는 거지. 여전히 알 듯 말 듯 하지만, 오고 가는 것이 인생의 섭리잖아. 괜찮아. 정말, 나는 괜찮아.

마음을 추스르다 문득 왜 나는 떠난 그 사람들을 미워했을까 하고 질문을 던져보았다. 그냥 그때 그 상황에 충실했으면 된 것 아닌가? 연락 두절쯤이야 서로에게 피해를 주지 않는 아주 작은 해프닝에 불과한 것이었다. 외국 나오면 한국인을 조심하라던데 지금껏 사기 한 번 당하지 않은 게 어딘가. 무언가를 바라고 도와준 것도 아닌데 연락을 끊었다고 해서 배은망덕이라며 욕할 필요도 없고 서운해할 명목도 내겐 없었다. 단지 그들은 그 시기에 내 도움이 절실했던 것이고, 인간 대 인간으로서 지속적인 관계를 이어 가기에는 서로가 맞지 않았던 것뿐이다. 이런 사람도 있는 거고 저런 사람도 있는 거니까. 모든 이와 좋은 관계를 유지해야만 하는 것은 아니니까. 내가 모두에게 좋은 사람으로 기억되어야만 하는 것은 아니니까.

'세상에 영원한 것은 없다'란 말은 관계에도 적용된다. 크게 보면 그들도 나도 결국엔 이 세상에서 주어진 만큼 살다가 떠날 행인일 뿐인데, 누가 먼저 다가왔고 누가 먼저 연락을 끊었느냐가 뭣이 중헌디 싶었다. '떠날 사람'이라는 명제를 깔고 보니 오히려 언제 바뀔지 모를 간사한 마음에 집착하지 않게 되었다. 떠날 사람이기에 조금은 느슨하게 상대를 바라볼 수 있었고 동시에 떠날 사람이기에 간절한 마음으로 그 순간에 오롯이 집중할 수 있었다.

어디 사람뿐이랴. 이마를 환히 비추는 햇살도, 볼을 간질이는 바람도, 세차게 어깨를 때리는 비도 곧 떠나간다. 결국 우리는 모두 언젠가 떠날 사람일 뿐인데, 그뿐인데……. 당신 역시 떠날 사람이라고 생각했더라면 조금은 더 여유롭게 바라볼 수 있었을까. 역으로 조금은 더 소중하게 바라볼 수 있었을까…….

일 년 넘게 그 누구도 만나지 못하는 상황을 겪으며 관계를 재정립하는 것과 동시에 언제 다가올지 모를 새로운 만남을 준비했다. 그래, 매슬로가 말했잖아. 인간은 외로움과 소외감을 싫어한다고. 괜히 혼자 살고 싶다고 으스대던 내가 계면쩍었다. 왁자지껄 정이 부대끼는 소란스러움이 그리웠다. 비자발적인 칩거 생활로 인해 까끌해진 몸과 마음은 윤활유를 원했다. 누구를 만나든 록다운 동안 얼마나 고생이 많았느냐고, 건강히 살아 있어서 다행이라고, 너도 그랬어? 나도 그랬어! 라며 서로를 우쭈쭈 해주고 싶었다. 입에 단내가 나도록 수다를 떨고 싶었다. 코로나라는 어찌하지 못할 거대한 벽이 아주 조금은 만남과 이별을 자연스럽게 받아들일 수 있는 틈을 만들어 준 셈이다.

코로나 상황이 완화되면서 다시 사람들이 독일에 오고 또 가기 시작했다. 이젠 구태여 처음 온 손님을 경계하지도, 떠나는 나그네를 붙잡지도 않으려 한다. 대신 오는 이에게는 환영의 악수를, 가는 이에게는 뜨거운 포옹을 내어주려 한다. 헐렁하지만 단단하게. 너무 뜨겁지도 너무 차갑지도 않게. 그렇게 나는 내가 원하는 온도의 사람이 되어가고 있었다.

이 또한 추억이
될 거야

"시간이 지나면 괜찮아질 거야." 이 말은 어느 상황에서건 특효약이다. 물리적인 상처뿐만 아니라 일도, 사랑도, 크고 작은 마음의 힘겨움도, 실제로 많은 것들이 시간이 지나면 나아졌다. 수많은 경험을 바탕으로 이 또한 지나가리라 믿었지만 모든 것에는 변수가 따르는 법이다. 코로나. 예측 불가능한 이 바이러스는 시간이 지나도 좀처럼 괜찮아지지 않았다. 처음에는 방역 수칙을 지키며 기다리다 보면 일상으로의 회복이 가능하리라 믿었다.

길어봐야 6개월일 것이란 희망은 1년이 지나고 2년이 지나면서 체념으로 바뀌어 갔다.

독일은 2020년 봄 첫 록다운 이후 몇 차례 더 국경을 잠갔다 열었다 했다. 새로운 질병에 대한 공포와 두려움에 짓눌렸던 우리는 거의 2년을 통으로 자체 격리 상태로 지냈다.

지금까지 내 인생에서 역마살은 영혼을 살찌우는 살이었다. 취미는 비행기 표 검색이었고, 특기는 놀 궁리였다. 나는 놀고 싶어서 돈을 벌었다. 독일에서도 어디론가 떠날 생각으로 가득 찼던 여행자였다. 이런 내게 오도 가도 못하는 코로나 시국은 생애 다시없을 가혹한 시련일 줄 알았으나 의외로 집콕이 적성에 맞았다. 하도 돌아다녀서 그런지 여행에 대한 아쉬움이나 미련도 없었다. 글을 쓰고 온라인 강의를 하고 책을 읽는 단조로운 일상이 꽤 괜찮았다.

오히려 나를 힘들게 한 것은 집밥이었는데, 계산해보니 2020년은 한 번도 외식을 못 했고 이후 2021년은 코로나가 주춤했던 여름날 딱 세 번 했다. 맙소사, 그러니까 우리 부부는 2년, 즉 730일 중에서 사흘을 뺀 727일 동안 밥을 해 먹은 것이다. 배달, 레스토랑, 패스트푸드점 등 온갖 문명의 혜택을 누리고 살 수 있는 현대인에게 가당키나 한 일인가 싶지만 우리가 그렇게 버텼으니 가능한 일이긴 하다.

독일식으로 간단하게 아침과 저녁은 빵, 점심은 샐러드나 파스타 정도로 삼시 세끼를 연명하고 싶었던 나와 달리 남편은 주구장창 '한식'을 원했다. "얼큰한 짬뽕이 먹고 싶다"는 말을 수천 번 해댔는데, 가끔은 그 입을 꽁꽁 묶어서 뜨거운 고추기름으로 튀겨 봉합해버리고 싶었다. 결국 목마른 사람이 우물을 판다고 그는 스스로 별의별 요리를 만들기 시작했다. 유학 생활에서 남는 건 요리뿐이라더니. 떡볶이를 시작으로 춘천 닭갈비, 양념치킨, 탕수육 등 온갖 것을 만들어내며 숨어 있던 재능을 뽐냈다.(여보, 앞으로도 재능을 숨기지 말아줘.)

특히 전문 식당에 버금가는 닭갈비 맛에 말을 잇지 못했다. "춘천 가는 기차 끊었니?"라는 질문은 닭갈비를 먹자는 신호였고, 너 죽고 나 살자! 악다구니하며 서로 이기고 싶어서 죽기 살기로 싸운 다음 날에 "학생! 떡볶이 시켰어?"는 화해의 제스처였다. "오늘 밤, 한강 갈래?"는 치킨을 튀기자는 뜻이었다. 가끔은 일부러 인덕션을 켜서 야외에서 밥을 해 먹는 것처럼 캠핑 놀이를 하기도 했다. 밥을 먹을 때만큼은 이곳이 춘천이었고, 한강이었고, 캠핑장이었다. 우리는 영화 〈인생은 아름다워〉처럼 먹을거리를 앞에 두고 크고 작은 연극을 했다. 유치했지만 음식과 놀이는 사람의 마음을 따뜻하게 데워주는 데 꽤 효과적이었다.

모두가 그랬겠지만 코로나 시대의 초보자였던 그와 나는 말 그대로 지지고 볶으며 2년을 버텼다. 놀이를 가장한 요리를 하고 아무 말 대잔치를 벌였다. 비가 억수같이 쏟아지던 날 혼자 마당에 나가 잠자리를 잡던 일, 자전거에 낡은 카세트 플레이어를 끈으로 고정하고서 친구와 떠났던 하이킹, 여고 동창생들과 주고받은 비밀 다이어리, 쎄씨, 에꼴, 유행 통신과 같은 잡지들……. 그런 유치찬란한 옛날이야기들이 밤하늘의 별처럼 매일 밤 쏟아졌다. 별도 달도 까만 하늘 저편으로 사라지면 "고향 생각난다"는 말로 하루를 마무리했다. 소소한 과거가 소란스러운 오늘을 살게 했다.

이런 때일수록 긍정적으로 생각해야 해, 희망을 가져야 해, 그런 뻔한 말들을 꺼내지 않았다. 더 솔직히 말하자면 그 말들이 쓸모없이 느껴졌다. 그저 그날을 주어진

대로 살았다. 먹고, 쓰고, 얘기하고, 자고……. 살다 보면
살아진다더니 정말이지 하루하루가 그렇게 저물었다.

누구에게나 각자의 삶이 있다. 주어진 생을 자신만의
방식으로 살아간다. 삶이란 건, 그뿐 아닐까. 어디에서든
어떻게 해서든 살아내는 것이 인간의 본성 아닐까. 그렇
게 두 번의 봄, 여름, 가을, 그리고 겨울이 지나갔다.

이 시기의 나는 한국에 사는 이들이 자주 부러웠다.(왜
우리는 늘 반대쪽을 동경할까.) 독일보다 상황이 나아 보였
고 방역 수칙을 지키며 코로나 이전까지는 아니더라도 엇
비슷하게 일상을 보내는 것 같아서. 적어도 외식이란 걸
하는 게 어딘가 싶어서. 한편으로는 '자국민'으로 한국에
살았다면 별 대수롭지 않게 느꼈을 보호막, 그 심리적 안
정감이 간절했던 것도 같다.

이런 내게 어떤 사람들은(그들의 선에서는 위로였을 것
이라고 짐작되는) "그래도 독일에 있잖아", "좋게 생각해",
"이 또한 추억이 되겠지"라는 위로인 듯 아닌 듯한 모호
한 말들을 곧잘 전하곤 했다. 그것은 "시간이 지나면 괜
찮아질 거야"와 마찬가지로 누구나 툭 던질 수 있는 성질
의 문장이었다. 독일에 산다고 해서 코로나라는 전염병

에서 비켜 갈 수 있는 것은 아니다. 외국인으로서 느끼는 내 불안감과 달리 단순히 외국 생활을 동경하는 시선이 부담스러웠다. 어디에 살든 장단점은 있기 마련인데, 누군가에게 독일은 선진국이었고, 그런 말을 하는 부류는 대개 친하다고도 그렇지 않다고도 할 수 없는 적당히 느슨한 관계의 사람들이었다.

상대의 입장을 배려하지 않는, 쉽게 소모되는 인스턴트 위로……. 그 얇은 인연의 끈들이 거슬렸다. 목에 걸린 가시처럼 깔끄러웠고 뱉어내고 싶었다. 마치 떨어질락 말락 하는 셔츠 끝자락의 단추처럼. 완전히 끊어내지도, 그렇다고 다시 꿰매기도 싫은 애매한 관계의 사람들.

분명 나를 생각해주는 마음이겠지만 "이렇게 해, 저렇게 해, 추억이 될 거라니까, 한국보단 독일이 낫지", 섣부른 훈수에 괜한 반발심이 일었다. "추억도 무슨 일이 있어야 만들지. 집에서 무슨 추억?!" 하고 반문하고 싶을 만큼 그때의 나는 극도로 예민해져 있었다. 신경의 안테나는 나날이 뾰족해졌다. 두려움에 무력감이 더해진 고독하기 짝이 없는 격리 생활이었으니까.

오히려 "이렇게 생각해봐", "저렇게 해봐" 하는 권유보다는 "저도 막막해요, 우리 같이 힘내요"와 같은 조용한 공감과 말 없는 끄덕임이 큰 위무가 되었다. 인간에게 위로가 필요한 이유는 지금의 내가 나약해서다. 위로의 본질이 나약함이라면 그 나약함은 같은 나약함을 만날 때 일어설 힘을 얻는다.

아무리 생각해봐도 독일 생활 5년 중 후반의 2년은 이렇다 할 기억이 없다. 록다운의 반복과 휴지 사재기 같은 촌극의 연출, 마스크 정책의 혼선, 백신을 맞기 위한 발버둥, 무능한 독일 정부에 대한 불만, 매일 기록을 하다 지쳐 그만둔 집밥 사진들, 그와 나눈 가벼운 농담들, 그럼에도 불구하고 의미 있게 살아보려 했던 생의 의지…… 그런 것들이 남았다. 문득 쓰고 보니 이것도 기억의 편린이라 명명할 수 있지 않을까 싶다. 니체가 말했던 "낮에는 낮의 소소한 즐거움을, 밤에는 밤의 소소한 즐거움"을 만끽했던 나날인 것도 같다.

록다운으로 외식은 엄두도 못 낸 내 생일이었다. 남편은 학교에서 돌아오는 길에 비를 쫄딱 맞으며 한 시간 거리의 한인 마트에 가서 만두를 사 왔다. "아니 우산도 없이 이걸 왜 사 온 거야?" 나의 타박에 아무렇지도 않은 듯 그는 씩 웃으며 말했다. "그럴 만두." 그의 대답에 나는 "웃을 만두"로 응수했다.

되돌아보니 웃을 일이 꽤 많았다. 별 시답지 않은 일로 낄낄거렸던 주말, '춘천 닭갈비'라는 단어만 떠올려도 한 아름 고이는 침샘, 재미 삼아 심어본 파 뿌리가 쑥쑥 커가는 모습에 감탄했던 여름, 그들이 말한 대로 궁상맞게 느껴졌던 삶도 곰살맞은 추억이 됐다. 결국 값싼 위로라고 힐난했던 그 무성한 말들도 시간이 지나고 보니 어딘가에서 제 몫을 하고 있었다.

내가 잘못 생각했다. 세상에 싸구려 위로는 없다. 달랑달랑 매달린 셔츠 끝자락의 단추를 다시 꿰맨다. 그래 맞아, 맞는 말이야. 시간이 지나면 괜찮아질 거야. 이 또한 추억이 될 거야.

새로운 직업의
발견

세상엔 경험하고도 믿기지 않는 일들이 있다. 내가 벌써 마흔을 앞두고 있다는 것, 독일에 사는 것, 가르치는 사람이 된 것, 다 스스로 한 일인데도 가끔은 낯설다. 특히 선생님이라는 명칭은 여전히 어색하다. 성격이 급하고 굼뜬 것을 참지 못하고 혼자 하는 것을 좋아하는 내게 선생님이란 상상조차 해보지 않은 직업이었다. 나도 나를 잘 알지 못할 때가 많은데 누군가에게 뭔가를 이해시키며 가르친다는 것은 능력 밖의 일이라 여겼다.

시작은 어떻게 보면 즉흥적이었고, 어떻게 보면 긴 시간 동안 고민한 결과였다. SNS에 단상들을 올리다 보니 가끔 '글을 가르치시지는 않나요?'라는 문의가 들어왔다. 그때까지만 해도 겨우 책 몇 권 냈다고 글쓰기를 가르치다니 언감생심이었다. 방송작가로 아무리 오래 일했어도 방송과 글쓰기는 엄연히 다른 영역. 가르치는 일은 체질적으로 나와 맞지 않을 것이라는 편견도 있었다.

그렇게 일 년이 흘렀고 코로나가 급습하면서 행동에 제약이 많아졌다. 집에 있으라는데, 딱히 할 게 없었다. 남편의 학사 일정은 온라인으로 변경됐고 그는 집에서 계속 자신의 연구에 열중했다. 나는 뭘 하면 좋을까? 그즈음 우연히 한 기사를 접했다. 코로나로 인해 사람들이 집에 있는 시간이 늘면서 서적 판매율이 증가하고 있는데, 요즘 서점가의 키워드는 '나 그리고 에세이'란다. 그러고 보니 나도 독일에서 꾸준히 글을 썼고 에세이를 낸 경험이 있다. 다른 사람들과 이 감정을 함께 나누면 어떨까? 그렇지만 과연 자격이 될까? 몇 날 며칠 고민만 되풀이했다.

우리는 어떤 결정을 목전에 두고 수백 번 수천 번 생각을 거듭한다. 심각한 결정 장애를 앓고 있는 나도 마찬가지다. 그렇다고 계속 이 사안을 입에 물고만 있을 수는 없는 노릇이었다. 한번 내 입에 넣은 이상 씹든 뜯든 삼키든 뭐든 해야만 했다.

나는 도무지 답이 나오지 않을 때, 원점으로 돌아가본다. 제일 처음 어떻게 해서 이 고민을 하게 됐지? 여러 가정법을 세워 경우의 수를 따지기보다 최초의 원인 혹은 근원지를 찾아가다 보면 의외로 답이 나올 때가 있었다. 진부한 말이지만 복잡할수록 간단하게 바라보면 오히려 명징해진다. 딱 한 가지만 질문했다.

"왜 글쓰기 강의를 생각하게 됐어?"

"하고 싶은 일이니까!"

무엇이든 하고 싶은 일 앞에서는 패자가 되기 마련이다. 그래, 하고 싶은 일은 해봐야지. 해본 뒤에 후회해도 늦지 않으니까. 내가 제일 잘하는 게 지르는 거잖아? 저질러보는 거야. 가만히 있으면 아무 일도 일어나지 않아.

마음을 먹은 뒤로는 일사천리였다. 곧바로 줌ZOOM 사용법을 공부했고, 글쓰기 관련 책들을 읽었고, 전공 수업 때 정리했던 소설 작법 등을 펼쳐봤다. 이내 PPT 강의안을 만들기 시작했다. 여러 사람 앞에서 말을 하는 것이니 행여나 실수할까 봐 대본을 다 써두고 달달 외우기를 거듭했다. 어느 정도 준비는 된 것 같은데 강의 이름은 뭐라고 할까? 독일에서 가장 많이 한 일은 글쓰기였고 가장 많은 위로를 받은 것도 글쓰기였다. 그래서 '다독이는 글쓰기'라고 명명했다. 2020년 가을에 블로그를 통해 1기를 모집했다. 마음에 품은 무언가를 행하기에는 수확의 계절, 10월이 꽤 어울리는 것도 같았다.

정원이 미달될까 봐 전전긍긍했지만, 감사하게도 참여율이 높았다. 특히 온라인이라는 특성상 세계 각국에 거주하는 한인 분들이 주를 이루었다. 우리는 서로 다른 시공간에서 한국 시간을 표준시 삼아 만나게 됐다. 태양이 가장 뜨거운 오후 2시, 은은한 달빛이 비치는 밤 10시, 아침 햇살이 기지개를 켜는 오전 8시, 각자 다른 곳에 사는 학인들이 토요일이면 일제히 동시 접속을 한다. 주중에는 자신의 글을 읽고 쓴다. 주말에는 열심히 빚어낸 글을 낭독한다.

한 가지 흥미로운 사실은 살고 있는 나라에 따라 글의 분위기가 다르다는 점이다. 스페인이나 이탈리아처럼 날씨 천국에 사는 분들은 기본적으로 글이 밝다. 날이 좋다, 햇살이 뜨겁다, 비키니를 입는다 등의 글이 주를 이루고, 각종 와인이나 고급 음식에 관한 이야기도 많다. 황송

하기 이를 데 없는 '덥다'라는 표현도 자주 나온다.(나도 맛있는 음식을 예찬하며 고갈되지 않는 태양 찬양의 글을 쓰고 싶다. 격렬하게!)

반면 독일에 사는 분들의 글에서는 미리 약속하기라도 한 듯 필수적으로 등장하는 단골손님들이 있다. 이들의 방문율은 백퍼센트라고 장담하는데 '춥다', '비온다', '우울하다'의 삼종 세트다. 돌림노래라도 하듯 세 동사가 줄줄이 소시지처럼 이어진다. 춥다, 춥다, 춥다, 비온다, 비온다, 비온다, 우울하다, 우울하다, 우울하다……. 분명 본인이 글을 쓸 때는 우울했겠지만, 정작 낭독이 이어질 때는 왜인지 다들 크득크득 웃게 된다. 연대의 힘인지, 글쓰기가 가진 치유의 능력인지, '가까이서 보면 비극, 멀리서 보면 희극'이라는 말의 증명인지 모르겠지만 희한하게 웃음이 넘친다.

수강생들은 서로에 대해 잘 알지 못했다. 시차로 사는 곳을 짐작했고, 참가자 아이디가 이름을 말해줬을 뿐이다. 그러고 보니 그 흔한 나이조차 모른다. 자신이 살아온 인생을 구구절절 말한 적은 더더욱 없다.

그런데 신기하게도 어쩌면 이방인이라는 공통점 때문인지 몰라도 아주 오래전부터 알고 지낸 사람들처럼 서로의 마음을 잘 알고 있었다. 반려묘의 죽음을 애도했고, 주변의 우려를 뒤로한 채 과감히 나아간 선택을 응원했으며, 후회로 점철된 과거를 위로했다. 고생 많으셨다고, 애쓰셨다고 토닥토닥 쓰다듬어주었다. 일상에서는 좀처럼 접점이 없었을 사람들이 '글'이라는 하나의 공통분모로 모여 뜨거운 삶을 나누었다. 때로는 너무 웃어서 배가 아팠고 때로는 너무 울어서 심장이 아팠다. 우리의 감정은 늘 풍요로웠다.

누구보다 이 수업을 통해 위로받은 사람은 나였다. 남편을 따라온 타국에서 아무것도 할 수 없다는 사실에 항상 괴로웠다. 자아에 대한 고민은 평생 숙제라고 하지만 독일에서의 초기 2년은 단 한 번도 이 걱정에서 벗어난 적이 없었다. 이대로 주저앉아버릴까 봐, 무너져 내릴까 봐, 무엇보다 아무 쓸모없는 사람이 되어버릴까 봐…….

그랬던 내가 비로소 무언가를 하고 있었다. 심지어 나조차도 예상치 못한 가르치는 일을 말이다. 해냈다는 성취감은 실로 오랜만에 느끼는 감정이었다. 일의 기쁨이었다. 나는 아직 뜨겁고 역동할 수 있는 사람이었다. 가르침과 나눔의 보람을 난생처음 알게 됐다.(독일은 재능 발굴의 오아시스인가?) 글쓰기 수업에서 얻은 힘을 바탕으로 아이들을 가르치게 됐고, 방송작가를 꿈꾸는 후배들 앞에서도 강의하게 됐다. 매일 여러 글을 만나며 감동으로 뻐근해지는 경험을 했다. 다시 일에서 활기를 얻는 내가 되었음에 감사했다. 빠져나올 수 없는 블랙홀처럼 나를 엄청난 공포로 몰아넣었던 코로나 시대가 오히려 새로운 기회를 만들어준 셈이었다. 절대 끊어지지 않는 생의 의지를 알게 된 것도 코로나 시대의 교훈이라면 교훈일 것이다.

나를 사랑하고, 나를 돌보고, 햇볕에 몸을 그을리고, 근육을 하나하나 키우고, 옷을 차려입고, 끝없이 나를 달래고, 나에게 선물을 하고, 거울 속의 나에게 불안한 웃음을 지어 보여야 한다. 나를 사랑해야 한다.

스스로가 나약해지는 날이면 독기를 키우고자 프랑수아즈 사강이 쓴 『독약』의 이 구절을 자주 읽었다.(한동안 독일은 나에게 독약이었다. 그래서 유치하지만 『독약』도 읽었다. 언젠가부터 '독'이란 글자만 보면 독일을 붙여대는 이상한 습관이 생겼다. 독일은 독해, 고독해, 혹독해, 구시렁구시렁……) 특히 마음이 흔들릴 때면 주문처럼 "나를 사랑해야 한다"를 곱씹었다. 자존감은 밑바닥에서 굴렀고 자애自愛라는 것이 절실했던 시절, 새로운 일이야말로 무기력에 빠진 나를 온몸으로 사랑할 수 있는 방식이었다. 모든 글은 사랑에서 나온다. 타인, 자연, 세상 모든 것들을, 무엇보다 '나'를 사랑하는 마음이 글의 씨앗이다. 그 씨앗은 각자의 색과 모양을 가진 꽃으로 피어날 것이다.

　나는 오늘도 온라인에 접속한다. 새로운 직업이 꽤 적성에 맞는다. 독약이라 생각했던 독일이 결과적으로 내게 '독'이었는지 '약'이었는지는 여전히 모르겠다.

가변 속 불변의
아름다움

"사랑이 어떻게 변하니?"

뼈 때리는 이 대사보다 영화 속 마지막 장면, 유지태의 표정이 더 오래 기억에 남아 있다. 드넓은 들판에 홀로 서서 슬며시 짓는 미소. 모든 것을 초탈한 듯 알 듯 말 듯한 웃음이 머릿속에서 떠나지 않는다. 그렇게 너 없이 못 살겠다고 울부짖을 때는 언제고, 궁극의 평화를 찾은 듯 열반에 이른 도인에 가까운 모습이 얄미웠다. 시종일관 이영애가 미웠는데 막판 뒤집기 하듯 돌연 그녀가 불쌍해졌다. 결국 이 사랑의 승자는 이영애가 아닌 유지태. 그의 미소는 그토록 항변했던 '사랑이 변하는 것'이 아니라 남자 주인공인 너, '사람이 변한다'는 것을 증명했다. 사랑 앞에 번민했던 그 청년도 지금은 알지 않을까. 사랑이 변하는 것이 아니라 사람이 변하는 것임을.

늘 무형의 본질은 변하지 않는다고 생각해왔다. 사람이 혹은 사람의 손길이 닿는 유형의 것이 변할 뿐. 따라가는 것이 숨이 찰 정도로 빠르게 변하는 시대를 살고 있다. 변화는 당연하겠으나, 그 속도가 나날이 초고속이다 보니 이제는 도무지 따라가를 못하겠다.

독일에 온 지 5년 만에 남편이 박사학위를 받았고, 우리는 기다렸다는 듯 귀국을 서둘렀다. 출국이 얼마 남지 않은 어느 주말, 한국에 사는 친구와 통화를 했다. 그녀는 귀국을 반기면서도 내가 한국에서 잘 적응할 수 있을지를 걱정했다. 모든 것이 너무 많이 달라졌다고.

"너, 한국 오면 놀랄 거야. 다 없어졌어. 진짜 다. 예전의 홍대가 아니다. 우리 단골집들은 다 사라졌고 대형 영화관이 들어섰어. 대로변은 깡그리 빌딩이야. 요새는 호텔 장사가 더 잘 된다네? 건물은 많은데 갈 데가 없다야."

이십 대 때 그녀와 나는 어지간히 붙어 다녔다. 홍대에서 걸어서 15분이면 닿는 거리에 살았던 우리는 매일 동네를 종횡무진 누비며 새로운 문화를 탐닉했고, 밤이면 카페와 술집을 드나들며 마시지도 못하는 술을 마셨다. 가끔은 낮술을 환영했던 '월향'이라는 술집에서 막걸리도 홀짝였다. 술에 취하기보다는 그냥 분위기에 취하는 것이 좋았다. 무슨 얘기를 그렇게 했는지 기억도 안 날 만큼 시시콜콜한 농담을 주고받았고, 멋있는 척하고 싶어서 카뮈니, 짐 자무시니, 조지아 오키프니 그런 예술가들을 자주 안주로 삼았던 것 같다. 합정역에서 상수역, 와우산로에서 다시 홍대역으로 내려오는 골목길 곳곳에 우리의 젊음이 있었다. 산울림 소극장, 이리 카페, 36.5도 여름, 병아리콩, 커피 프린스 1호점, 쿠바왕, 삭 떡볶이…….

이들 중 어떤 곳은 사라졌고 어떤 곳은 아직도 명맥을 유지하고 있단다. 물론 내가 홍대에 살 때도 비싼 임대료로 인해 가게 교체가 잦았다. 단골집을 만들기가 무색할 만큼. 예술가들은 홍대에서 상수로 망원으로 떠밀려 갔다. 그로부터 십여 년이 지났고, 전 세계를 강타한 코로나는 홍대의 소상공인들에겐 강력한 태풍이었을 테다. 결국 대기업 자본이 고유의 문화를 잠식해버렸다. 빌딩으로 가득한 강남보다 비교적 낮은 건물들이 개성을 드러내며 오밀조밀 모여 있는 홍대가 좋았다. 불행히도 지금의 홍대는 내가 기억하는 그 모습이 아니란다. 이러다 서울 전역이 빌딩 숲이 되는 건 아닌지.

급변하는 세태가 아릿하게 다가오는 이유 중 하나는 내가 나이가 들어서일 것이다. 언젠가부터 나 역시 과거를 더듬는, 소위 말하는 옛날 사람이 됐다. 젊은 시절 듣던 노래, 영화, 음식, 가게들이 주는 익숙한 편안함이 좋은 나이. 부정할 수 없는 사실이지만, 꼭 이렇게까지 빨리 달라져야 할까. 새로운 것이 무조건 좋은 것일까에 대해 자꾸만 의문이 든다. 우리는 언제까지 사라짐 앞에 탄식만 해야 할까.

라이프치히를 떠나기 전날, 오래 살았다고도 짧게 살았다고도 하기 애매한 5년여의 시공간을 더듬어봤다. 2017년 이곳에 처음 왔을 때와 지금의 풍경은 '최첨단 시대에 말이 되나' 하는 의문이 들 만큼 소스라칠 정도로 똑같았다. 허물고 새로 지은 건물이 단 한 채도 없다. 굳이 다른 그림을 찾는다면 우리 집 건물 1층 파켓숍이 카페로 바뀌었다는 것 정도다. 사시사철 아름다운 꽃을 판매하는 꽃집, 아이들의 성지인 문구점, 아기자기한 책과 장난감으로 가득한 작은 서점, 장미 아이스크림이 맛있는 프렌치 카페, 매일 아침 갓 구운 빵 냄새를 폴폴 풍기는 베이커리, 각종 친환경 제품을 판매하는 유기농 가게까지……. 이 모든 것들이 처음 독일에 발을 디뎠을 때와 똑같이 그 자리를 지키고 있었다. 심지어 일하는 사람들마저 같다. 우리 동네는 나 몰래 '불변의 열매'라도 먹는 것일까.(저도 좀 주세요.)

물론 그렇다고 독일 사회가 아예 변화를 거부하는 것은 아니다. 다만 그들은 간격을 두고 각자의 호흡에 맞춰 천천히 변한다. 때로 새로운 문물을 받아들이지 못하는 이들을 위해 사회는 최선은 아니더라도 차선을 제공하기도 한다.(가령 아직도 인터넷 기업의 실체를 못 믿는 어르신들을 위해 물건을 받아서 확인하고 계좌이체를 하는 후불 시스템이 독일의 인터넷 상거래에는 존재한다.) 그들은 대체적으로 자신의 보폭으로 걸어가고, 사회는 그 속도를 맞춰주고자 노력한다. 바뀌지 않음이 곧 도태를 의미하는 매정한 현대 사회에서, 변치 않음의 미덕도 있음을 입증해주는 곳, 독일.

인간의 마음은 참으로 간사하다. 떠날 때가 되고 보니 비로소 이 변치 않음이, 이 느림이 고맙게 느껴졌다. 그 것은 한 치 앞도 알 수 없는 변화무쌍한 세상을 살아가는 현대인에게 묘한 안도감과 위로를 주었다. 십 년 후에, 이 십 년 후에 다시 찾아와도 내가 살았을 때와 같은 모습으 로 반겨줄 것 같은 믿음, 그 신의가 이곳을 떠나려는 자를 따뜻하게 배웅한다. 잘 가라고. 나는 여기 변치 않고 있을 테니, 가끔 쉼표가 필요할 때 언제든 오라고. 한결같은 마음으로 또 보자고……

차마 라이프치히가 '제2의 고향'이라고는 말 못 하겠다. 오히려 눈물 콧물로 범벅이 된 애증의 도시에 가깝다. 순한맛보다는 매운맛이 훨씬 많았다. 가끔은 캡사이신 소스까지 덤으로 딸려와 눈물을 짜냈다. 누군가는 해외 생활의 마무리를 아쉬워할 수도 있겠으나 솔직한 심정으로 나는 전혀 아쉬움이 없다.

굳이 표현하자면 이 감정은 '시원섭섭함'에 가깝다. '시원섭섭함'과 '아쉬움'이 똑같은 말 아니냐고 반문한다면 나에게만큼은 분명 다른 뜻이라고 못 박고 싶다. 시원섭섭의 '섭섭'은 가차 없이 떠나되 이곳을 떠올렸을 때 아련한 그리움이 남을 것이라는 의미다. '아쉬움'은 미련을 동반한다. 좀 더 살고 싶은 여지가 맴맴 돌고 있는 것이다. 어쩌면 한국에서도 이방인일지 모르겠지만 독일에서 이방인의 삶을 마무리하는 것이 아쉽지 않다. 시원섭섭할 뿐이다.

한 풋내기 청년이 사랑의 끝에 보였던 미묘한 미소가 더는 얄밉지 않다. 그는 열심히 사랑했고 열심히 아파해봤기에 깨끗이 마음을 비울 수 있었다. 한 사람을 사랑했던 마음은 추억으로 남았다. 그걸로 충분하다. 그뿐이다.

독일을 떠나는 내 마음이 그렇다. 치열하리만치 사랑했고 아파했다. 모든 것이 지나간 지금에서야 애증이 아닌 애정으로 이 도시를 바라볼 수 있게 됐다. 가변으로 가득한 세상에서 불가변의 힘을 믿어보게 만든 도시. 변혁의 파도 속에서 나약한 내가 휘청거릴 때, 이 불변의 장소가 지닌 아름다움이 나를 지탱해줄 것이다. 그 힘으로 다음 사랑은 더 잘해볼 참이다.

안녕, 내가 사랑한 도시!

담대하게, 담백하게,
나답게

하늘은 회색이었고 불투명하게 두꺼웠다.

공기는 앞으로 몇 년 동안이나 나를 괴롭힐 열기에

가득 차 있었고 무겁고 척척했다.

— 전혜린, 『그리고 아무 말도 하지 않았다』 중에서

전혜린의 표현은 적확했다. 그녀가 써 내려간 독일의 겨울과 내가 마주한 독일의 풍경은 너무나 같아서 데칼코마니를 보는 듯했다.

331

어렵사리 집을 구하고 처음 짐을 내려놓았을 때 공기는 서러웠고 풍경은 을씨년스럽기 그지없었다. 창밖으로 보이는 커다란 나무들은 이파리가 우수수 다 떨어져 나갔고 겨우 몇 개 붙어 있는 잔가지만이 살아남으려 안간힘을 쓰고 있었다. 나는 소설 『마지막 잎새』를 떠올리며 쓸쓸한 풍경 속에서 지독히 외로웠다.

지겹도록 말했지만 독일의 겨울은 혹독했다. 늘 추웠다. 할 수 있는 말이 그것밖에 없다는 듯 '춥다'라는 단어가 하루에도 수십 번씩 터져 나왔다. 끝나지 않을 것 같은 겨울을 보내고, 바야흐로 기다리고 기다리던 봄이 왔다. 맹렬한 추위를 뚫고 마침내 봄이 도착하고 나서야 우리 집 창밖으로 드리워진 앙상한 나무의 이름을 알게 됐다.

'너의 이름은 아카시아.'

창문을 장식한 아름드리 아카시아 나무……. 아침에 일어나서 거실에 발을 디딜 때마다 연신 최상급 표현을 쏟아냈다. 알고 있는 모든 감탄사를 다 말하고 싶었다. 눈뜨자마자 이렇게 아름다운 풍경을 볼 수 있는 나는 행복한 사람임이 틀림없었다. 보드랍고 백옥처럼 빛나는 하얀 꽃잎들이 모이고 모여 하나의 거대한 꽃 숲이 되어 우리 집 창문을 둘러쌌다. 5월의 햇살마저 뚫고 들어오는 찬란한 꽃의 빛깔, 바람과 함께 살갗을 스치는 싱그러운 아카시아 내음. 봄의 전령사가 왔다.

이 아름다움을 온전히 체감하고 있다는 사실이 눈부셔서 눈물이 났다. 아카시아 나무는 타국에서 아등바등 사는 나를 위해 존재하는 것만 같았다. 이육사가 "내 고장 칠월은 청포도가 익어가는 계절"이라고 했다면, 내게 "독일의 오월은 아카시아꽃이 익어가는 계절"로 기억될 것이다.

아카시아꽃이 만개하면서 점차 독일이란 낯선 궤도에 적응해 나갔다. 봄을 맞은 나뭇잎들은 더욱더 싱그러워졌다. 초록의 깊이가 한결 청신해지고 성숙해졌다. 나도 모르게 '좋다'라는 말이 연신 나왔다. 그것은 '춥다'를 달고 살던 겨울에 대한 보상이었다. 불편함 덩어리였던 이 나라에 조금씩 박자를 맞추며 살아가기 시작한 것이다.

가끔 한국 아닌 저 너머를 꿈꾸는 많은 사람이 물어오곤 했다.

"독일에 사는 건 어때?"

깨끗한 자연, 저렴한 물가, 일과 휴식의 균형 등 표면적으로 보이는 장점도 많지만, 불편한 의료와 느린 행정 서비스, 독일어의 어려움, 막연한 미래에 대한 두려움, '이방인'이라는 정체성의 혼란, 인종차별, 향수병 등 단점 역시 수두룩하다. 그래서 유학이나 이민을 고민하는 그들에게 무조건 독일이 좋다고도 나쁘다고도 말할 수 없었다. 우리 부부 역시 직장을 그만두고 독일로 온 것이 잘한 결정인지 지금도 여전히 잘 모르겠다.

그럼에도 불구하고 굳이 좋았던 점을 꼽자면 이곳에서만큼은 가식적이지 않은 삶을 살았다는 것이다. 사실 가식을 내보일 사람이 없기도 했거니와 오롯이 나 자신에게 솔직할 수 있는 시간이었다. 그 누구도 나를 신경 쓰지 않았으므로 가능했던 일인 것도 같다.

한국에서는 나한테조차 잘 보이고 싶었다. 멋있는 내가 되고 싶어서 한층 멋을 냈다. 어울리지 않는 옷도 자주 입었다. 독일에 와서야 불편했던 그 옷들을 벗어 던져보기로 했다. 오직 나만 나를 아는 새로운 세상에서, 날것의 있는 그대로를 인정하기 시작했다. 어느 순간 시간, 경쟁, 밥벌이의 의무감이 가하는 압박들로 인해 평생 내 것이 아닐 것만 같았던 '지금, 이 순간'이 내 손에 잡혔다.

나도 안다. 이 표현 역시 허무맹랑한 말일 수 있음을. 이렇게 말한다고 해도 표면적으로 한국에 살던 나와 지금의 나는 크게 달라지지 않았다는 것을. 변할 줄 알았는데 변하지 않았고, 변하지 않은 것 같은데 변한 것도 같다. 그러니까 확실히 말할 수 있는 건 이것뿐이다. 멀리 떠나왔다고 해서 사람이 달라지지 않는다. 인생이란 결코 호락호락하지 않으니까.

굳이 그 알 듯 말 듯한 묘한 다름의 이유를 찾자면, 무라카미 하루키가 말했듯 "폭풍 속에 들어갔다 나온 나는 이전의 나와는 분명히 다르기 때문"일 것이다. 독일에 가기 전의 나와 독일에서 돌아온 지금의 나는 다르다. 독일에서 나는 지금껏 살아온 그 어떤 시공간에서보다 가장 나답게, 내가 좋아하는 나로 살았다. 좋아하는 책을 실컷 읽었고, 달리기도 실컷 했고, 글도 실컷 썼다. 물론 이것은 한국에서도 할 수 있는 일이다. 그런데 왜 못했을까? 바로 이 사실을 알게 된 것이 독일에 살면서 가장 크게 달라진 점이다. 나는 이 마음을 만든 것만으로도 충분하다.

다시 또 길 위다. 그러나 이제는 막연하지 않다. 걸어가면 될 일이다. 그 길이 곧 삶이 될 테니.

명랑한 이방인

ⓒ 강가희, 2022

초판 1쇄 발행 2022년 8월 30일

지은이	강가희
펴낸이	김철식
펴낸곳	모요사
출판등록	2009년 3월 11일
	(제410-2008-000077호)
주소	10209 경기도 고양시 일산서구
	가좌3로 45, 203동 1801호
전화	031 915 6777
팩스	031 5171 3011
이메일	mojosa7@gmail.com
ISBN	978-89-97066-76-6 03810